Willa
A SALVAÇÃO DA
floresta
ROBERT BEATTY

Willa
A SALVAÇÃO DA floresta

ROBERT BEATTY

TRADUÇÃO: ADRIANA KRAINSKI

WILLA OF DARK HOLLOW BY ROBERT BEATTY. COPYRIGHT © 2021 BY ROBERT BEATTY.
BY ARRANGEMENT WITH THE AUTHOR. ALL RIGHTS RESERVED.
COPYRIGHT © FARO EDITORIAL, 2022

Todos os direitos reservados.

Nenhuma parte deste livro pode ser reproduzida sob quaisquer meios existentes sem autorização por escrito do editor.

Milkshakespeare é um selo da Faro Editorial.

Diretor editorial: **PEDRO ALMEIDA**

Coordenação editorial: **CARLA SACRATO**

Preparação: **DANIELA TOLEDO**

Revisão: **GABRIELA DE AVILA E CRIS NEGRÃO**

Adaptação de capa e diagramação: **CRISTIANE | SAAVEDRA EDIÇÕES**

Dados Internacionais de Catalogação na Publicação (CIP)
Angélica Ilacqua CRB-8/7057

Beatty, Robert
    Willa : a salvação da floresta / Robert Beatty ; tradução de Adriana Krainski. — São Paulo: Faro Editorial, 2022.
      256 p. : il.

    ISBN 978-65-5957-151-2
    Título original: Willa in the black hollow

      1. Literatura infantojuvenil 2. Literatura fantástica I. Título II. Krainski, Adriana

22-1313   CDD 028.5

Índice para catálogo sistemático:

1. Literatura infantojuvenil

1ª edição brasileira: 2022
Direitos de edição em língua portuguesa, para o Brasil, adquiridos por FARO EDITORIAL

Avenida Andrômeda, 885 – Sala 310
Alphaville – Barueri – SP – Brasil
CEP: 06473-000
WWW.FAROEDITORIAL.COM.BR

As Grandes Montanhas Fumegantes

1901

O mundo não é plano nem redondo.
É feito de *montanhas*.

Willa se virou na direção do som. Os estalos agudos que a madeira fazia ao se partir atravessavam o ar da floresta feito um trovão. Depois, veio um barulho que parecia de chuva, mas fora produzido por milhares de galhos quebrando e de folhas caindo. Quando o tronco enorme despencou de uma só vez no chão, a terra tremeu sob seus pés descalços. Um vento forte soprou por toda a floresta bagunçando o comprido cabelo cor de musgo de Willa. E quando ela se deu conta do que acabara de acontecer, seu coração se encheu de dor. Os humanos madeireiros haviam cortado o pinheiro enorme que ficava na curva do rio.

Ela ficou paralisada feito um filhotinho de cervo.

Willa costumava se sentar debaixo daquela árvore nas manhãs ensolaradas e ficar vendo o rio passar. Era ali que ela e sua irmã se aninhavam nas noites de neblina e observavam, por entre os galhos estendidos, as Grandes Montanhas Fumegantes e a lua lá em cima. As árvores da floresta lhe ofereceram proteção e abrigo durante toda a sua vida. Elas lhe deram consolo quando sua irmã foi morta, eram seu mundo e seu chão, seu sol e sua canção.

E agora o que ela ouvia eram aqueles homens com seus machados, cortando e serrando e gritando uns com os outros, suas palavras duras e grosseiras ficavam girando em volta da copa das árvores, feito corvos briguentos. Os espinhos detrás do seu pescoço se eriçaram, e Willa sentiu um calor invadir seu corpo todo. Ela sabia que precisava fugir daquela terra devastada ou se camuflar, fazendo sua pele verde se fundir à folhagem rasteira, para que os olhos humanos não pudessem enxergá-la. Willa precisava correr para longe daqueles pés pesados e escapar daquelas lâminas afiadas.

Mas como ela poderia fugir enquanto seus amigos morriam? Como poderia deixá-los para trás?

Ela precisava dar um jeito nos madeireiros, mas não tinha garras afiadas nem dentes pontudos. Não tinha armas e nem era uma grande lutadora. Ela não *machucava* ninguém, só queria *ajudar*.

Os madeireiros tinham serras de metal dentadas, machados, facas, armas, animais acorrentados, um monte de engenhocas de metal para arrastar as árvores assassinadas pela floresta, além das feras fumegantes que rolavam ao longo de trilhos reluzentes. Ela era uma solitária menina Faeran de treze anos sem um clã. Como poderia lutar contra aqueles homens de ferro?

O estrondo de outra árvore explodiu feito uma onda pela floresta, e o vento causado pelo impacto chegou a tocar seu rosto.

Seu coração martelava no peito.

Willa sabia que não podia proteger as árvores do mesmo jeito que elas a protegiam. Que não podia abraçá-las, abrigá-las ou escondê-las do resto do mundo, mas também não podia abandoná-las.

Deu alguns passos indecisos, as pernas tremendo. Os olhos encharcados de lágrimas quentes feito brasas.

E lá se foi, correndo, em direção ao som das árvores caindo.

Willa mergulhou num denso matagal e, ao abrir caminho, pediu num sussurro às plantas espinhosas para que virassem os espinhos afiados para dentro e os fizessem deslizar com cuidado por sua pele descoberta e sua túnica trançada, sem machucá-la.

Ao fim do matagal, ela disparou por uma fileira de pinheiros altos, com nada além de agulhas macias e úmidas estalando sob seus pés.

O cheiro de queimado entrou em suas narinas, e ela contorceu os lábios com nojo. A fumaça que pairava pela floresta fazia seus olhos arderem, e o fedor de seiva derramada dominava o ar.

Ela foi deslizando sobre a vegetação rasteira, respirando fundo para se acalmar. A pele do rosto e dos braços coçava ao mudar de cor para se assemelhar às folhas e aos galhos ao redor. Cipós finos e verdes cresceram ao longo de seus membros e torso, como se soubessem que ela era mais parecida com eles do que com os madeireiros.

Por fim, ela parou na beira de uma ravina rochosa, agachou-se e olhou para o outro lado.

Os carvalhos, tulipeiros e castanheiras, os troncos de seus amigos mortos, jaziam no chão, estirados naquela posição indefesa, com os galhos quebrados e as belas folhas arrancadas e esmagadas, a pele da casca rasgada. Ela sabia que precisava ficar quieta, mas não conseguia parar de chorar vendo aquela matança. A bile lhe subiu pela garganta, queimando, mas ela a engoliu. Os madeireiros haviam abatido muitas árvores, agora as cortavam em partes menores com machados e malhos, roldanas e correntes, picando-as pedacinho por pedacinho.

Ao arredor da área de exploração, havia homens segurando rifles, olhando fixo para dentro da floresta. Pareciam caçadores da região, com suas barbas densas, chapéus de pelo de guaxinim e facas nas cinturas, mas não estavam caçando. Eles pareciam estar protegendo os madeireiros. Nos últimos anos, ela via cada vez mais grupos de madeireiros chegarem às montanhas, mas nunca vira aqueles guardas. Alguma coisa devia ter acontecido. Será que estavam com medo dos lobos e dos outros animais selvagens que acreditavam assombrar a floresta que eles mesmos estavam matando?

Willa já chegara a acreditar que aqueles longos rifles de metal eram *bastões de matar — armas misteriosas e cruéis que podiam abater animais de longe —, mas, desde então, aprendera muita coisa sobre os humanos e sobre sua própria espécie, sobre armas e árvores, sobre amor e ganância e sobre ela mesma.*

Do outro lado da ravina, ela podia ver o enorme pinheiro que viera ajudar. Seu coração chegou a doer quando viu aquele velho amigo — que antes parecia alcançar o céu com seus galhos gigantescos — deitado no chão da floresta, como um gigante derrubado.

Ao cair, a árvore enorme chegou a esmagar muitas outras ao seu redor, já não era uma protetora e aliada, e sim, uma destruidora. Mais de uma dúzia de homens estava de pé sobre o tronco cortado.

Sua avó lhe contou que aquela árvore brotara do solo, abrira seus primeiros ramos ao sol há mais de quinhentos anos e que tem sido uma amiga querida do povo Faeran, que vivia nas cavernas escondidas daquelas montanhas desde aquela época. Agora, aqueles homens comemoravam e aplaudiam a derrubada de um prêmio tão colossal.

O grupo de madeireiros também havia cortado muitas outras árvores menores — faias e bordos —, e os cadáveres estavam sendo puxados por mulas ao longo de rampas quilométricas, que levavam até os trens de carregamento de madeira que desceriam a montanha. Jovens cerejeiras e bétulas foram vítimas também, com seus brotinhos finos, verdes e estreitos cortados e arrastados para a morte. Willa cerrou os dentes e inspirou fundo pelo nariz para tentar se acalmar, mas não adiantava de nada. Ela já vira aquilo antes: os humanos não deixariam nada além de um solo todo descoberto e sem vida.

Olhando para o pinheiro, ela percebeu que, mesmo tendo sido cortado pelos humanos, seu amigo ainda estava vivo, a seiva ainda circulava pelo tronco e pelos galhos, as folhas ainda sugavam a luz do sol e exalavam ar puro. As árvores em volta continuavam fornecendo nutrientes para o tronco derrubado através de suas raízes interconectadas, tentando manter vivo aquele irmão ferido, pois as árvores não *competem* por luz do sol e por água, elas *cooperam* para que todas fiquem de pé, protegendo umas às outras do vento e compartilhando nutrientes, as mais fortes doando para as mais fracas. Deitada no chão da floresta, uma árvore caída levaria meses, às vezes até anos para morrer e, mesmo assim, não estaria morta de verdade. Musgos, e cogumelos, e pequenas flores cresceriam em volta dela. Novas árvores se originariam dela. Besouros, e minhocas, e outras criaturinhas viveriam debaixo de sua casca envelhecida, enquanto raposas fariam tocas na parte oca dos seus ossos. Uma árvore na floresta não morre, no sentido estrito da palavra: ela se transforma em milhares de outras vidas.

Mas nada disso aconteceria agora. Os humanos estavam arrancando a casca do tronco abatido. Eles não davam valor à madeira dos pinheiros. O que eles queriam mesmo era o ácido produzido pela casca da árvore, que usavam para transformar a pele de animais mortos nas roupas que vestiam. Quando acabassem de arrancar a casca do amigo pinheiro, cortariam o tronco e os membros em vários pedaços, arrastariam para algum canto e cortariam em milhares de retângulos compridos que seriam vendidos como uma madeira qualquer.

Willa queria ajudar aquela árvore, curar suas feridas, estancar a seiva que vertia da sua alma ancestral, levantá-la, como ela já tinha feito com tantas plantas da floresta. Mas os madeireiros estavam por todos os lados, em volta dela, atacando-a. E mesmo se ela conseguisse dar um jeito de passar por eles, o pinheiro era grande demais para que ela o curasse ou mesmo o erguesse. Seria preciso umas cem Faeran, fadas da floresta, para fazer algo assim. E, até onde sabia, ela e sua avó, que morrera no ano anterior, tinham sido as últimas.

Da beira da ravina, ela assistia impotente tentando pensar em algo a fazer. Ela sabia que não deveria estar ali. Os humanos, as máquinas, as armas, as árvores caídas… era perigoso demais. Nathaniel e Hialeah, seu pai e irmã adotivos, ficariam furiosos se descobrissem que ela tinha se aproximado tanto dos madeireiros.

Mas, estando na floresta, sua pele, e cabelo, e olhos podiam mudar de cor para se camuflar no ambiente, e os humanos nunca a veriam.

Ao ver os homens cortando o tronco de outra árvore e depois gritando ao vê-la cair no chão, uma dor pungente encheu o peito de Willa e as lágrimas embaçaram seus olhos. Ela mal conseguia enxergar. Estava tão concentrada nos horrores que os madeireiros estavam fazendo lá do outro lado da ravina que deixou de prestar atenção ao seu redor.

E isso foi um erro.

Ela deu um pulo de surpresa quando ouviu um rugido alto e pesaroso e passos pesados e retumbantes logo atrás dela. Ela se virou. Era um urso a uma distância de poucos metros. Correndo bem em sua direção.

O urso disparou em direção a Willa com seus dentes cortantes e garras afiadas. Ela se agachou e protegeu a cabeça com os braços e, no último segundo, o urso se virou, de repente, correndo para o outro lado. Willa piscou, confusa, tentando entender o que tinha acontecido, mas logo o urso tornou a se virar para ela. Ficando em pé, equilibrando-se nas patas traseiras, imenso, mas desviando do olhar da garota, e então voltou a cair, batendo as patas dianteiras no chão, soltando o ar pela boca e rangendo os dentes. O urso não queria atacá-la. Ele andava para frente e para trás, na beirada do penhasco, olhando para a ravina lá embaixo.

Willa avançou ligeiro e foi até a beirada espiar, sentindo-se desolada quando viu um pequeno filhote de urso-negro preso na base da ravina, por onde um riacho corria montanha abaixo. O ursinho estava arranhando a parede pedregosa com as garras, tentando desesperadamente alcançar sua mãe. Willa ficou observando suas tentativas repetidas, arranhando e choramingando. Era tão pequenino, não teria qualquer chance.

Ele escalava uma altura que mal passava do tamanho do seu corpinho e escorregava de novo, sempre uivando para a mamãe urso lá em cima.

— Vamos, garoto, você consegue... — Willa sussurrou baixinho.

O filhote conseguiu se arrastar até uma rocha pequena, subindo um pouco mais.

— Isso aí! — Willa disse, incentivando o pequeno.

A partir dali, o filhote começou lentamente a abrir caminho para cima pelo paredão de rocha, fincando as garras nas fendas e fissuras das pedras e impulsionando o corpo para cima. Quanto mais alto chegava, mais confiante ficava, com as perninhas dando o impulso para fazê-lo escalar cada vez mais rápido.

— Não caia, por favor... — Willa disse, prendendo a respiração, e sentindo o coração bater cada vez mais rápido enquanto o observava. Ela mal conseguia acreditar, mas ele estava conseguindo. O pequenino não parava de escalar a parede em direção à mãe. Ele passou pelas rochas cortantes e pelos grandes pedregulhos. *Ele vai conseguir!*

Mas, então, bem no topo do penhasco, a poucos metros da mãe, ele chegou a uma área de cascalho solto que desmoronou. O pequeno urso começou a arranhar às pressas o paredão com suas garras, mas não havia nada em que se segurar. O filhote começou a escorregar pela parede, com as quatro patas abertas, tentando desesperadamente prender suas garras em alguma coisa e uivando pela mãe enquanto caía. Ele bateu em uma pedra e desabou, caindo, caindo, caindo, passando pelas pedras pontudas e pelos pedregulhos, até que seu pequeno corpinho preto atingiu o fundo da ravina e caiu na água. Willa perdeu o fôlego. O filhote ficou lá deitado, metade na água e metade nas pedras, completamente imóvel.

A mamãe urso bufou e avançou com os ombros enormes para além da ravina, tentando descer para buscá-lo, mas o cascalho logo se espalhou debaixo das suas patas, obrigando-a a voltar. Outro passo e ela cairia para a morte.

Enquanto observava a bolinha preta lá embaixo, Willa respirou uma, duas, três vezes. *Levanta, ursinho, levanta!* Quatro, cinco, seis...

Enfim, a bolinha se mexeu. Willa estufou o peito. O pequeno urso se levantou e se sacudiu. Então olhou para cima do penhasco e chorou pela mãe. Ela grunhiu de volta, implorando que ele tentasse mais uma vez.

Willa olhou para o outro lado da ravina. Os madeireiros ainda estavam cortando e picando as árvores. Os guardas com as armas ainda não tinham escutado os ursos, mas ela sabia que logo ouviriam.

Ela respirou fundo e devagar várias vezes, inalando e exalando, inalando e exalando, tentando pensar em uma solução.

Nunca se aproxime das áreas desmatadas, Willa, seu pai alertara tantas vezes. *São muito perigosas, ainda mais para você.*

Willa sabia que ele estava certo. O mundo estava mudando, e ela não conseguiria impedir. Não havia nada que ela pudesse fazer para proteger as árvores dos madeireiros. Mas, ao olhar pela folhagem, pensou que talvez pudesse ajudar a mamãe urso e seu filhote. Talvez ela pudesse fazer uma coisa boa.

A garota saiu de seu esconderijo nas árvores. E se lançou à frente, passando pela mamãe urso, virando e colocando os pés para fora para deslizar pela beira do penhasco.

Ela despencou pela parede íngreme da ravina, com as mãos arrastando pela pedra escarpada para tentar desacelerar sua queda. O desfiladeiro tinha a profundidade da altura de uma árvore. Quando chegou à base, estava ofegante, e os dedos e a palma das mãos sangravam.

Sua pele começou a coçar enquanto, por instinto, foi assumindo os tons cinza e marrom das pedras a sua volta. Ela pensou que, ao se mimetizar com o ambiente, ficaria mais calma e teria tempo para recuperar o fôlego, mas suas orelhas se ergueram. Olhou para cima na mesma hora, para o outro lado do penhasco, esperando ver os madeireiros ou algum outro tipo de perigo. Seus sentidos quase nunca erravam. Examinou todo o penhasco. Mas, por mais estranho que fosse, não havia ninguém lá.

Willa foi abrindo caminho pelas pedras para chegar ao filhote. O pequeno urso olhou para ela com seus olhinhos marrons suplicantes. Quanto mais ela se aproximava, mais alto ele chorava, desesperado para que ela o alcançasse. Se Willa fosse humana, ele teria fugido, assustado. Mas ele não tinha medo. Ela não era sua mãe, mas o ursinho sabia que ela estava ali para ajudar.

— *Dela dua mar, eeluin* — ela sussurrou na antiga língua Faeran. *Chegou a hora, pequenino.*

Quando estava prestes a alcançar e segurar o filhote, sentiu um arrepio nos espinhos da nuca. Ela se virou rápido e olhou para o paredão da ravina. Sentiu um calafrio percorrendo os braços. Havia algo ali, por mais que ela não visse, ela tinha certeza. Ao passar os olhos pelas rochas, não conseguiu identificar nada de estranho, mas uma coisa era certa: ela e o filhote precisavam sair daquele lugar o mais rápido possível.

Ela se abaixou e ergueu o filhote por sobre seus ombros.

— *Telic meh uma, eeluin.* — *Vamos ter que escalar, pequenino.*

Sabendo bem o que fazer, o filhote se agarrou às costas dela e enrolou as pernas no seu tronco. Willa estremeceu ao sentir as garras do ursinho fincadas na lateral do seu corpo. Ela mal conseguia respirar, mas pelo menos sabia que assim ele não cairia.

Willa ouviu o som do cascalho se agitando atrás dela. Ela se virou na hora, pronta para um ataque. Mas não havia ninguém ali. Franzindo a testa, analisou as pedras, poderia jurar que alguém se esgueirava por trás dela, mas não tinha tempo para procurar.

A garota voltou ao paredão de pedra e começou a escalar. Os dedos das mãos se prendiam nas fendas e os dos pés conseguiam encontrar algumas pequenas protuberâncias nas rochas que usava para ganhar impulso, mas o peso do filhote nas suas costas tornava a subida mais difícil do que ela esperava. Alcançou um apoio acima da cabeça e tentou se erguer até lá, mas seus dedos estavam escorregadios por causa do sangue, e Willa acabou soltando. E, de repente, alguma coisa começou a empurrá-la. *Mãos*, mãos de verdade a empurravam para cima. Então ela sentiu o apoio de um par de ombros.

— Estou aqui para te ajudar — disse a voz de uma menina.

— O qu… quem é você? — Willa disse, confusa, ao olhar para baixo, mas sem conseguir ver quem a ajudava.

— Não pare de escalar! — a garota disse, empurrando.

Sabendo que seria sua única chance, Willa subiu mais uma vez, com os dedos presos em uma fenda, e se ergueu. Depois, agarrou-se a uma rachadura acima, e foi na direção da próxima. E assim foi escalando, mão após mão, segurando-se aqui e ali, com o filhote pendurado, choramingando, enquanto subiam cada vez mais.

— É isso aí! — disse a voz vindo da base da ravina.

Willa olhou para baixo e viu o rosto pálido de uma menina humana olhando para ela. Ela parecia ter uns doze ou treze anos, o cabelo comprido era da cor do trigo.

— Você consegue — a garota torceu por ela, balançando a cabeça em apoio. — Mas tem que ser rápido, eles estão vindo aí!

Willa não queria se distanciar da menina, mas sentiu os músculos tremerem e os dedos escorregarem de onde estavam apoiados.

Willa subiu até a próxima rachadura, e mais uma, e mais uma. Ainda escalando, passou pelos pedregulhos maiores e pelas pedras pontudas. Estava quase no topo. Ao avistar um ramo de florezinhas amarelas penduradas para fora da beira do penhasco, suspirou, esperançosa. Ela precisava chegar até aquelas flores! Mas então a ponta de uma pedra quebrou debaixo dos seus pés e ela escorregou. Meio escalando, meio correndo, ela engatinhou pela parede do penhasco, já que a única saída era subir o mais rápido que podia, com as mãos e pés lançando para trás o cascalho que se soltava das rochas. O ursinho grunhia, aterrorizado. A mamãe urso rugia lá de cima, batendo as patas no chão. Em um último salto desesperado, Willa se atirou para cima e se agarrou à pata enorme da mamãe urso, cerrando os dedos em volta daquelas garras grossas e curvas. Em um movimento agitado, a ursa enorme a puxou para cima. O braço de Willa passou raspando por uma pedra, cortando a pele. Seu rosto agora estava rente ao chão e a boca cheia de terra, mas ela aguentou. No instante em que sentiu a textura de madeira dos cipós de jasmim debaixo das mãos, agora agarradas ao topo do penhasco, disse quase sem fôlego:

— *Florena!*

Os cipós envolveram seus punhos e dedos para segurá-la, e Willa levantou o joelho até a beirada da ravina. Tentando recuperar o ar, ela finalmente alcançou o nível do solo e despencou, enquanto os cipós e o filhote se soltavam dela.

Willa se agitou depressa até chegar de novo à beira da ravina e olhar para baixo. A garota de cabelos cor de trigo, seja lá quem fosse, não estava mais lá.

A mamãe urso e o filhote agora estavam juntos, se apertando e se esfregando, fazendo um som profundo, ritmado e pulsante, que Willa sabia que significava a extrema felicidade deles por terem se encontrado. Ao se sentar e abrir os braços para um grande abraço, a mamãe urso agarrou Willa também, puxando-a com o filhote para junto do seu corpo, cheirando os dois com o focinho gigante. A pele de Willa foi ficando preta e com a textura dos pelos de urso, fazendo-a desaparecer no colo daquela mamãe. O calor do corpo da ursa e o cheiro forte e almiscarado fizeram seu estômago revirar. O pelo grosso na sua boca e nariz quase a sufocavam, mas ela não ligava. Estava muito aliviada por ter conseguido ajudar os dois.

— Olha lá! — um homem gritou do outro lado do penhasco.

Assustada, Willa se agachou. Os madeireiros e guardas estavam reunidos e alguns deles apontavam para onde ela estava.

— É um urso! — um dos madeireiros gritou.

— Meu senhor, olha só para aquilo! — disse um outro. — Deve ter uns quinhentos quilos!

Ciente do perigo dos humanos, a mamãe urso começou a correr, grunhindo para ordenar que o filhote ficasse perto dela. Willa correu com eles, com a cabeça baixa para manter o disfarce dos pelos pretos dos ursos.

Um homenzarrão, que parecia estar no comando, em cima de um cavalo marrom-escuro, foi cavalgando até os demais homens do outro lado da ravina.

— Não fiquem aí parados só olhando — ele ordenou. — Com essa carne dá para alimentar o acampamento inteiro. Atirem!

Os guardas colocaram os rifles nos ombros e abriram fogo.

Willa gritou, envolvendo o filhote com seu corpo ao ouvir os tiros cortando o céu.

𝒜s balas não paravam de vir, uma atrás da outra.

O filhotinho tremia nos braços de Willa, chorando e se agarrando a ela.

A mamãe urso parou de correr e caiu no chão, soltando um grunhido gutural, o ar foi empurrado de seus pulmões pelo seu próprio peso. Willa foi arrastada para o chão com ela. O filhote rolou dos braços de Willa e foi se abrigar na pelagem grossa e preta do peito da mãe.

A mamãe urso grunhiu para o filhote e tentou puxá-lo com a pata para mais perto, mas não adiantava. Ela estava muito fraca. Willa observou, sem poder fazer nada, a ursa tentar virar a cabeça gigantesca e mexer as patas, antes tão fortes, para fazer com que o filhote ficasse seguro, mas o animal ferido não conseguia se levantar do chão.

A respiração de Willa acelerava cada vez mais, e seu peito ficou apertado. Sentia-se sufocada. Ela começou a fazer pressão com as mãos nos buracos das balas, tentando não deixar o sangue escapar do corpo da mamãe urso.

— *Neah da eesha* — ela sussurrou. *Aguenta firme*. Mas o líquido quente escorria entre seus dedos. Ela não conseguia fazê-lo parar.

— O urso ainda está se mexendo! — um dos homens gritou, apontando do outro lado da ravina.

— Não, tem um filhote ao lado dele! — outro homem disse.

— Mas você está vendo aquilo? Tem mais alguma coisa ali... — outro homem falou, com a voz aguda de medo.

Willa agachou ao lado da mamãe, com as mãos vermelhas e pretas enquanto pressionava as feridas da ursa.

— *Neah da eesha* — ela sussurrou mais uma vez, mas a cabeça da mamãe urso agora estava deitada de lado e sua respiração ficava cada vez mais longa e difícil, como se aquilo fosse a única coisa que ela conseguia fazer.

O filhotinho apertou o focinho contra o da mãe, fazendo sons suaves, implorando para que ela acordasse. Willa podia ver que ele estava desesperado para correr daquele lugar horrível e fugir dos humanos, mas ele não a deixaria pra trás.

— Precisamos pegar a carne — disse o chefe do grupo, puxando as rédeas para o outro lado para fazer o cavalo mudar de direção. — Vão lá e terminem o trabalho.

Os três guardas penduraram os rifles no ombro e começaram a descer a ravina, e o coração de Willa foi tomado de pânico.

— *Um dae uusa!* — implorou à mamãe urso, empurrando-a com o próprio corpo, tentando fazê-la se levantar. — *Precisamos sair daqui!*

Mas era impossível.

Os três humanos, que já tinham chegado à base da ravina, estavam usando casacos de couro feito com as peles dos animais que mataram. Um deles usava um chapéu de pele de coelho. O outro carregava uma coisa que parecia um colar feito de garras de urso. E todos tinham os cintos de couro cheios de facas.

Enquanto eles escalavam o paredão da ravina para chegar até ela e os ursos, Willa podia sentir o fedor dos seus corpos e o cheiro forte da pólvora. Eles escalavam, mão após mão, subindo pelo penhasco como ela mesma acabara de fazer.

Os pulmões de Willa estavam arfantes, o coração parecia estar na garganta. O ursinho grunhia e gritava enquanto empurrava a cabeça da mãe.

— *Um dae uusa!* — Willa implorou mais uma vez à mamãe urso.

A ursa abriu os olhos castanhos e olhou firme para ela, não trocaram nenhum som, mas Willa entendeu aquele olhar, sabia o que a mamãe urso queria que ela fizesse.

Willa não achou que *conseguiria* fazer aquilo, mas engoliu em seco e concordou, tocando o focinho da mamãe urso com carinho.

— *Un daca* — ela sussurrou. *Eu prometo*.

Willa se virou na direção dos humanos mal-encarados, enquanto eles subiam e chegavam à beira do penhasco, como predadores prontos para dar o bote. Eles tiraram suas facas compridas e afiadas e correram em direção a ela e aos ursos.

Sem ter qualquer escolha, Willa sabia o que precisava fazer.

5

Willa se pôs em pé depressa.

— Cuidado! — um dos caçadores assustados falou quase sem fôlego, tropeçando para trás de surpresa. O segundo caçador cortou o ar com uma faca, como se ela fosse um animal prestes a dar o bote, mas Willa agarrou o filhote choroso e disparou em direção à floresta.

— Mas que raios era aquilo? — perguntou um terceiro caçador, com os olhos arregalados, sem entender o que acabara de ver: uma coisa metade urso, metade arbusto, que num relance ganhou pernas e braços quase humanos e, de repente, se tornou um borrão verde e preto.

Willa atravessou correndo a fileira de pinheiros, o coração martelando enquanto carregava o ursinho para longe. Ela prometera à mamãe urso, antes de ela morrer, que protegeria o filhote, e era exatamente isso que pretendia fazer.

Enquanto corria, lágrimas escorriam dos seus olhos, mas ela cerrou os dentes e seguiu adiante. Willa sabia que, lá atrás, os caçadores estavam terminando o que tinham começado, que a mamãe urso estava morrendo e que a Grande Montanha absorveria seu sangue e seus ossos através da terra para dar vida às árvores ao redor.

Willa entrou em uma área remota da floresta, com sua respiração tão pesada que seus pulmões chegavam a doer. Vendo a chance de escapar, ela se lançou em uma parede verde de louro-da-montanha e a escalou. Nenhum humano conseguiria atravessar aquelas camadas impenetráveis de rododendro, mas as plantas a deixavam passar. O filhote chorava e se debatia, fincando as garras nos seus braços e pressionando o focinho no seu pescoço. Ele tentava fugir dela, desesperado para voltar para o colo da mãe. O que ele não entendia era que agora só havia homens e metais lá atrás, madeireiros com machados feitos para destruir árvores e caçadores com armas feitas para matar ursos e facas para lhes esfolar a pele. Ela odiava todos eles, mas não tinha como lutar. Ela não conseguira proteger o grande pinheiro nem a mamãe urso. Apenas se agarrou ao filhote, como prometera, e continuou correndo; escalou uma colina alta, desceu até o vale profundo e arbóreo e voltou a subir em direção ao topo da Grande Montanha, deixando para trás um terreno difícil, assim os humanos não conseguiriam ir atrás dela.

Seus braços e ombros doíam por causa do peso do filhote que carregava. Quando conseguiu desacelerar o passo e colocá-lo sentado, imaginou que ele se agarraria a ela, perdido e assustado. Mas assim que os pezinhos encostaram no chão, ele se livrou dela e fugiu, chamando a mãe com um uivo de dor.

Frustrada, Willa arrancou alguns de seus espinhos, ele acabaria nas mãos dos caçadores.

Ela respirou fundo e bem devagar, não *queria* voltar para aquele lugar, com toda aquela morte e destruição. E sabia que não *deveria* voltar lá. Mas, mais uma vez, sentiu que sua única escolha era fazer o que sabia que precisava ser feito, então, Willa correu atrás do pequeno urso.

— *Charka* — Willa disse num sussurro, correndo atrás do filhotinho. O grunhido que a mamãe urso tinha soltado para chamá-lo fez com que Willa se lembrasse da palavra *charka* que, na língua Faeran, significava *determinado*, então foi esse o nome que ela lhe deu enquanto corria.

Ela sabia que Charka não entendia muito bem e, por isso, não aceitava que a mãe estava morta, mas tinha certeza de que ele se lembrava do medo terrível que havia sentido ao vê-la estirada no chão, do cheiro horripilante dos humanos e do terror daqueles rostos medonhos quando eles se aproximaram com as facas. E, mesmo assim, o filhote corajoso corria de volta para a mãe, para ajudá-la, *salvá-la* e para encontrar o único amor e proteção que ele conhecia.

Willa perseguiu Charka, atravessando um denso matagal cheio de galhos retorcidos, que pareciam determinados a desacelerá-la, até que teve de pedir educadamente para que os galhos a deixassem passar. Imaginou que Charka desceria a montanha, em direção ao local onde deixara sua mãe, perto da região desmatada, mas, por algum motivo, ele estava *subindo* a montanha. Será que o choque daquela perda confundira a cabeça do ursinho? Ou ele só estava perdido? De um jeito ou de outro, ela precisava alcançá-lo.

A garota o seguiu até um ponto tão alto, passando pelos desfiladeiros estreitos da montanha, que já estavam se aproximando das ruínas queimadas da toca onde ela e o resto do povo Faeran costumavam viver. Caminhando pela encosta norte, logo abaixo de onde ficava a toca, ela passou por uma floresta sombreada de bétulas de tronco preto e branco com folhas em forma de coração. O chão estava coberto por uma grossa camada de musgo verde-escuro tão frio que ela achou que a terra estava congelada por baixo. Sua avó dizia que lugares como aquele eram as relíquias de um passado remoto, quando grandes placas de gelo vieram do norte até parar na Grande Montanha e em seus irmãos e irmãs vizinhos. As árvores, os Faeran, os animais e todas as formas de vida da floresta se esconderam lá no alto por centenas de anos e, quando o gelo regrediu, eles se espalharam por todo o resto do mundo montanhoso.

Quando ela finalmente alcançou Charka, o ursinho estava andando mais devagar. Ele olhava para frente e para trás da densa cobertura vegetal das árvores. Willa pensou que talvez ele estivesse preocupado porque a floresta ficara escura de repente. Fosse lá o que o tivesse feito segurar o passo, ela suspirou, aliviada, feliz por não o ter perdido.

E só então ela viu o que chamava a atenção do pequeno urso:

Milhares de luzinhas brilhantes — verdes, e brancas, e azuis — flutuavam sobre suas cabeças, nos galhos das árvores. Pareciam vaga-lumes, mas ela sabia que isso seria impossível, fazia frio demais ali e ainda *era dia*. E, diferentemente de todos os bandos de vaga-lumes que ela já vira acesos nas florestas e nos campos à noite, não havia só uma espécie ou cor ali. Era como se ela e Charka estivessem assistindo a um grande desfile de muitos tipos de vaga-lumes: os verdes, que aparecem nos vales mais baixos na primavera, e os brancos, mais raros, que às vezes voam na encosta da Grande Montanha no fim do verão, e até os vaga-lumes chamados de fantasmas azuis que planam baixo, assombrando as covas escondidas. Todos eles estavam juntos ali, flutuando nas sombras debaixo da copa das árvores, como se o tempo e o espaço não significassem mais nada.

Willa olhou em volta, tentando entender o que era aquele lugar. Era difícil dizer, porque as árvores se amontoavam ali, mas eles pareciam estar numa cavidade rasa do terreno montanhoso. Havia uma beleza misteriosa e sombria naquilo tudo, mas as palmas das suas mãos estavam frias e suadas. Na cavidade, as árvores eram baixas e entroncadas, todas retorcidas e com galhos tortos nas partes mais baixas, tão sem vida e imóveis que pareciam nunca ter sido tocadas pelo vento ou por qualquer criatura viva. A casca das árvores não era marrom e rugosa, como Willa estava acostumada, mas preta, macia e úmida. O emaranhado de galhos no alto era tão denso que o sol não conseguia tocar aquele solo úmido e oleoso. E o pequeno córrego, que a garota avistou, era tão escuro que os peixes não tinham olhos e os lagostins rastejando ao fundo eram brancos como ossos, como as criaturas encontradas nas cavernas.

O que é isso tudo? Willa se perguntou mais uma vez, com os pelinhos do braço se arrepiando. Durante toda a sua vida, ela subira e descera a encosta da montanha e nunca vira esse lugar antes. Parecia impossível, mas esse lugar era *novo*.

De canto de olho, ela captou o contorno borrado de uma forma que lhe era perturbadoramente familiar. Ao se virar, Willa puxou o ar com certa insegurança. Em uma fenda rochosa lá no alto, o esqueleto de uma árvore imensa e anciã estava pendurado de ponta-cabeça, há milhares de anos encravado ali pela corrente de um rio. Seu povo a chamava de Sentinela. No passado, a estrutura desprotegida e desgastada pelo tempo daquela árvore marcava a entrada do Recôncavo Morto, a toca onde os Faeran tinham vivido. Mas ela também havia mudado, seu tronco cinza-esbranquiçado agora era preto e chamuscado. O Recôncavo Morto tinha sido queimado por completo no ano anterior e estava abandonado desde então, nada restara além das cinzas de um passado sussurrante.

O lugar onde ela estava agora ficava logo abaixo de onde era a toca, como se os vestígios de sua casa tivessem derrubado a montanha e se aterrado ali. Ou como se aquilo tivesse *nascido* ali, brotando da terra como um fungo bizarro que crescia sem parar. O Recôncavo Morto se tornara o Recôncavo Sombrio.

Willa foi girando devagar, tentando compreender o que estava vendo.

Ela deu mais alguns passos indecisos para frente, Charka vinha logo atrás dela, fazendo um som vibrante e nervoso com a mandíbula.

Willa se embrenhou na escuridão, podia ver as samambaias que cresciam sob as árvores pretas e, entre as samambaias, havia muitos pares de galhadas de cervos, como se os animais tivessem ficado lutando ali por centenas de anos.

Ela deu mais alguns passos, imaginando quais outras coisas peculiares veria em seguida. Espalhadas pelo chão estavam centenas de crânios chifrudos de algum animal parecido com um bisão — as feras gigantes da floresta eram massacradas pelos homens desde muito tempo antes de ela nascer, e ela só sabia disso por ter ouvido as histórias de sua avó e visto as pinturas nas paredes da caverna na antiga toca dos Faeran.

Ossos de bisão? Nada disso estivera ali antes.

Seguindo em frente, Willa ouviu estalos, como os de vários gravetos se quebrando, e sentiu pequenos fragmentos afiados debaixo dos pés. Quando olhou para baixo, viu que ela e Charka estavam parados em uma área de solo úmido e escurecido, coberto de esqueletos brancos de milhares de asas de corvos e pequenos pássaros, felinos e lontras, além de outras criaturas estranhas que ela não reconhecia.

— Vamos lá — Willa disse a Charka, puxando-o pelo ombro, ansiosa para sair daquele lugar escuro e estranho. De todos os locais para onde ele podia ter ido, o que o levara até ali?

Enquanto tentava guiá-lo depressa para fora do tapete de ossos até as samambaias, ela notou que havia muitas flores desabrochando ali, mas as pétalas tinham uma mistura incomum de roxo-escuro com castanho-profundo, e as folhas tinham uma tonalidade verde, quase preta, que ela nunca vira antes. O miolo das flores parecia reluzir numa luz avermelhada e as folhas e pétalas pareciam cobertas por uma camada transparente e brilhosa, como se estivessem congeladas no tempo. Uma borboleta azul-cintilante — uma espécie que ela só havia visto nos campos ensolarados do início da primavera — esvoaçava brilhante pela escuridão, por cima das samambaias.

Era o lugar do impossível.

Foi então que algo passou correndo pelo chão na frente dela. Willa e Charka deram um pulo, assustados com o movimento repentino. A garota levou um tempo para entender que não passava de um esquilo e então notou que o pelo dele não era marrom, mas cinza-esbranquiçado. E quando o roedor parou e ergueu a cabecinha em sua direção, seus olhos estavam fumegando, soltando algo que parecia uma fumaça preta.

Pega de surpresa, Willa se virou rápido e partiu para o outro lado. Charka a seguia de perto, com os ombros colados à perna da garota.

Enquanto se apressavam para passar pelas árvores escurecidas, ela começou a ver em todos os troncos e raízes umas protuberâncias grotescas, feitas de uma gosma laranja e amarela e então notou algo ainda mais perturbador.

Em vários pontos do solo da floresta havia pedaços de cogumelos que tinham a forma de corpos de seres humanos, ou dos Faeran, como se os viajantes que chegaram ali antes dela tivessem desabado no chão e os fungos tivessem consumido seus corpos em decomposição. O lugar tinha um cheiro nefasto de podridão. Será que aquele fedor oprimia quem chegava até ali? Ou será que os primeiros viajantes eram a fonte de todo aquele mau cheiro? A ideia de que um ser humano, ou um Faeran, pudessem se tornar algo tão diferente, tão *transformado*, fez Willa sentir um arrepio nas costas. Ela olhou para cima, na esperança de enxergar o topo da Grande Montanha, procurando conforto na sua onipresença, mas só conseguia ver a forma ameaçadora da Sentinela, presa às árvores de troncos pretos, bloqueando a vista do céu.

Charka grunhiu e correu na frente dela, Willa imaginou que ele devia estar bastante aterrorizado com aquele lugar — e com razão —, mas logo percebeu que não era só isso. Ele parou, se virou e olhou para a floresta, com os olhos cheios de lágrimas, como se tivesse acabado de testemunhar algum milagre. Ele farejou o chão sem parar, ergueu a cabeça e farejou o ar, virando-se para um lado e para o outro. Era como se ele sentisse a mãe ali com eles. Ele se ergueu nas patas traseiras e uivou, chamando por ela, voltando depois a ficar em quatro patas para cavar a terra, frenético, com suas garras, como se fosse conseguir escavar até chegar à mãe. Ele se chocou contra um arbusto florido e saiu correndo de novo. Willa foi logo atrás para evitar que ele se machucasse, mas, naquele exato momento, Charka paralisou.

Tudo ficou em silêncio, até o ar em volta deles ficou diferente.

Charka estava de pé, olhando para alguma coisa na vegetação rasteira.

O coração de Willa disparou, mas antes de compreender o que o filhote estava vendo, ela sentiu a terra debaixo dos seus pés começar a ceder e tremer. As raízes retorcidas das árvores pareciam vibrar, fazendo-a sentir uma coceira na pele por todo o corpo. O cheiro da madeira apodrecendo vinha do chão e Willa sentiu um frio na garganta. Era verão, mas ela conseguia ver a fumaça da própria respiração no ar.

A garota ouviu um barulho áspero de alguma coisa crepitando no chão a sua frente, a terra inchando sob seus pés, que a derrubou para trás, levando Charka junto. A terra e o cascalho formaram um montinho, partindo e desaparecendo em seguida. Do chão, surgiu a cabeça e o corpo de uma criatura retorcida que parecia uma cobra. Diferente de todos os animais que ela já vira, esse tinha uns dois palmos de espessura e pelo menos três metros de comprimento, com a pele acinzentada e viscosa, parecia estar soltando fumaça, como se estivesse se desintegrando bem diante dos seus olhos, como os fantasmas de um pesadelo. A coisa deslizou pelo chão num movimento rápido de zigue-zague, passando pelos troncos das árvores e fazendo um som áspero e crepitante. Estava vindo bem na direção deles.

— Cuidado, Charka! — Willa gritou, tentando tirar o filhote apavorado do caminho da cobra. Outra cobra, mais esguia e mais rápida, irrompeu pelas samambaias atrás deles e já vinha arrastando aquele corpo comprido e sinuoso pelo chão da floresta.

Willa empurrou Charka para perto de uma árvore pequena e escura, para que pudessem escalar o tronco. O pequeno urso se encolheu e choramingou, aninhando-se à perna dela, os dois encolhidos pelo medo daquelas criaturas.

— Não se mexa — ela sussurrou, tentando abraçá-lo bem apertado, mas o corpo dela tremia sem parar.

Os dois observavam, de olhos arregalados, as cobras deslizando pela base da árvore, suas peles cinza-escuras pareciam molhadas e gosmentas, e seu cheiro era horrível.

Vendo as cobras deslizerem em meio às samambaias do outro lado da árvore, Willa ficou parada onde estava, ainda tremendo, esperando, como um coelho ao ver um gavião passar voando, assustada demais para se mexer.

O cheiro e o ar congelante começaram a amenizar.

Willa continuou observando, aterrorizada, ao pensar que aquelas criaturas poderiam voltar para atacá-los. Mas as cobras, ou o que quer que fossem aquelas coisas, foram se distanciando mais e mais até, por fim, desaparecerem na vegetação rasteira.

— Acho que foram embora — Willa sussurrou.

Charka grunhiu, mostrando que estava bem.

Mas o que eles tinham acabado de ver? As criaturas foram na mesma direção em que Charka estava seguindo havia poucos instantes, tentando voltar para a mãe. Mas por quê? O que eram aquelas criaturas?

Depois de descer da árvore, Willa colocou Charka no chão e o abraçou. Ele se pendurou nela, tremendo, claramente tão abalado quanto a garota, mas, quando o urso a encarou, tinha incerteza naquele olhar.

— Vamos, a gente tem que sair daqui — disse Willa, e ele ficou junto dela.

Quando retomaram o caminho para subir a montanha, passando em meio às árvores verdes, iluminadas e bem vivas, Willa sentiu um grande alívio tomando conta de seu corpo.

Charka parou e ficou olhando na direção do Recôncavo Morto que ficava para trás. Quando o urso se virou e olhou para Willa, a garota pôde ver que havia algo diferente em seu olhar, como se alguma coisa naquele lugar o tivesse feito perceber que sua mãe não voltaria mais e que aquela garota, ao seu lado, era a única companhia que lhe restava.

— *De lia, eeluin, harn da una* — ela disse, numa voz doce, colocando-o nos braços. *Não se preocupe, pequenino, você vai para casa comigo.*

*A*o seguir os rastros quase apagados de um caminho há muito trilhado por uma velha raposa, passando por uma parte da floresta que parecia bastante normal, Willa foi se sentindo mais relaxada. Ela e Charka estavam horas à frente do Recôncavo Morto, e seu sentimento era mais do que alívio: sentia-se afortunada por estar viva.

O filhote trotava ao seu lado, acelerando o passo quando ela acelerava, e desacelerando quando ela desacelerava. Ele era um rapazinho rápido e ágil, mas tão jovem e pequeno que às vezes chegava a ser desengonçado, tropeçando nas próprias patas ou caindo por cima dos galhos para depois sair correndo para alcançá-la.

Willa observava tudo ao seu redor enquanto caminhava: o movimento dos esquilos forrageando a vegetação rente ao chão, o som dos papa-moscas cantando nos galhos lá em cima e as folhas das árvores balançando para frente e para trás, como se estivessem acompanhando a vibração contínua das cigarras da tarde. Passando, junto com Charka, pelas pedras cobertas de musgo e pelos córregos cintilantes, ela sentia a alegria de estar indo para casa.

Casa. A palavra adquirira um novo significado no último ano.

A vida dos Faeran já fora interligada à floresta de um jeito muito bonito, mas quando Willa nasceu, seu clã já estava dominado pela violência, fome e decadência: os últimos vestígios de um povo moribundo e desesperado. Ela e sua irmã gêmea, Alliw, foram criadas pelos pais aos modos dos antigos

Faeran. Mas quando Willa fez seis anos, os guardas do padaran, o novo líder do clã, assassinaram sua mãe, seu pai e sua irmã na mesma noite. Nos seis anos seguintes, a avó de Willa cuidou dela e a ensinou as antigas tradições das fadas da floresta. Willa acabou se tornando aquilo que o padaran mais odiava: uma guardiã das tradições.

De vez em quando, Willa se perguntava sobre as coisas que lhe aconteceram e todas as escolhas que fizera. E ao seguir para casa junto com Charka, tudo começou a voltar, como uma lama preta subindo do fundo de um antigo córrego.

Willa sabia que sua avó lhe havia ensinado as antigas tradições dos Faeran por amor à neta e ao seu povo, mas, às vezes, a garota se perguntava se a avó já não sabia que um dia ela se rebelaria contra o padaran e o destruiria. Será que ela havia *planejado* o que acontecera? Suas escolhas partiram dela mesma ou vieram de sementes plantadas muito tempo antes? Willa se perguntava em que momento um jovem Faeran deveria parar de viver segundo as escolhas dos seus pais e avós e começar a tomar suas próprias decisões. Será que precisava atingir uma idade certa? Aos doze anos? Treze? Ou será que as escolhas simplesmente começariam a fluir uma atrás da outra, como um rio que corre na direção de outro?

Antes, naquele mesmo dia, quando a mamãe urso e o filhotinho precisaram da sua ajuda, será que Willa tinha escolha além de ajudá-los? Ela sabia que seu pai adotivo não aprovaria a sua atitude, mas será que a decisão era mesmo dela ou já estava tomada devido à forma como seus pais e sua avó a haviam criado?

Willa e Charka chegaram às águas brancas e velozes de um rio em queda e pedregoso. Uma trilha quase apagada, feita por humanos, percorria suas margens. Um dos caminhos levava a quilômetros abaixo, passando pelas casas de algumas outras famílias que viviam nas montanhas, rumo a um vilarejo distante em que ela nunca estivera. O outro caminho ia rio acima, distanciando-se da montanha, na direção da maior de todas as árvores, e também da sua casa, foi esse o caminho que ela seguiu.

No ano anterior, a insurgência de Willa contra o padaran havia causado não só a morte dele, mas também de sua querida avó, além de um incêndio na toca em que o povo Faeran vivera por gerações e o colapso de todo o clã. Os últimos cento e poucos Faeran tinham ido embora para cuidar de suas próprias vidas, como abelhas soltas ao vento sem uma colmeia. E os membros do clã *a* culpavam pela destruição de tudo o que conheciam e de tudo o que dependiam para viver. Será que ela poderia ter escolhido *não* jogar a lança e salvar a loba naquele dia? Será que ela poderia ter decidido *não* voltar e libertar as crianças humanas da prisão do padaran? Será que aquelas foram escolhas *dela*? Ou será que todos os ramos da árvore da sua vida já estavam crescendo desde o momento em que foram lançadas as raízes de que ela precisava para ficar em pé?

Durante a viagem com Charka, Willa olhava pela floresta, na direção das fileiras enevoadas de montanhas azuis cascateando ao longe e avistou a Grande Montanha Fumegante lá no alto, com o topo gentil e arredondado e seu corpo imenso descendo mundo abaixo. Durante todas as turbulências da sua vida, parecia que a Grande Montanha sempre estivera ao seu lado, cuidando dela.

Quando ela e Charka chegaram ao seu bosque preferido de lindos carvalhos, ela lhes disse:

— *Ena dua un, dunum far.* — Que bom ver vocês, meus amigos.

Por fim, Willa saiu da floresta e entrou em uma área aberta de gramado verde. Diante dos seus olhos, havia uma toca feita pelos homens, que os humanos chamavam de *casa*.

A casa tinha um telhado inclinado feito de plaquinhas de madeira e janelas na frente, com degraus que levavam a um pórtico amplo, cercado por um corrimão. E, ao lado da casa, crescia uma enorme nogueira que ultrapassava o telhado e parecia chegar ao céu.

Depois que sua avó foi morta, Willa ficou perdida na angústia, perambulando sem esperança, até o dia em que encontrou um homem trabalhando naquele jardim, com lágrimas escorrendo pelo rosto. Ela finalmente havia encontrado uma casa para seu coração partido nesse humano, que tinha o coração ainda mais partido que o dela. Seu nome era Nathaniel. Ela e esse homem começaram sua história como inimigos, mas, assim que se tornaram amigos e aliados, tornaram-se *pai* e *filha* e nada mais poderia separá-los.

Aquelas foram escolhas dela, uma depois da outra, mas agora, ao passar pelo bosque à noite e entrar no jardim em frente à casa, parecia que, por mais estranho que fosse, não havia outro caminho que ela pudesse ter seguido, a não ser o caminho do seu próprio coração.

Nathaniel estava saindo pela porta da frente, colocando seu chapéu de caubói de abas largas e apanhando seu bastão de caminhada, parecia estar indo cuidar da horta antes que escurecesse. Ele era um homem alto, com cara de durão, e levava no rosto uma barba rala e um bigode. Vestia uma camisa branca de mangas compridas e um colete marrom, com calças lisas e um cinto de couro. No meio do caminho, parou no pórtico, como se estivesse percebendo alguma coisa ao redor. Ao erguer a cabeça, seu rosto foi ficando visível por baixo da aba do chapéu. Quando seus olhos azuis e suaves a avistaram, ele sorriu de um jeito que só Nathaniel conseguia sorrir, e aquilo foi um alento na alma daquela garota.

Hialeah, sua irmã adotiva de quinze anos, apareceu no pórtico atrás do pai, quase tão alta quanto ele, mas com os belos cabelos longos e negros da sua mãe Cherokee, que tinha sido assassinada um ano antes. Lembrando-se da briga que teve com Hialeah naquela manhã, Willa sentiu uma pontada de culpa. Elas discutiram sobre quem tinha — ou *não* — ajudado o pai a recolher os ovos das galinhas no dia anterior. Elas trocaram farpas e palavras duras antes de Willa correr para a floresta. Aquilo parecia tão bobo agora. Ao ver sua irmã parada no pórtico, olhando para ela, tudo que Willa queria fazer era correr para abraçá-la.

Em meio a toda a destruição causada pelo ferro dos homens cortadores de árvores e pela devastação do clã Faeran, em meio a todas as mortes e conflitos que a acompanharam pela vida inteira, ela havia encontrado uma espécie de raio-de-sol em um lugar onde nunca poderia ter imaginado: uma casa entre os humanos.

— Por que que você trouxe um urso para casa? — Hialeah perguntou, fazendo uma careta para Willa e seu novo companheiro. — Semana passada foi uma matilha de lobos, que ficou perambulando pelo bosque, procurando por você no meio da noite, e agora um urso?

— Vamos conversar sobre isso com calma, meninas — Nathaniel disse, colocando-se entre elas.

Willa ficou feliz com o olhar de reprovação que o pai dirigira para sua irmã antes de se virar para ela. A garota achava mesmo que Hialeah merecia ser repreendida mais do que ela própria, mas quando ele se virou, Willa também pode sentir a reprovação dirigida a ela.

— Eu estou calma — Willa disse.

— Então, quem é esse rapazinho? — ele perguntou, apontando para o filhote que o espiava, escondido atrás das pernas dela.

— É o Charka.

Nathaniel estendeu a mão aberta, mas Charka logo escapuliu para a outra perna de Willa, buscando proteção.

— E por que ele está aqui? — Nathaniel perguntou, obviamente tentando manter a voz serena e justa.

— Ele é meu amigo — Willa respondeu.

— Você não pode ficar com ele, se for nisso que está pensando — Hialeah disse com firmeza, avançando na direção deles.

— Por que não? — Willa perguntou, olhando para ela.

— Porque casa não é lugar de urso — Hialeah disse.

— E nem de alguém como eu! — Willa rebateu.

— Willa, não. — A voz do pai parecia uma rocha batendo no fundo de um penhasco. Ele ouviu as duas e então se virou para Willa. — Sinto muito, mas Hialeah tem razão — ele disse baixinho. — Casa não é lugar de urso, mesmo os pequenos e fofinhos.

— Ursos pequenos e fofinhos crescem e viram ursos enormes e malvados — Hialeah comentou.

— Eu jurei para a mamãe urso que tomaria conta dele — Willa disse ao pai.

Os olhos de Nathaniel se arregalaram em surpresa.

— Você jurou para a mãe dele? E onde *está* essa mãe? — ele perguntou, passando os olhos pela floresta em todas as direções.

— Levou um tiro dos madeireiros e morreu — Willa respondeu.

— Você viu os madeireiros? — Nathaniel perguntou, apreensivo, com o tom de voz ficando cada vez mais sombrio e zangado ao voltar a encará-la.

— Sim — Willa admitiu baixinho, sabendo que tinha acabado de despertar um outro tipo de fera.

— Diga que você não se aproximou demais... — o pai ordenou. — Diga que você manteve a distância. Eu já te avisei, Willa. Se você vir os madeireiros, precisa sair correndo.

— Não dá para sair resgatando ursos das áreas desmatadas — Hialeah disse, ganhando coragem ao ver que o pai estava do seu lado. Willa sabia como ela gostava de estar certa.

— Mas os ursos precisavam da minha ajuda.

Nathaniel assentiu, parecendo entender.

— Onde você viu os madeireiros?

— Lá embaixo, no campo de Elkmont.

— No campo de Elkmont! — ele exclamou, erguendo as mãos, inconformado. — De todos os lugares do mundo, Willa, o que você foi fazer lá? Já falei para você ficar longe daquele lugar! Esse é um dos principais campos deles.

— Eu estava furiosa — ela falou, olhado para Hialeah, mas sem dizer mais nada.

— E aí você quis ficar ainda mais furiosa e foi olhar os madeireiros? — Hialeah disse. — Isso não faz o menor sentido.

— Já falei para você nunca chegar perto dos madeireiros — Nathaniel disse com a voz tão doce que Willa sentiu um aperto no coração. Ela podia ouvir confusão e decepção na voz dele, seu coração batia com dificuldade no peito. Willa tinha sido pega em flagrante e sabia disso. O que poderia dizer para fazê-lo entender?

Um ano atrás, sua esposa, Ahyoka, havia sido morta por invasores durante a noite. Os Faeran, guardas do padaran, foram os assassinos. Alguns meses depois, outra tragédia começou a se anunciar. Inali, um garotinho de cinco anos, filho de Nathaniel e irmão adotivo de Willa, foi abatido por uma febre alta. O coitadinho se agitava e se revirava na cama. A doença durou vários dias. Nathaniel trouxe um médico humano para casa, e Willa procurou desesperadamente na floresta alguma planta medicinal, mas nada ajudou, a febre não cedia. E, certa noite, com o pai, o irmão mais velho e as duas irmãs em volta dele, Inali partiu. Willa se lembrava de estar sentada na escuridão com os outros e de ouvir o último suspiro de Inali.

No último ano, Willa vira Nathaniel se tornar cada vez mais cuidadoso em relação à proteção de sua família e de suas terras. Tudo o que ele queria era que os deixassem sozinhos e em paz. E eram os madeireiros quem mais o enfureciam e assustavam, porque eles queriam a sua terra junto ao rio, não só para cortar as árvores lindas e gigantescas, mas porque ali era a única rota na qual eles poderiam assentar seus trilhos de aço para chegar às valiosas árvores que ficavam nas partes mais altas da montanha. Para protegê-lo dos madeireiros, Nathaniel mandou o filho de dez anos, Iska, viver com os primos na divisa Qualla, uma região dominada e controlada pelos Cherokee, do outro lado da Grande Montanha. Ele tentou mandar Hialeah junto, mas, teimosa que era, ela se negou a sair de perto do pai.

— Por que você desceu até a região de Elkmont? — Nathaniel pressionou Willa. — Por que logo *lá*?

— Por que as minhas amigas vivem lá — ela disse, já sabendo que a resposta não o convenceria.

— Suas amigas? — ele perguntou, ainda com uma careta. — Que amigas?

— Ela está falando das árvores — disse Hialeah, encarando Willa com um olhar frio.

— Você não se importa com nada, não é? — Willa devolveu o olhar.

— Willa, já chega — Nathaniel disse. — Vai já para o rio se acalmar um pouco.

— Como assim *eu* tenho que ir para o rio? — Willa retrucou. — Eu não fiz nada de errado!

— Nem eu! — Hialeah disse com raiva.

Nathaniel fechou os olhos, inspirou fundo e soltou o ar.

— Willa, você *gosta* de ficar sentada na beira do rio — ele disse, tentando manter a voz calma. — Não aja como se fosse um castigo, pois você sabe muito bem que não é.

Willa deu um passo para trás e coçou os olhos com o dorso da mão.

— Desculpa, pai.

Nathaniel olhou para ela e para Hialeah ao mesmo tempo.

— Vocês duas precisam aprender a ouvir. Não adianta nada ficar discutindo sobre quantas cestas de maçã vamos colher esta semana, quem vai extrair o mel da caixa de abelhas ou o que faremos com um filhote de urso. Nós somos uma família. Vamos dar um jeito. Mas precisamos nos concentrar nos nossos problemas de verdade. Esses madeireiros lá embaixo têm feito de tudo para nos expulsar das nossas terras, para nos tirar do caminho deles, mas não vamos desistir. Essa terra é nossa e não vamos abrir mão dela. Vocês estão entendendo? Estamos nos preparando para isso: o mirante na árvore, o caminho lá atrás, o esconderijo, a arma na porta da frente... está tudo preparado. Quando eles vierem, talvez seja de um jeito que nem imaginamos, mas seja lá o que aconteça, nós estamos juntos. Não discutimos. Não brigamos. Ficamos juntos não importa o que aconteça. Entenderam?

Ao sentir as bochechas corando de vergonha, Willa baixou a cabeça e concordou, sabia que o pai tinha razão.

Ela ergueu os olhos e encarou a irmã. Hialeah já estava olhando para ela, com a expressão mais suave.

Willa sabia que a irmã estava sofrendo por algum motivo havia muito tempo, algo de que ela nunca falava, mas que estava ali entre elas, por baixo da superfície, como um bolor preto que cresce nas raízes entre duas árvores.

— Desculpa, Willa — Hialeah disse. — É que eu não sabia para onde você tinha ido hoje de manhã.

As palavras de Hialeah a deixaram sem reação. Quando Willa saiu enfurecida de manhã, estava decidida a não dizer a Hialeah aonde ia. A ideia era magoá-la, deixá-la preocupada, e funcionou direitinho.

— Eu também peço desculpas — Willa disse baixinho. — Eu não deveria ter saído sem você.

— Você não deveria ter saído de jeito nenhum — Nathaniel a corrigiu.

Willa parou e engoliu em seco.

— Vou fazer de tudo para ficar longe dos madeireiros — ela prometeu.

— Que bom — Nathaniel disse, assentindo com a cabeça ao olhar para as duas.

Pouco tempo depois, ele voltou a prestar atenção em Charka, que agora tremia atrás das pernas de Willa, assustado pelo tom de voz deles.

— Amanhã vamos tentar achar um lar decente para o Charka, algum lugar com outros ursos para que ele aprenda a andar por aí, encontrar comida e se proteger. É a única chance que ele tem de sobreviver.

— Acho que já sei para onde podemos levá-lo — Willa disse, tentando demonstrar compreensão.

— Muito bem — Nathaniel disse. — Mas, por hoje, vamos jantar aqui na varanda para que ele possa ficar com a gente. Há um resto de caçarola de batatas que tenho certeza de que ele vai gostar.

— Obrigada — Willa disse.

— Vou trazer as mesas e cadeiras para cá — Hialeah disse.

Quando Willa olhou para ela, Hialeah abriu um sorriso sutil, quase imperceptível, e Willa sorriu de volta. Batendo boca ou não, elas ainda eram irmãs.

Naquela mesma noite após o jantar, Willa e Hialeah lavaram a louça, enquanto Nathaniel dava o resto da caçarola de batata para Charka do lado de fora da casa. Willa percebeu que as botas de caminhada do pai, que ele tinha deixado largadas perto do banco ao lado da porta junto com o rifle, estavam cheias de lama, como se ele tivesse passado o dia caminhando nas margens do rio.

— Será que o pai saiu para caçar enquanto eu estive fora? — Willa perguntou, mas sabia que era improvável, pois ele costumava sair para caçar bem cedinho.

— Ele ficou fora o dia todo, mas não sei para onde foi — Hialeah disse, com uma estranha firmeza na voz, como se estivesse tentando falar daquele jeito de propósito.

Willa sentiu uma pontada de culpa quando percebeu que tanto ela quanto Nathaniel saíram de casa pela manhã sem dizer à Hialeah aonde estavam indo. Sua irmã devia ter ficado preocupada o dia todo, mas Willa percebeu que havia algo a mais, alguma coisa mal resolvida entre as duas que ela não conseguia entender direito.

— Hialeah — ela disse, baixinho, enquanto as duas trabalhavam —, o que está incomodando você?

— Nada.

Mas Willa sabia que aquilo não era verdade.

Às vezes, Hialeah a olhava com um olhar duro e sombrio, parecendo odiá-la. Mas Willa também sabia que aquilo não era verdade.

— Você ainda está brava pelo que aconteceu de manhã? — Willa perguntou, pressionando.

— Não — Hialeah disse, mas pela sua resposta rude, era óbvio que tinha *alguma coisa* ali.

— Me conta — Willa disse, tocando seu braço. — O que está te incomodando?

Hialeah se virou e a olhou com seus olhos castanho-escuros.

— Não tem nada me incomodando — ela disse com firmeza. — Está tudo bem.

Aquela frase, Willa pensou, *Está tudo bem*. É isso que as pessoas dizem quando não está tudo bem. Não, sua irmã não estava brava, mas estava sofrendo.

Já era tarde quando elas terminaram de lavar a louça e de fazer algumas outras tarefas domésticas. Nathaniel e Hialeah disseram boa-noite e foram dormir em seus quartos no andar de cima. Willa adorava ficar com eles, mas não dormia dentro de casa. Ela havia tentado muitas vezes dividir um quarto com Hialeah, uma ideia que empolgou as duas no começo, mas Willa não conseguia se acostumar com aquele ar parado e com a madeira morta das paredes.

A garota preferia ficar do lado de fora e escalar a nogueira em frente à casa. Charka foi logo atrás, usando suas garras afiadas para escalar, tão rápido e veloz quanto ela. Os dois se aninharam um ao outro na curvatura de alguns galhos, bem em cima do quarto de Hialeah.

Willa sorriu ao ouvir o barulho de Hialeah abrindo a janela. Ela e sua irmã não dormiam no mesmo quarto, mas estavam o mais próximo que podiam, tendo deixado a briga da manhã de lado.

— Boa noite, Willa — Hialeah disse, gentil.

— Boa noite, Hialeah. Eu te amo — Willa respondeu.

— Eu também te amo.

Willa não sabia dizer ao certo, mas teve a impressão de ouvir um tom de arrependimento na voz da irmã. Mas arrependimento de quê? Era quase como se Hialeah estivesse com vergonha por ter ficado tão brava logo cedo. Porém, Willa sentia que havia mais alguma coisa, como se as duas fossem árvores cujas raízes se tocavam embaixo da terra, mas que entre elas houvesse uma pedra antiga que as mantinham separadas.

Charka aconchegou o corpo quente e peludo junto ao de Willa e enfiou o focinho por baixo do queixo dela. Ela conseguia sentir aquele nariz comprido respirando tranquilo em seu pescoço e as patinhas se agarrando ao seu corpo, como se ela ainda o estivesse carregando pela floresta. Quando o ursinho, exausto, foi pegando no sono, Willa olhou para a lua e para as estrelas se erguendo sobre o contorno das montanhas. Era uma noite quente de verão. As esperanças cantavam, os sapos coaxavam e os bacurau-norte-americanos assoviavam seus nomes. Era em noites assim que as lembranças de Alliw vinham flutuando à sua mente, lembranças de dormir abraçada à irmã nas curvas do grande pinheiro junto ao rio, a mesma árvore que os madeireiros haviam cortado naquela manhã. Fazia sete anos que Alliw havia morrido e agora a árvore também estava morta. Tudo que restava daquelas noites eram recordações e até essas pareciam se distanciar cada vez mais. Quando ela pensava em sua irmã Faeran e no grande pinheiro junto ao rio, parecia que o próprio rio logo deixaria de correr e desapareceria também.

Ela não sabia por que, mas havia muitos anos que não nascia nenhum bebê Faeran. Willa tinha treze anos e fora a última. Na época em que os bebês Faeran *nasciam*, sempre vinham gêmeos e eles recebiam nomes que eram o inverso um do outro. Willa e Alliw. Esquerda e direita. Sombra e luz. Ela e Alliw eram inseparáveis, faziam tudo juntas. Uma de suas melhores lembranças era a de nadar com a irmã e um bando de filhotes de lontras em um riacho, mergulhando e nadando, borrifando e brincando. Quando Willa era a água do rio, Alliw se tornava as pedras: com uma camuflagem ainda mais poderosa quando estavam juntas. Às vezes, Willa se perguntava por que sua irmã havia morrido. Aconteceu em um dos poucos momentos em que as duas não estavam juntas, fundindo-se uma à outra e ao ambiente ao redor. Foi assim que os guardas do padaran conseguiram vê-la.

Agora, às vezes, quando ouvia o som de um rio ou o zunido agradável dos insetos em uma noite de luar, Willa sentia como se uma metade sua estivesse faltando, mas ao sentir Charka suspirar e chegar ainda mais perto, e saber que Hialeah estava dormindo tranquila no quarto do outro lado da janela aberta, Willa olhou para a Grande Montanha lá em cima e agradeceu pelo o que o mundo lhe havia dado.

10

O calor do sol nascente tocou seu rosto. A luz que penetrava suas pálpebras fechadas deixou seu mundo dos sonhos cor-de-rosa. E a vibração das asas do papa-moscas nos galhos ao redor era como um sussurro no seu ouvido.

Sem abrir os olhos, ela desviou a cabeça do sol e se aninhou às folhas da árvore onde estava dormindo. Os galhos a seguravam, a embalavam e nunca a deixariam cair.

Quando Charka se mexeu ao seu lado, ela abriu os olhos, lembrando-se de que não estava sozinha.

O sol tinha acabado de surgir por trás do topo da montanha.

Lá embaixo, ela ouviu o ranger da porta de entrada, abrindo e fechando, e então viu Hialeah indo pelo campo, contornando as árvores da floresta, que ficavam a uma curta distância da casa. Raios dourados e prateados do sol da manhã brilhavam inclinados pela névoa que flutuava pelo campo. A grama verdinha coberta de orvalho e as orquídeas de bordas roxas pareciam brilhar à luz do sol.

Do lugar em que estava pendurada na árvore, Willa viu Hialeah caminhar até a extremidade do campo e ficar parada na frente de dois montinhos de terra marcados com cruzes de madeira pintadas de branco. Poucos meses antes, no dia dos finados, ela, Hialeah e Nathaniel foram até as sepulturas, colocaram mais terra onde estava desgastado, plantaram flores amarelas que haviam colhido na floresta e colocaram um círculo duplo de pedras em volta dos dois montinhos. E, reunidos em volta do último local de descanso dos seus entes queridos, fizeram um piquenique maravilhoso, cantaram antigas canções e contaram histórias sobre aqueles que tinham partido. Fora o primeiro dia dos finados que Willa vivenciara, e ela se lembrava de como aquilo a fizera se sentir mais próxima de todos da família, tanto dos vivos quanto dos mortos.

Uma das cruzes era para o seu irmão, Inali. A outra, era para a mãe de Hialeah. Willa não chegou a conhecer Ahyoka, mas sabia que ela fora o solo fértil, a água que matava a sede e o raio-de-sol que brilhava na vida de Hialeah. Sua irmã ia até a sepultura da mãe todas as manhãs, fizesse chuva ou fizesse sol. Em todos aqueles meses, Willa nunca tinha visto Hialeah chorar, mas muitas vezes ela parava no meio de uma frase e não conseguia terminar o que estava dizendo. Ou às vezes ela colocava a mão nos olhos e se virava. Eram momentos breves e raros em que a perda da mãe era mais dolorida do que Hialeah podia suportar, mas ela logo se recompunha e seguia adiante com o que estivesse fazendo, sua expressão firme e séria.

Agora, ao vê-la rezando diante da sepultura, Willa se perguntava se quando a irmã a olhava — vendo a pele verde, os cabelos castanhos da cor da madeira e os olhos da cor das folhas —, via apenas *ela*, apenas *Willa*, ou também enxergava as pessoas que haviam assassinado sua mãe. Era essa a pedra que as impedia de se aproximarem? Se fosse assim, como ela poderia ultrapassar aquela barreira? Willa podia mudar a cor da pele e dos olhos e podia contar a Hialeah as histórias sobre os heróis Faeran que viveram muito tempo antes dos bandidos assassinos que mataram a sua mãe. Mas o que ela poderia fazer para remediar uma mente tão ferida?

Willa imaginou que Hialeah estava rezando para o deus do seu pai e para o deus da sua mãe, o deus inglês e o deus Cherokee. Mas, no fundo, sabia que Hialeah precisava encontrar o próprio caminho, como ela, sozinha no mundo de tantas formas diferentes. Ela precisava encontrar o próprio deus para curar sua alma.

Alguns minutos depois, enquanto Hialeah caminhava de volta para casa, para começar os afazeres domésticos, passou por baixo da árvore de Willa.

— Eu sabia que você estava olhando — Hialeah disse, sem olhar para cima.

— Não quis te incomodar — Willa disse com a voz gentil.

— Desça daí e venha me ajudar a fazer o café da manhã — Hialeah disse. — O papai vai acordar logo.

Quando Willa começou a descer dos galhos da árvore, Charka acordou, resmungando porque ela estava se afastando dele, e saiu num galope seguindo

Willa. Ela estava prestes a dizer ao ursinho que não iria a lugar nenhum sem ele quando vários gaios-azuis piaram ao longe. Por reflexo, a garota paralisou e se fundiu com as folhas. Quando os gaios-azuis piavam daquele jeito, significava que algum perigo estava se aproximando.

— O que vocês estão vendo, amiguinhos? — ela sussurrou na língua Faeran, olhando na direção dos pássaros.

E foi então que ela ouviu: o sussurro calmo do rio vizinho agora parecia enfurecido.

Seus músculos contraíram.

Era o som da água corrente batendo nos joelhos de invasores que estavam cruzando a parte mais rasa do rio. Então veio o marchar de várias botas pesadas, o som dos intrusos escalando as pedras para chegar às margens. Enquanto atravessavam o bosque de carvalhos para chegar a casa, ela sentiu o cheiro dos seus corpos humanos, do óleo e da serragem nas suas roupas e do sangue das árvores em suas mãos.

Seis vultos sombrios vinham na direção da casa, espalhados e se esgueirando, passando em silêncio de um tronco ao próximo e com armas nas mãos.

Eles vieram pensando em matar.

Willa logo pensou na arma e na munição que Nathaniel deixava penduradas na parede, bem perto da porta de entrada, e ela sabia que ele dormia com um rifle carregado ao lado da cama.

— Hialeah — Willa gritou num sussurro áspero para sua irmã abaixo dela. — Eles estão aqui! Estão vindo! Corra para casa e se esconda, como o pai falou para a gente fazer!

Hialeah entendeu na hora.

— Se proteja! — ela sussurrou para Willa e foi logo se esconder em casa.

— Charka, você fica bem aqui — Willa disse ao ursinho. — Não se mexa.

Ela queria se abaixar e se esconder ali com ele, mas precisava alertar o pai. Willa se virou na direção da casa. Lembrando-se do que os esquilos voadores lhe haviam ensinado muitos anos antes, ela se lançou no ar. Ela não podia voar, nem chegava perto disso, mas podia pular e se agarrar às coisas. Willa atingiu com força a parede lateral da casa, seu corpo batendo no tapume de madeira, o que quase arrancou seu fôlego, mas ela conseguiu alcançar o parapeito da janela. Entrou se arrastando pela abertura, tombou no chão, se levantou e correu até o quarto do pai.

— Pai, acorda, eles estão aqui! — ela disse, chacoalhando-o pelos ombros. — Eles estão aqui.

— O quê? — ele disse ainda atordoado de sono. Ele tateou, procurando a arma, e olhou em volta. — O que está acontecendo, Willa? — Levantou-se rápido da cama. Como sempre, ele já estava vestido, pronto para o que viesse.

— Seis homens armados acabaram de atravessar o rio e estão vindo devagar na direção da casa — ela disse. Ele lhe havia ensinado exatamente o que falar: a quantidade de homens, as armas, a direção e o jeito como se moviam.

— Cadê a sua irmã?

— Eu falei para ela sair correndo pela porta dos fundos.

— Muito bom, garota — Nathaniel disse, num aceno rápido com a cabeça. — Agora se esconda, Willa, desapareça. Não importa o que você veja, não apareça. Se acontecer alguma coisa comigo, quero que você proteja a sua irmã e vá embora daqui. Me prometa.

Willa concordou, com o coração martelando no peito. Mas ela odiava como tudo era perturbadoramente parecido com o que a mamãe urso lhe tinha pedido: pegar o filhote e ir embora.

— *Un daca* — ela disse, mas logo percebeu o engano. — Desculpa. Quero dizer, *eu prometo*. Mas, pai, não morra, por favor!

— Não se preocupe, morrer não está nos meus planos — ele disse, segurando-a pelos braços. — Agora se esconda, Willa, vai!

Então ele pegou o rifle e saiu correndo do quarto.

11

Willa disparou corredor abaixo, invadiu o quarto de Hialeah e escapou pela janela. Ela saiu planando pelo ar e pousou de braços abertos nos ramos da árvore, se agarrando aos galhos oscilantes e arqueados, e continuou ligeira como um esquilo. Assim que chegou num ponto mais firme, ela se agachou e se fundiu às folhas.

Com medo de que sua respiração ofegante a entregasse, Willa se acalmou e desacelerou as batidas do coração. A capacidade de controlar conscientemente as partes mais internas do seu corpo era uma habilidade das fadas da floresta que sua avó lhe ensinara muito bem.

Então ela relaxou os músculos, soltando os braços e as pernas. Lembrando-se de um truque que uma cobra das árvores lhe havia mostrado no ano anterior, ela se texturizou com os tons precisos de verde e balançou devagar com a brisa, tornando-se invisível em meio aos galhos e às folhas ao seu redor.

Ficou observando os seis homens se arrastando pela floresta em direção a casa, segurando suas armas compridas de metal nas mãos. Ela podia ver, pelos movimentos lentos e cautelosos, que eles estavam tentando fazer silêncio, mas ela conseguia escutar a respiração pesada, o barulho das roupas e os ramos se quebrando debaixo dos seus pés.

Quando reconheceu um dos homens, Willa cerrou os dentes. Era o chefe do grupo de madeireiros, o homem que montava a cavalo. Agora ele estava andando a pé, mas ela nunca poderia esquecê-lo. Foi ele quem dera a ordem para atirar na mamãe urso. Mais velho que os outros, ele tinha uma barba bem aparada e cabelos curtos e cinza como ferro. Ele usava um casaco comprido e cheio de bolsos e seus tornozelos estavam envolvidos por uma bota que ia até o joelho para proteger contra as picadas das víboras e cascavéis que rastejavam pela vegetação. Ele estava agachado junto com os outros, o rifle nas mãos. Os homens em volta dele pareciam madeireiros do bando.

O quarto homem se escondeu, deitando atrás de uma tora perto dali, o cano comprido do seu rifle espiava por cima da madeira, com o rabo do seu chapéu de pele de guaxinim caindo nas suas costas. *É um dos guardas, dos caçadores*, Willa pensou, lembrando-se de tê-los visto rastejando para subir a ravina.

Os dois outros invasores eram diferentes. Ela não conseguia identificá-los. Mas um deles levava uma pistola ao lado do corpo e um pedaço de metal reluzente no peito.

Ao se aproximar dos limites da floresta, os homens se agacharam atrás dos troncos das árvores e olharam para a casa no final do gramado. Willa rosnou só de pensar naqueles assassinos de árvores usando as próprias *árvores* como proteção.

— Steadman! — o homem com a pistola chamou. Ele tinha um bigodão branco e uma cara gorducha, a aba do seu chapéu estava com as laterais dobradas para cima. — Saia daí com as mãos para cima!

Não veio nenhuma resposta da casa. Nada além de silêncio.

— Precisamos entrar logo, xerife! — grunhiu um dos madeireiros, cuspindo tabaco mascado por um dos lados da boca. — Ou ele vai sair escondido pelos fundos feito um rato.

— Nathaniel Steadman! — o homem de bigode branco gritou. — Aqui é o xerife Blount. Estou com o delegado Grant aqui e com quatro rapazes da madeireira Sutton. Não queremos confusão, mas vamos entrar na sua casa!

O xerife deu uma olhada rápida no delegado. Ele era um rapaz mais jovem e mais magricelo, mas havia um tipo de certeza dura na sua expressão, como se nada no mundo fosse impedi-lo de fazer o que eles estavam ali para fazer.

Da sua posição na árvore, Willa se virou e examinou a floresta que ficava atrás dela. Ela viu Hialeah correndo em meio às árvores, com os cabelos pretos voando atrás dela. Sentindo uma pontada de esperança, Willa pensou: *Corra, Hialeah, corra!* Mas onde estava Nathaniel? Por que ele não estava correndo junto com ela?

Quando Willa se virou na direção dos invasores, ela notou alguma coisa na folhagem atrás deles. Ela achou que pudesse ser outro homem que ainda não tinha visto ou talvez um animal. Então Willa arregalou os olhos, incrédula. Era a garota com cabelos cor de trigo! A garota que ela tinha visto na ravina no dia anterior, agora estava escondida num matagal logo atrás dos homens, olhando para eles e para a casa lá na frente. Confusa, Willa franziu as sobrancelhas. O que ela tinha a ver com aquilo tudo?

O caçador deitado atrás da tora de madeira, parecendo ter visto alguma coisa, preparou a arma. Era um homem esguio e forte, de cabelos escuros e olhos atentos e firmes que faziam Willa se lembrar de uma ave de rapina, o tipo de olhos que já vira a morte de muitas criaturas.

Willa ouviu o rangido da porta da frente se abrindo devagar.

— Ele está saindo, xerife! — o delegado sussurrou.

O madeireiro cuspindo tabaco, que tinha apressado o xerife instantes antes, agora se jogava no chão para se esconder, segurando a espingarda de cano duplo junto ao peito, como se esperasse que uma saraivada de balas viesse voando na sua direção. Os outros homens logo se agacharam atrás dos troncos das árvores e apontaram os rifles para o pórtico em frente à casa.

O coração de Willa perdeu o compasso. Eles deviam estar mirando em Nathaniel! Mas por que ele estava saindo? Por que ele não estava fugindo junto com Hialeah? Ele podia escapar!

Seu peito ficou apertado quando ela o viu correr para frente e se colocar por trás de uma pedra, apontando o rifle na direção dos invasores.

— O que o senhor veio fazer aqui, xerife? — ele gritou, com a voz mais sombria e mais raivosa que Willa já tinha ouvido sair daquela boca.

O madeireiro do tabaco se ergueu em um pulo e gritou:

— Você sabe muito bem por que estamos aqui, seu filho da...

— Abaixe-se e fique quieto, Luther! — o chefe dos madeireiros rosnou, puxando o homem para baixo.

Luther era um homem alto e desengonçado, que parecia ter quase a mesma idade do pai de Willa. Ele usava um cinto de couro grosso, uma machadinha pendurada ao lado do corpo e um chapéu surrado. Suas calças estavam rasgadas e manchadas de seiva e seus suspensórios, frouxos. Quando se levantou, ele puxou o cabelo comprido e bagunçado para trás e limpou com as costas da mão o caldo de tabaco que escorria pelo canto da boca, fazendo uma careta para o chefe que o havia mandado se abaixar. Luther tinha uma cara fina e ossuda, como se vivesse à base de bebida, e não de comida, e tinha uma cicatriz deformada cortando sua bochecha.

— A gente precisa pegar ele, você sabe — ele disse, pressionando o chefe. — Estou dizendo, a gente precisa pegar ele!

Mas Willa notou que, ao esbravejar aquelas palavras, Luther se mantinha abaixado e escondido atrás da base de uma árvore enorme e deixava o chefe encarregado de vigiar a casa.

A voz de Nathaniel se ergueu por trás do poço.

— Vou perguntar mais uma vez, xerife, o que o senhor está fazendo aqui?

— Acho que Luther Higgs acertou dessa vez — o xerife respondeu. — Você sabe muito bem por que viemos.

— Não sei mesmo, e a minha paciência está acabando. Então vá direto ao ponto — Nathaniel disse.

Enquanto o xerife se aproximava de um tronco ainda mais grosso, Willa podia ver que ele era um homem lento e pesado que não parecia muito ansioso para trocar tiros com Nathaniel Steadman.

— Estamos aqui para fazer perguntas sobre um crime que aconteceu — o xerife disse.

— Os únicos crimes de que ouvi falar foram os de pessoas cortando madeira sem licença, destruindo propriedades privadas e dinamitando rios. É desses crimes que o senhor está falando?

— Vai se danar, Steadman! — Luther gritou por detrás do carvalho que ele e o chefe estavam usando para se esconder. — Isso aí não é crime, não! Todo mundo tem direito de ganhar a vida. E você não pode se meter, seu caipira medonho!

— Do que se trata isso tudo, xerife? — Nathaniel disse, ignorando Luther de um jeito que fez Willa pensar que ele já vinha ignorando aquele homem há anos. — Não sei nada sobre crime nenhum.

— Dois homens que trabalhavam para a madeireira Sutton foram assassinados ontem. Um deles era irmão de Luther, um homem que você devia conhecer — o xerife respondeu.

Willa piscou, chocada. Madeireiros assassinados?

Mas ela tinha acabado de ir até lá!

Ela viu o rosto de Nathaniel empalidecer. Ele não pareceu exatamente surpreso, mas meio assustado, como se tivesse acabado de perceber que a situação se agravaria ainda mais.

Willa olhou para a floresta, na direção de onde a garota de cabelo da cor do trigo estava, mas ela tinha sumido. A garota foi a única pessoa que Willa tinha visto na área de exploração além dos madeireiros, e ela estava se escondendo nas pedras. Willa não conseguiu deixar de pensar que ela poderia ter algo a ver com o assassinato dos dois homens. Ou talvez ela tivesse, no mínimo, visto alguma coisa escondida nas sombras. Willa passou os olhos da esquerda para a direita, procurando a menina na vegetação rasteira. Será que ela tinha se aproximado rastejando? Será que havia fugido? Seja lá quem fosse, ela parecia ter desaparecido.

— Mas o que eu tenho a ver com isso, xerife? — Nathaniel perguntou, agora com a voz firme e séria.

— Você já deixou bem claro como se sente em relação à madeireira Sutton — o xerife disse.

— E o senhor sabe melhor que ninguém que, para um homem com juízo, há uma longa distância entre desejar e agir.

— Não deixa ele escapar dessa vez, xerife! — Luther implorou. — Ele é bom de conversa. Engana todo mundo! A gente precisa dar uma lição nesse aí! A gente precisa colocar ele na forca!

— Cala a boca e deixa o xerife trabalhar — o chefe disse a Luther, segurando o homem junto ao chão para que ele não se levantasse de novo. Era óbvio que o chefe estava acostumado a ser respeitado pelos seus subordinados e já estava se cansando de Luther Higgs.

— Escute o que vou dizer, Nathaniel — o xerife gritou. — Dois madeireiros do grupo de Elkmont foram mortos ontem. Isso é um fato.

— Como você sabe que eles foram mortos? — Nathaniel perguntou. — Pode ter sido um acidente. Como eles morreram? Alguém viu o que aconteceu?

O xerife olhou para o delegado de relance e balançou a cabeça, parecendo sinalizar que estava ficando óbvio que o suspeito deles não se entregaria tão fácil. O delegado fez um sinal, assentindo com a cabeça, incentivando o xerife a pressionar mais.

— Pergunta logo para ele.

— Nathaniel — o xerife disse —, preciso que você me diga, para eu registrar aqui. Onde você estava ontem?

— Estava trabalhando no meu pomar — Nathaniel respondeu.

— Tem alguém, além dos seus, que possa confirmar isso? — o xerife perguntou, espreitando por trás da árvore, como se quisesse ver o rosto de Nathaniel Steadman respondendo à pergunta.

Willa se lembrou de ter visto as botas do pai enlameadas, mas o pomar não ficava perto do rio.

— Já disse, eu estava trabalhando no meu pomar — disse Nathaniel. — O senhor tem a minha palavra de honra, eu nem passei perto da área de exploração.

— Bom, mas eu estava lá, veja só você! — Luther gritou para os outros, apontando o dedo comprido e ossudo.

Charka veio trotando pelo gramado na direção de Nathaniel, pedindo mais da caçarola de batata que havia ganhado na noite anterior.

Willa quase engasgou. *Ah, não, Charka, agora não!* Em pânico, ela havia se esquecido dele. Mas o que ela poderia fazer? Como poderia tirá-lo de lá?

— É o filhote! — Luther gritou, pulando para cima e para baixo, empolgado, enquanto apontava. — É o filhote! Bem ali!

O xerife olhou para o chefe.

— Que diabos ele está falando?

— Nós atiramos numa ursa ontem lá na área — o chefe disse com a voz se enchendo ainda mais de autoridade. — E esse filhote estava junto com ela.

— E agora ele está aqui — o terceiro madeireiro se manifestou pela primeira vez. Ele estava imundo de seiva e serragem, um esquartejador como Luther, e havia uma tranquilidade perturbadora em sua voz. — É o filhote que nós vimos — ele disse de um jeito sinistro. — E ele está aqui com o Steadman...

— Eu também vi — o caçador concordou.

— Isso prova que o Steadman estava lá! — Luther gritou. — Ele disse que não foi na nossa área, mas foi, sim! Olha o filhote aí! Steadman é um mentiroso! O filhote é a prova!

Willa cerrou os dentes de raiva pela acusação. Ela queria que Nathaniel gritasse com eles, que respondesse: *Era minha filha Faeran que estava lá, e não eu!*

Mas ele não respondeu. Nathaniel não disse uma palavra.

Foi preciso que seu coração batesse três vezes para que ela se lembrasse de que aqueles homens não tinham nem ideia de que a raça Faeran existia. Eles achavam que Nathaniel tinha só uma filha, não duas, e era óbvio que o pai estava decidido a manter o segredo.

Num movimento repentino, Luther se desvencilhou do chefe, saiu detrás do carvalho e ergueu a espingarda, mirando direto no filhote. Willa saltou pelos galhos e estava prestes a pular da árvore quando Nathaniel deu um salto, agarrou o filhote e o puxou para trás da proteção do poço junto dele.

— Tudo bem, Steadman — Luther disse, mirando a arma na direção de Nathaniel. — Então eu atiro em você!

— Não seja idiota! — o chefe gritou, puxando Luther pelo colarinho, como um cachorro raivoso. — Você quer levar um tiro nos miolos?

— Mas foi ele! Ele matou o meu irmão! — Luther esbravejou.

O xerife gritou a Nathaniel, com a voz tomada por uma firmeza inédita, como se só estivesse confirmado a culpa do suspeito naqueles últimos instantes.

— Você acabou de dizer, com a sua palavra de honra, que nem chegou perto da área de exploração.

— Eu não estava na área de exploração — Nathaniel disse de novo, com a voz tensa, enquanto apontava o rifle para o xerife. — Acho que o senhor e esse pessoal precisam sair das minhas terras agora.

— Isso não vai acontecer, e você sabe disso — o xerife falou. — Preciso levar você até a delegacia.

— Eu não matei ninguém! — Nathaniel disse, agressivo.

— Isso será decidido no tribunal, diante de um júri — o xerife respondeu.

— A cidade inteira sabe que ele é culpado! — Luther gritou.

— Olha, Nathaniel — o xerife disse —, de um jeito ou de outro, você não tem muita escolha aqui. Ou você vem com a gente ou vamos ter contas para acertar.

— Não fui eu que comecei isso! — Nathaniel gritou.

Um sussurro sinistro veio do caçador deitado na tora, enquanto ele espiava pela mira do rifle.

— Ele está na minha mira, chefe, posso acabar com ele. É só o senhor mandar que ele morre na hora.

Willa assistiu a tudo com o coração martelando no peito, mas então o xerife saiu do esconderijo.

— Steadman, não quero matar você aqui na frente da sua casa. Isso não é um fim digno para um homem. E acho que você não quer matar a gente também.

— Não, não quero — Nathaniel concordou. — Então saiam das minhas terras!

— Escuta o que eu vou te dizer e faremos um acordo — o xerife disse. — Sei qual é a sua preocupação. Você tem a minha palavra que, se vier em paz com a gente, nada vai acontecer, nem com a sua filha, nem com a sua terra. Tudo bem? Não vou permitir que ninguém venha aqui enquanto você não estiver. A sua filha e a sua casa estarão seguras.

Nathaniel encarou o xerife, parecendo considerar o caso.

Depois de vários segundos, ele olhou para a casa atrás dele, como se estivesse checando que Hialeah havia mesmo escapado pelos fundos.

E, para a surpresa de Willa, ele olhou para cima, em direção à árvore em que ela estava escondida. Ela conseguiu ver seus olhos azuis-claros procurando por ela. No começo, pensou que ele estivesse verificando se ela estava segura, como havia feito com Hialeah. Mas então percebeu que ele já sabia que ela estava segura. Ele a procurava apenas para vê-la uma última vez. E, para dizer, sem palavras, que a amava. Ela queria ir até ele, abraçá-lo ou ao menos mudar de cores e ficar visível por um instante que fosse, mas Willa não fez isso, pois sabia que, naquele exato momento, aquilo seria a última coisa que ele iria querer.

Nathaniel, então, se virou devagar para o xerife e para os outros homens.

— Prometo que ninguém vai tocar na sua filha ou nas suas terras — o xerife repetiu.

— Eu não vou algemado, se é nisso que o senhor está pensando — Nathaniel disse. — Vou por vontade própria, como um homem livre.

— Sem algemas — o xerife concordou. — Nós todos vamos caminhar até Gatlinburg e entender essa confusão toda.

Nathaniel parecia estudar o xerife. Por fim, concordou com a cabeça e disse:

— Tudo bem, vamos caminhar.

Ele puxou o ar profundamente, com ares de derrota, e ejetou os cartuchos da arma.

Imediatamente, os seis homens avançaram. O caçador arrancou a arma das suas mãos. Luther Higgs e o delegado o seguraram pelos braços, quase o levantando do chão.

— Vamos lá, seu assassino — Luther vociferou, empurrando-o para frente. Agora que Nathaniel havia cedido e estava cercado de outros homens, Luther de repente ficou cheio de confiança e coragem.

Willa estremeceu por conta do jeito violento que estavam tratando seu pai, mas sabia que não havia nada que pudesse fazer. Como ela poderia ajudá-lo?

— Então o senhor pegou o sujeito, xerife — o chefe disse, indo até ele.

— É, pegamos — o xerife respondeu, nitidamente aliviado por aquilo não ter acabado em uma troca de tiros. — Obrigado pela ajuda. Eu e o delegado vamos levá-lo até Gatlinburg.

— Eu e meus homens vamos voltar para Elkmont — o chefe disse. — O senhor Sutton me deu metas a cumprir: um trem cheio por dia, faça chuva ou faça sol. E, pelo menos para mim, o dia já acabou por hoje.

— Se não tiver problema, senhor — Luther disse —, vou acompanhar o xerife para garantir que esse rato vai ter o que merece.

O chefe fez uma careta e olhou para o xerife, que assentiu:

— A gente pode precisar dele.

O chefe se virou para Luther:

— Escute aqui. Você vai fazer o que o xerife precisar e depois vai voltar direto para o trabalho. Há muita coisa para fazer. Precisamos de todo mundo com uma serra na mão, você está me entendendo?

— Pode deixar, chefe — Luther disse.

Depois disso, os homens se separaram em dois grupos distintos. O chefe, o caçador e o outro madeireiro foram para uma direção. O xerife, o delegado e Luther levaram Nathaniel para o outro lado.

Vendo o pai ser arrastado para longe, Willa tentou se manter firme e forte. Todo o seu corpo tremia e os olhos estavam cheios de lágrimas. Ela não parava de pensar que ele iria se virar e sair correndo, ou brigar com eles, ou gritar, mas agarrado pelos braços e sendo arrastado pelo bosque, ele não podia fazer nada além de acompanhá-los.

O som das botas trotando no chão e dos ombros raspando nas folhas foi ficando cada vez mais distante.

E, assim, seu pai foi levado.

12

Willa desceu da árvore ainda tremendo.

Charka veio correndo até ela, sem se dar conta do problema que tinha causado.

Ela caminhou até o meio do gramado, onde seu pai estivera até pouco antes, mas ele foi levado, foi mesmo levado.

Ela o procurou com o olhar, mas não viu nada além de árvores vazias. O que ela faria?

Quando enfim se virou e olhou para a casa, ficou surpresa ao ver Hialeah parada no pórtico, com o rosto mais sério do que nunca. Ela levava uma faca comprida numa bainha ao lado do corpo, um saco de munição pendurado no ombro e segurava um rifle nas mãos.

— O que você fez, Willa? — Hialeah disse.

— Qu-uê? Quando? Como assim? — Willa gaguejou.

— Ontem, lá na área de exploração, o que você fez? — ela perguntou.

— Eu não fiz nada! — Willa disse com a voz trêmula. — Eu só tentei salvar um urso!

— Você fez o papai ser preso, foi isso que você fez!

— Não fiz, não! — Willa gritou frustrada.

Apertando o rifle, Hialeah desceu os degraus, batendo os pés, e avançou pelo gramado, indo na direção em que os homens tinham seguido.

— Deixe o urso aqui — ela disse, passando por Willa para chegar às árvores. — A gente vai atrás deles. A gente vai trazer o papai de volta.

— Mas ele não quis brigar com eles — Willa disse, virando na direção dela. — Ele sabe que é inocente, que não fez nada de errado.

Hialeah se virou e olhou bem nos olhos de Willa.

— Você não acha que é possível que o papai tenha matado aqueles dois madeireiros ontem?

— Do que é que você está falando? — Willa disse, com a voz espremida.

— Vê se cresce, Willa!

— Não acho que...

— Ele odeia os madeireiros! — Hialeah interrompeu. — Eles devem ter atacado o papai e ele teve que se defender. Ou, então, ele estava protegendo a nossa terra.

— Mas ele disse que não matou ninguém.

— Não importa o que ele disse ou o que ele fez. A gente vai atrás deles e vai trazer o papai de volta! — Hialeah se virou e continuou seguindo o caminho que os homens haviam tomado pela floresta. — Vamos, Willa! — ela gritou, sem olhar para trás.

Willa se enfureceu, se irritou porque a irmã nem se importava com o que ela achava que as duas deveriam fazer. Ela estava exigindo uma obediência cega.

— Você precisa parar, Hialeah — Willa disse ao alcançar a irmã. — Não é isso que o pai iria querer. Alguém vai acabar se machucando.

Mas Hialeah seguiu adiante.

— Quando eles chegarem em Sugarland, vamos pegá-los lá do alto.

— Não, Hialeah! — Willa disse, tentando segurá-la pelo braço. — A gente não vai conseguir matar aqueles homens.

— E a gente não vai perder o papai — ela disse, agressiva, puxando o braço e seguindo a trilha ainda mais depressa.

— Pare, Hialeah! — Willa gritou.

Por fim, Hialeah se virou e olhou para ela.

— O que foi? — ela perguntou.

— Concordo que a gente precisa salvar o papai, mas atirar no xerife e no delegado só vai piorar as coisas. Você vai atrás do papai. Continue seguindo e protegendo o papai, não deixe que aqueles homens o machuquem. E, se você puder, pede ajuda para as outras famílias das montanhas. Elas respeitam o papai, vão querer nos ajudar. Ainda mais por se tratar da madeireira Sutton.

Hialeah a encarou, os olhos tempestuosos, mas ouvindo mesmo assim.

— E você? — Hialeah disse por fim. — O que você vai fazer?

— Vou seguir os madeireiros. Eles vieram aqui para ter certeza de que o papai seria preso, mas acho que tem mais coisa aí, alguma coisa que eles não estão contando pra gente.

Hialeah concordou com um aceno, pois sabia que o plano fazia sentido.

— Tome cuidado, Willa — ela disse, com ares de irmã mais velha. — Esses madeireiros são perigosos. Eles vão te matar se te pegarem. Ainda mais o chefe. Fica de olho nele! E no caçador. Eles não vão deixar nada atrapalhar os planos deles.

— E você também deve tomar cuidado. E proteja o nosso pai — Willa disse.

— Pode deixar — Hialeah disse, convicta.

Ela deu um abraço rápido em Willa, virou-se para frente e correu.

Ao ver Hialeah desaparecer no bosque, Willa sentiu um peso no estômago. Seu pai tinha sido levado, agora sua irmã havia partido também.

Ela se virou e olhou para Charka. Ele a encarava com os olhinhos preocupados. Ela sabia que ele não entendia inglês, mas parecia entender a gravidade da situação.

— Vamos lá, Charka — ela disse na língua Faeran e, então, partiu para alcançar os madeireiros. — Temos um mistério para desvendar.

13

Willa seguiu os três madeireiros a uma distância segura, enquanto eles caminhavam pela trilha sentido noroeste, passando pela floresta para chegar à área de exploração de Elkmont.

Esperando encontrar alguma pista sobre o que acontecera no dia em que os dois homens foram assassinados, ela se arrastou mais para perto para escutar o que os madeireiros estavam conversando. Eles falavam sobre comida e como cortar árvores, sobre ferramentas e armas, e sobre outras coisas que lhes consumia a vida, mas nada que pudesse ajudar seu pai. Era como se eles nem percebessem ou nem se importassem por ter destruído a vida de um homem e de seus filhos. Era isso ou eles achavam que tinham feito um bom trabalho por ajudar a levar um assassino à justiça e nem precisavam falar mais sobre o assunto.

Durante todo o dia, um vento agitado soprou do alto das montanhas, alvoroçando o topo das árvores e fazendo um som abafado e estrondoso pela floresta. Charka, caminhando ao seu lado, olhava para as árvores balançando lá em cima. Ele parecia estar sentindo alguma coisa, mas ela não tinha certeza do que era.

O barulho do vento nas árvores permitiu que ela e Charka se aproximassem ainda mais dos humanos pela trilha. Também ficou mais difícil ouvir a conversa deles, mas ela conseguiu entender que eles planejavam acampar no Fosso do Corvo, onde o vento não batia.

— Vem, Charka — Willa sussurrou. — Vamos chegar antes deles e encontrar um bom lugar para nos escondermos.

Pouco depois, ela e o filhote chegaram ao desfiladeiro que as famílias da região chamavam de Fosso do Corvo. Uma trilha de pedras, com paredes pedregosas dos dois lados, era uma das únicas passagens por aquela parte das montanhas.

Ela decidiu não seguir a trilha dos homens, preferiu escalar as árvores para chegar ao topo do desfiladeiro. Ao chegar, deitou-se de barriga para baixo, com as pedras duras e afiadas debaixo dos cotovelos. Daquela posição estratégica, ela conseguia enxergar lá embaixo e ter uma visão de perto, mas segura, dos humanos. Ela se escondeu no louro-da-montanha e sua pele se fundiu às folhas verdes e às delicadas flores rosa e brancas.

Charka se abaixou ao lado dela, parecendo saber que precisava ficar quieto e escondido. Ele não conseguia mudar a cor dos seus pelos, mas quando ficava parado, ele conseguia se esconder surpreendentemente bem.

Na extremidade do desfiladeiro, ela ouviu as vozes dos homens se aproximando, conversando entre si enquanto seguiam a trilha.

— Fique abaixado — ela sussurrou para Charka. — Eles estão vindo aí.

O caçador com olhos de falcão, com seu rifle supercomprido, ia na frente. O chefe e o outro madeireiro faziam uma fila atrás dele.

Willa odiava aqueles madeireiros, até mesmo a visão deles. *São eles os responsáveis pelo que aconteceu com o meu pai*, ela não conseguia parar de pensar. *São eles.*

Pensar no xerife e em Luther Higgs arrastando seu pai até Gatlinburg a aterrorizava. E a sua irmã? O que Hialeah poderia fazer contra eles?

Ao entrar no desfiladeiro, os humanos desaceleraram o passo e começaram a olhar ao redor. Os olhos deles espreitavam o local onde ela e Charka estavam escondidos no louro-da-montanha, mas não ficaram olhando por muito tempo.

— Vamos acampar aqui — o chefe anunciou, jogando a bolsa e o rifle no chão.

— Vou fazer uma fogueira — o caçador disse.

— Não, pode deixar comigo — o chefe disse. — Você pode ir procurar uma carne fresca para o jantar.

O caçador concordou e se virou na direção do bosque.

— Erga as barracas aqui — o chefe disse ao outro madeireiro, aquele que não falava muito. O esquartejador pendurou a bolsa no ombro e foi trabalhar.

Vendo os homens montarem acampamento, Willa sentiu cheiro de alguma coisa. Não era o cheiro dos humanos, era alguma coisa diferente. Era um cheiro forte de madeira morta e em decomposição.

Charka choramingou e começou a olhar em volta, frenético, fazendo muito barulho no louro-da-montanha.

O som de alguma coisa rastejando veio das árvores. Os espinhos na nuca de Willa se atiçaram e ela ficou de pé e se virou para encarar quem estava atacando.

As samambaias se debateram para frente e para trás com o movimento rápido de uma forma escura, cinzenta e comprida que vinha na direção deles pela floresta.

— Cuidado! — ela gritou, tentando tirá-lo do caminho, mas o ursinho se atirou para trás, para longe da criatura que os atacava. Gritando aterrorizado, ele desabou da margem do penhasco. Willa deu um passo adiante para tentar segurá-lo, mas, em questão de segundos, ele se foi.

14

Três daquelas bestas irromperam pela vegetação, rastejando como cobras gigantes na direção dela. As criaturas eram grossas como troncos de árvores, mas faziam um horrível som sibilante e se moviam a uma velocidade alucinante.

Ao ver que a criatura mais rápida e mais fina das três estava indo até ela, Willa deu um pulo para se afastar, e a cobra passou deslizando a poucos centímetros da sua perna.

Tentando recuperar o fôlego, Willa se encostou em uma árvore para se esconder. Suas narinas ficaram frias por causa do gelo cortante, e o ar que entrava nos pulmões estava espantosamente gelado.

Quando a segunda e a terceira criaturas vieram em sua direção, ela saltou para o meio dos galhos da árvore. A maior das bestas passou raspando por baixo do seu pé suspenso, causando nela um sobressalto por causa da dor congelante que lhe penetrava pelos ossos. Seus lábios ficaram secos e a pele do rosto e do braço parecia ter sido esticada. Até o toque mais sutil de uma das criaturas parecia drenar quase toda a água que ela tinha no corpo.

Ela se pendurou no galho e olhou para baixo, esperando vê-las circulando em volta do tronco com aqueles corpos compridos e rastejantes, mas já não estavam ali, tinham deslizado por sobre a beira do penhasco e desaparecido, penetrando no desfiladeiro.

Willa deu um pulo para sair da árvore e correu até a borda. Onde estava Charka? O que tinha acontecido com ele?

Ela espiou de um lado ao outro. Ele não estava caído, morto ou ferido no fundo do desfiladeiro. Ele não estava em lugar nenhum, tinha desaparecido.

As criaturas diabólicas agora estavam serpenteando em alta velocidade na direção dos humanos.

Então ela viu algo mais: a garota de cabelos da cor do trigo estava agachada, espiando por trás de alguns pedregulhos, olhando as criaturas atacarem os homens. O peito de Willa ficou apertado, ela não conseguia acreditar. O que a garota estava fazendo? Será que ela havia invocado aquelas bestas? Será que era ela quem as controlava e direcionava?

O caçador ergueu o rifle e atirou várias vezes contra o monstro que o atacava. *Bang! Bang! Bang!*, os tiros ressoaram, reverberando nas paredes de pedra. As balas pareciam ter acertado a criatura, um golpe atrás do outro, mas aquilo não a detinha nem a desacelerava. O caçador continuou atirando, como se tivesse certeza de que não havia problema nenhum no mundo que sua arma não pudesse resolver. Mas ele estava enganado. A criatura bateu na perna dele e o homem urrou pela pancada, deixando seu rifle cair ao despencar no chão e gritando por causa da dor lancinante. Sua pele ficou cinza, como se toda a água e todos os nutrientes estivessem sendo sugados do seu corpo.

A garota de cabelos da cor do trigo saiu correndo por detrás das pedras, gritando enquanto investia contra os outros dois homens. *É ela*, Willa pensou. *O que ela está fazendo?*

A segunda criatura serpenteou veloz na direção do madeireiro que estava montando as barracas. Ele era um homem quieto, mas agora estava gritando mais alto do que ela já ouvira qualquer homem gritar. Quando a fera se jogou para cima dele, ele tropeçou para trás, gritando com os olhos brancos de terror.

— Socorro! Socorro! — O homem agonizava ao ter o corpo enrolado e jogado ao chão.

A terceira e maior daquelas criaturas serpenteantes, tão escura que chegava a ser quase preta, chocou-se contra o chefe, que correu na direção das pedras, na tentativa de fugir do ataque, mas agora que as duas outras bestas haviam largado suas primeiras vítimas, elas estavam indo atrás dele. As três criaturas rastejavam os corpos compridos e sinuosos em direção ao chefe, e a garota de cabelos da cor do trigo também investia contra ele, que não tinha qualquer chance.

No meio de todo aquele caos, Willa examinou o desfiladeiro para tentar encontrar Charka. Ela sabia que ele tinha caído, mas aonde foi parar? Será que o urso saíra em disparada para se esconder nas pedras antes que ela pudesse vê-lo? Será que a garota de cabelo cor de trigo ou as bestas nojentas o tinham alcançado?

Foi, então, que ela ouviu um chorinho.

15

O som estava vindo bem de baixo dela. Quando Willa olhou para baixo, na lateral do penhasco, viu, a poucos metros de distância, o rosto assustado de Charka olhando para ela, com o corpo tremendo e pendurado pelas garras longas e curvas nas pedras pontiagudas. A garota não sabia como não o havia visto antes.

— Charka! — ela falou, quase sem fôlego, jogando-se de joelhos no chão para alcançá-lo.

O ursinho ergueu uma pata trêmula na direção de Willa, que o segurou com as duas mãos e, usando toda a força, conseguiu puxá-lo devagar para a parte de cima do penhasco.

— Te peguei — ela disse, arrastando o urso para o nível do chão e o abraçando.

Ele grunhiu sem parar em resposta, como se estivesse explicando tudo o que havia acontecido.

— Está tudo bem — ela disse, segurando-o num abraço. Ao olhar para o desfiladeiro, ela viu que tudo havia ficado quieto e imóvel. Era difícil ter certeza, mas as criaturas e a garota de cabelos cor de trigo pareciam mesmo ter ido embora.

Ela se virou para conferir a floresta, mas não via nada além de árvores.

Willa se perguntou de novo qual era a relação entre as criaturas e a garota. Ela tinha certeza de que a garota a ajudara a escalar para sair da ravina, lá na área de exploração, mas agora... O que ela estava fazendo? Por que ela estava espreitando pela floresta com aquelas feras das trevas?

Com Charka pendurado em suas costas, Willa desceu com cuidado o imenso paredão para chegar ao fundo do desfiladeiro. Ao se aproximar do local onde as criaturas atacaram os homens, uma das veias no pescoço de Willa começou a pulsar e suas pernas ficaram tensas.

— Fique aqui — ela sussurrou para Charka, tocando-o nos ombros com a mão.

O primeiro humano de quem ela se aproximou — o caçador — estava no chão, todo enrolado em posição fetal. Ao chegar mais perto, ela conseguiu ver a lateral do seu rosto definhando. Algo parecido com raízes que se espalhavam feito teias de aranha tinham crescido pelo seu pescoço até chegar às bochechas.

Willa ofegou e recuou. O que *era* aquilo? Algum tipo de fungo? Ela teve até medo de chegar mais perto. Colocou a mão no tronco de uma árvore para conseguir se equilibrar, inalando e exalando três vezes antes de conseguir seguir adiante.

O segundo humano — o madeireiro que tinha gritado mais alto quando as feras atacaram — estava deitado no chão a poucos passos de distância, com o corpo igualmente imóvel.

O que aquelas criaturas fizeram com aqueles pobres coitados?

Ela olhou para trás, para ver se Charka estava bem, mas ele não tinha saído do local onde Willa tinha dito a ele para esperar. O urso estava deitado no chão, segurando a cabeça com as patas e a observando com olhos assustados. Assim como ela, Charka também não gostava nem um pouco de estar ali.

Seguindo adiante bem devagar, ela achou que encontraria o corpo do último dos três humanos — o chefe que era responsável pelos outros. Várias criaturas tinham ido com tudo na direção dele.

Mas ela não viu mais nada pelo caminho. Verificou os rochedos, procurou na vegetação rasteira, mas o corpo dele também não estava por ali.

Foi só quando andou mais para longe e olhou para a outra beirada que ela viu o humano deitado nas pedras abaixo do caminho principal. Seu casaco comprido estava sujo e rasgado, amassado em volta dos ombros, por causa da queda, e sua perna parecia bastante machucada. Mas os olhos cinza-escuros estavam piscando, e sangue fresco escorria pela testa.

À primeira vista, Willa pensou que o homem devia ter lutado contra as criaturas, mas então percebeu que, em sua corrida desesperada para fugir, na verdade, ele tinha tropeçado para trás na beira do penhasco e caído nas pedras lá embaixo, fora do alcance delas.

Ela olhou para o humano, sem saber direito o que fazer. Se ficasse parada e se fundisse às pedras, ele nunca a veria. E se ela lhe desse as costas e voltasse para a floresta, ele nunca saberia que ela esteve ali.

Se ele fosse um veado ou um lobo, ela nem hesitaria em ajudar. Mas ele era um *humano*. E não era um humano qualquer, mas um madeireiro, um assassino de árvores e matador de ursos — o tipo de homem que ela mais desprezava.

Como ela poderia ajudar um homem assim?

Ela o viu erguer a cabeça devagar, encolhendo-se de dor ao menor movimento do corpo.

Ele puxou o ar e colocou a mão, sangrando e tremendo, apoiada no chão, gemendo de dor enquanto se esforçava para ficar numa posição mais ou menos ereta. O madeireiro olhou em volta, obviamente tentando entender o que tinha acontecido com ele e com os outros.

Por fim, tomando uma decisão, Willa deu um passo adiante bem devagar, mudou seu tom de pele para um verde ainda mais vivo e apareceu para o humano.

Seus olhos se arregalaram, como se ele estivesse vendo uma assombração.

— Meu nome é Willa — ela disse.

Piscando, confuso, o homem limpou o sangue e a sujeira da testa usando a palma da mão. Ele parecia achar que aquilo tudo não passava de uma alucinação.

— Eu sou a filha do Nathaniel Steadman.

O homem franziu as sobrancelhas, confuso.

— Então você é Cherokee…

— Não — ela disse, sem falar mais nada. *É ele*, ela ficava pensando, sem conseguir digerir direito o fato de que estava parada tão perto e até mesmo *conversando* com o homem encarregado de matar milhares de árvores anciãs. Aquele era o homem que tinha dado a ordem para cortar o grande pinheiro junto ao rio e para atirar na mãe de Charka, para que seu pessoal pudesse comer carne.

— Mas… então o que você é? — o homem perguntou, lutando para encontrar as palavras. Ela sabia que sua pele verde, e olhos claros cor de esmeralda, e as listras, e pintas marrons traçadas nas bochechas, eram coisas que ele nunca tinha visto antes, mas não respondeu à pergunta.

— Como é o seu nome? — ela perguntou.

— Jim McClaren — ele disse. — Sou o chefe da equipe de Elkmont. Os meus homens estão bem?

Willa não sabia o que dizer. Ele deve ter visto o que aconteceu com os próprios olhos, mas sua mente não o estava deixando acreditar naquilo que ele sabia ser verdade.

Ela decidiu que precisava falar sem rodeios.

— Seus homens estão mortos.

O golpe pareceu acertá-lo em cheio fazendo-o se virar de lado. Grunhindo por causa da dor intensa, ele se segurou na ponta de uma pedra e puxou o próprio corpo para cima, determinado a ficar em pé.

Puxando a perna machucada, ele subiu pela beirada que salvara sua vida. Foi andando até os corpos dos homens e ficou de olhos pregados neles.

— O que eram aquelas coisas? — ele perguntou, com a voz tomada por uma sobriedade cansada e atormentada.

— Não sei — ela disse, baixinho.

— Elas eram... um tipo de cobra... mas frias feito gelo. Nunca senti nada parecido na vida. Pareciam a própria morte.

Willa não queria concordar com nada que aquele humano tinha a dizer, mas ele estava certo.

— Eu também senti. Não importa o que aconteça, não deixe que elas encostem em você — ela falou.

— Então você acha que elas vão voltar... — Ele olhou ao redor com medo, na direção da floresta.

— Você precisa sair daqui, Jim McClaren — ela disse.

Ele fez um gesto na direção do caçador.

— Jared é... era o nosso guia aqui por estes lados.

— O que isso quer dizer?

— Quer dizer que eu não conheço o melhor jeito de andar por essas florestas, ainda mais com a perna ruim assim.

Willa exalou alto pelo nariz, surpresa pelo fato de que um homem que havia passado boa parte da vida colocando a floresta abaixo não conseguia sair dali.

— Esses homens... — ele disse, fitando os corpos no chão. — Preciso contar às famílias que eles não vão voltar para casa.

— Onde eles moram? — ela perguntou, contrariada.

— No vale de Cades — ele falou, olhando para ela.

O humano parou, observando-a como se ela fosse um tipo esquisito de quebra-cabeças que ele não conseguia entender. Estava claro que ele era um homem acostumado a tomar a frente das coisas, estar no controle de todas as situações, e sua cabeça estava trabalhando para colocá-lo nessa posição de novo.

— Se você é filha do Steadman, deve saber se virar bem aqui nessas montanhas... — ele disse meio afirmando, e meio perguntando.

Willa sabia o que ele iria pedir, mas a última coisa que queria era ajudar um madeireiro. Ela não parava de pensar em todo o mal que aquele humano já havia causado e em todo o mal que ainda causaria. Como ela poderia ajudar um homem daqueles? Só de pensar naquilo seu estômago revirava.

— Preciso que você me leve até o vale de Cades — ele disse, fazendo o pedido sem rodeios. — Preciso ir para casa e encontrar um médico para tratar a minha perna.

Ela mordeu os lábios e virou o rosto, olhando para as árvores, sem saber o que responder.

— O que estou dizendo é que eu agradeceria muito se você me ajudasse — ele disse.

Willa não queria sua gratidão, ela não queria *nada* daquele homem e nem de ninguém feito ele.

Mas foi então que a garota teve uma ideia.

— Você é o responsável pelo pessoal de Elkmont... — ela disse, meio afirmando e meio perguntando, como ele fizera havia pouco, mas agora havia um tom de vantagem em sua voz. — E você fez o meu pai ser preso.

— O xerife prendeu o seu pai por suspeita de assassinato — ele disse.

— Ele não matou ninguém — Willa disse. — E você sabe disso.

— Não, eu não *sei* de nada, e nem você. A menos que você estivesse lá para ver.

— Você encontrou os corpos dos homens que morreram? Eles levaram um tiro? O que você viu exatamente?

— Garota, você vai me ajudar ou não? — McClaren disse, erguendo a voz. Willa percebeu que ele não estava acostumado com as pessoas falando com ele daquele jeito, nem seus homens, nem ninguém.

Ela queria deixar aquele homem gravemente ferido perdido e sangrando para morrer na floresta. Mas havia outra opção...

Willa olhou bem firme para ele:

— Você pode falar em nome da empresa onde você trabalha e decidir em qual parte da floresta vão cortar?

— Eu decido onde a equipe de Elkmont vai cortar — ele disse, desinteressado. — E daí?

— Vou levar você para a sua casa — ela disse. — Mas primeiro você precisa me prometer duas coisas.

— Não costumo fazer acordo com garotinhas — ele disse, irritado.

— E eu não costumo salvar a vida de homens que matam milhares de árvores.

— Você é mesmo filha do Steadman... — ele disse. — Quais são as suas condições?

— Primeiro, você precisa dizer a verdade para a polícia sobre o que viu ou não em Elkmont no dia em que aqueles homens foram mortos.

— Isso eu posso prometer — ele disse, concordando com a cabeça. — Qual é a segunda exigência?

— Você, suas máquinas e seus madeireiros não podem nunca mais chegar perto das terras do meu pai.

Jim McClaren a encarou, entendendo com clareza a gravidade do que ela pedia.

— Você não tem o direito de me obrigar a fazer uma promessa dessas na situação em que eu estou — ele disse.

— E você não tem o direito de cortar árvores nas terras do meu pai. Ou nós trocamos essas promessas ou nada feito. Você decide. Se quiser, eu desapareço e você pode procurar o caminho de casa sozinho.

McClaren deu um longo suspiro, olhando para os homens e para os paredões do desfiladeiro. Então, virou-se na direção dela.

— Concordo em não devastar a propriedade do seu pai, mas preciso abrir uma passagem para chegar ao rio pra gente colocar os trilhos da rodovia. Precisamos chegar à floresta lá em cima, pois há árvores valiosas por lá.

— Não — ela disse, encarando-o. — Não vai ter rodovia nenhuma na terra do meu pai, e você não vai cortar nem uma árvore sequer. Você vai ficar bem longe do lado leste do rio, seja rio acima ou rio abaixo.

— Nathaniel Steadman não é o dono do rio — McClaren reivindicou, ficando cada vez mais furioso.

— E nem você — Willa respondeu. — Aceite o acordo ou eu deixo você sangrando aqui até morrer. Boa sorte com os lobos à noite.

Jim McClaren fez uma careta. Quando ele cuspiu no chão, a saliva estava vermelha de sangue.

É claro que ele não queria prometer o que ela estava exigindo, mas ele sentia dor demais. Mal conseguia ficar em pé, quanto mais andar uma longa distância por um terreno difícil. Ele precisava chegar em casa pelo caminho mais fácil e mais curto possível.

— Está bem — ele resmungou. — Eu aceito.

— Me dê a sua palavra de honra — ela exigiu, usando a frase que ouvia o pai usar.

— Você está esgotando a minha paciência, garota — McClaren disse, encarando-a. — Eu te dou a minha palavra.

— Ótimo — Willa disse. — Agora, vamos embora.

16

Poucas horas depois, Willa observava Jim McClaren mancar pelo caminho à sua frente. Ele não estava fora de forma, mas era um homem grandalhão, calçando botas pesadas e arrastando uma perna machucada. Ele respirava mais pesado do que um urso adulto — e fedia ainda mais. Ele nunca olhava para a floresta ao redor e nem parava para ouvir as vozes sussurrantes. Ele caminhava com dificuldade, um passo após o outro, estremecendo de um jeito que parecia que cada movimento lhe causava dor.

Pelo menos ele é persistente, ela pensou, sem querer admitir.

Ela, Charka e o humano seguiam a trilha sinuosa e cheia de subidas e descidas pela floresta. McClaren às vezes parava, curvando o corpo para se apoiar em uma árvore e tomar fôlego. Willa via que ele estava sofrendo, e uma parte dela não se importava. Ela não parava de pensar em toda a dor que ele já havia causado... toda a destruição... o assassinato gratuito das árvores, os tiros na mamãe urso. A garota repudiava muitas das coisas que os madeireiros faziam e, ao caminhar pela trilha, não conseguia parar de pensar em seu pai sendo arrastado para o lado oposto porque os madeireiros o tinham acusado de algo que ele não fizera. Ela imaginou sua irmã seguindo os outros homens a distância, protegendo seu pai da melhor forma que podia.

Willa ouviu alguma coisa ao longe, vindo de trás dela, e parou onde estava. Ela se virou para ouvir, procurando na floresta e farejando o ar. Esperou ver as samambaias se agitarem, ou ouvir um som de algo deslizando, ou sentir o cheiro de podridão, mas não havia nada além do respiro da floresta, das patinhas macias de Charka tocando o chão e dos passos pesados daquele humano.

— Esse filhote parece te seguir para todos os lados — Jim McClaren disse, sem perceber que ela tinha parado para ouvir alguma coisa.

Pouco depois, ainda descendo pela trilha, ela se cansou de vê-lo mancar, lento e arrastado. Quanto mais rápido ela o levasse para casa, mais rápido se livraria dele.

— Pare — ela falou.

McClaren obedeceu e se encostou em uma árvore, cansado demais para qualquer outra coisa.

Willa aguçou os ouvidos para tentar escutar mais uma vez.

A floresta foi tomada pela melodia de um tordo-dos-bosques, que parecia uma flauta, e o som das árvores balançado com a brisa. O que quer que os estivesse seguindo devia ter parado ou mudado de direção.

— Fique aqui e espere por mim — ela ordenou.

— Aonde você vai? — ele perguntou, com a voz rouca e fraca.

— Buscar alguma coisa para as suas feridas — ela disse. — Não vou demorar. Espere aqui.

Com essas palavras, ela se distanciou, indo na direção da floresta, com Charka trotando atrás dela.

Willa procurou em um vale cheio de samambaias frondosas, entre um amontoado de carvalhos antigos e depois caçou por entre as delicadas flores azuis silvestres que cresciam em uma encosta rajada de sol. Quando viu de longe as florezinhas brancas, foi andando até elas, sentindo que estava chegando perto. Do lado de um riacho tranquilo, encontrou crescendo na terra pantanosa as pequenas plantas listradas que procurava.

— *Aqui* estão vocês — sussurrou, agachando-se para pegar algumas folhas daquelas plantinhas tão difíceis de encontrar.

Uma memória começou a lhe vir à mente. Ela e sua avó ajoelhadas ao lado de Alliw, que tinha machucado o braço ao cair de uma pedra. Willa se lembrou da avó segurando suas mãos, mostrando como aplicar as folhas maceradas no braço sangrento da irmã.

— *Aqui estão vocês* — Willa sussurrou outra vez, mas agora falando com a lembrança, esquecida por tanto tempo.

As recordações da sua irmã estavam ficando cada vez mais escassas e distantes. Ela viveu com Alliw por seis anos, mas já tinham se passado sete anos sem ela. Será que chegaria o momento em que não conseguiria mais se lembrar da irmã? Será que aquilo significava que Alliw desapareceria? Só de pensar nisso, Willa ficou triste como há muito não ficava.

A garota passou as mãos no rosto, tentando clarear a mente. Desde que saíra do desfiladeiro, sua boca estava seca e sua cabeça doía por falta de água. Ela e Charka se abaixaram para beber da água do córrego.

Quando voltou para encontrar o humano, ele estava sentado no chão com as costas encostadas no tronco de uma árvore e de olhos fechados. Sua pele estava mais pálida, mais cinzenta do que antes. Parecia tão imóvel que ela quase achou que ele estivesse morto, mas então seus olhos se abriram devagar.

— Eu não estou me sentindo muito bem — McClaren disse com a voz falha, olhando para o sangue que escorria da perna.

Ajoelhada ao lado dele, ela enfiou as folhas na boca e começou a mascar.

— Achei que você tivesse se perdido — ele disse.

— Preciso aplicar isso na sua perna, mas já aviso que vai doer.

— O que é isso?

— Vai ajudar a parar de sangrar — ela disse, pressionando o emplasto na ferida com os dedos.

Ele grunhiu e se afastou bruscamente.

— Chega!

— Eu falei que ia doer. Agora, fique parado — ela disse enquanto colocava as folhas na ferida, bem como sua avó lhe ensinara. — Precisamos começar a andar mais rápido. Tem alguma coisa atrás da gente.

— Que coisa? São aquelas criaturas? — ele perguntou, ficando ainda mais pálido ao tentar se levantar, mas ela o forçou a se sentar de novo.

— Não sei o que é — ela respondeu, tentando terminar a tarefa. — Quero que você rasgue dois pedaços da sua camisa, rápido.

McClaren tremeu quando ela usou uma das tiras para limpar o sangue da sua ferida.

— Fique aqui — ela disse e saiu correndo para o bosque, saltou por cima de um pequeno barranco e jogou o trapo ensanguentado no matagal.

— O que está acontecendo? — McClaren perguntou quando ela voltou.

Ignorando a presença dele, Willa pegou um punhado de terra, assoprou e jogou no caminho, que agora ficava para trás, um velho feitiço das fadas da floresta que sua avó lhe ensinara.

— Para que serve isso?

— Se tivermos sorte, vai acabar com o cheiro — ela disse, enquanto o ajudava a ficar de pé.

— Cheiro do quê? — ele perguntou.

— O *seu* cheiro — ela disse. — Agora precisamos sair daqui.

— O que tem lá atrás? O que está seguindo a gente? — Ele olhou por cima do ombro enquanto a seguia trilha abaixo.

Usando o rifle como muleta, ele agora estava conseguindo andar mais rápido.

— Dá para sentir que aquele negócio está amortecendo a minha perna — ele comentou, seguindo com seu andar manco.

— Quer dizer que está funcionando — Willa disse, dando uma olhada rápida para trás.

— O que você colocou em mim? — ele perguntou, agora com o tom de voz mais forte. — É um tipo de erva ou o quê?

— Não sei dizer na sua língua.

— Em que língua você *sabe* falar o nome daquilo então?

Parecia muito errado e muito *perigoso* que um homem como ele ouvisse a palavra *Faeran*, então ela não respondeu.

— Você disse que não é Cherokee. Então de que povo você é?

— Eu sou a floresta que você está destruindo — ela disse, querendo fazê-lo ficar quieto. Como se não bastasse ter deixado um humano vê-la, ter que conversar com ele era muito pior. Willa começou a andar mais rápido para se distanciar do madeireiro.

— Eu não estou destruindo a floresta — disse McClaren com veemência, mancando atrás dela, como se a raiva que surgia entre os dois estivesse lhe dando energia.

— Eu vi você com o grupo de Elkmont ontem — ela bradou.

— E daí? — ele perguntou, com a voz cada vez mais irada ao se esforçar para alcançá-la.

— Vi você e os seus homens cortando aquelas árvores.

— A gente só estava trabalhando — ele disse.

Ela se virou bruscamente, ficando bem de frente para ele, o que o obrigou a parar de súbito.

— Você é um assassino e deveria se envergonhar — ela disse, feliz por finalmente conseguir jogar aquilo na cara dele. E então se virou para frente outra vez e continuou seguindo seu caminho, agora ainda mais rápido.

— Um assassino? — ele falou, sem acreditar no que ouvia, mancando atrás dela. — Do que você está falando? Eu não matei ninguém!

— Não tente negar! Eu vi o que você fez. Você assassinou a ursa.

— Matar ursos não é *assassinato*. Isso é ridículo. Você precisa ter cuidado com o que diz, fazendo acusações desse jeito — ele disse.

— Estou falando da ursa, das árvores, dos pássaros. De *tudo*. Você está assassinando tudo!

— Espera aí um minutinho — ele disse, estendendo a mão para segurá-la e fazê-la olhar para ele. Por reflexo, ela deu um pulo para se afastar e desapareceu dentro de uma árvore. — Mas que... — Ele arfou, alarmado.

— *Não tente encostar em mim* — ela sibilou, invisível e escondida na floresta.

— Eu não consigo nem te *ver*! — ele disse, espreitando a vegetação. — Aonde você foi? Como você fez isso? — O que antes era raiva se transformou no mais puro espanto.

— Estou aqui — ela disse, saindo das árvores e assumindo um tom de verde que ele conseguia distinguir dos outros tons da floresta. — Agora, silêncio, pois preciso ouvir. — Olhando para o caminho atrás deles, ela se agachou e se apoiou em Charka.

O humano parecia entender o que ela estava fazendo, mas ainda fazia muito barulho.

— Pare de mexer os pés — ela mandou.

Outra vez, ela se virou e tentou ouvir.

— Agora segure a respiração... — ela sussurrou.

Ela fez uma concha com as mãos e colocou atrás da orelha para amplificar os sons da floresta. O sol poente já estava abaixo da linha do cume, os sapos já começavam seu coro noturno e o zumbir das cigarras tinha dado lugar a uma sinfonia de grilos e esperanças. Mas, além de todos os outros barulhos, ela ouviu algo mais: o leve ruído de passos cruzando o chão da floresta.

— Alguém está nos seguindo — Willa disse, com os pulmões começando a puxar o ar mais fundo. Ela tinha a sensação de que era a garota de cabelos cor de trigo e suas escorregadias cobras cinzentas. Seria difícil lutar contra elas no escuro.

McClaren se encostou em uma árvore, ergueu o rifle e apontou para a trilha.

Puxando Charka para junto de si, Willa se agachou e se fundiu às samambaias.

Agora não restavam mais dúvidas: fosse o que fosse, não estava apenas seguindo eles, mas estava correndo a toda velocidade naquela direção.

17

Willa apurou os ouvidos outra vez.

Poucos segundos antes, ela achou ter ouvido alguém correndo atrás deles. Mas aquele som tinha sumido, como se, fosse o que fosse, tivesse parado ou mudado de direção. Em vez disso, ela ouvia um barulho suave como uma onda de muitos quadrúpedes velozes, com o som abafado das patas peludas pressionando o chão coberto de folhas e o sutil estalo das garras batendo nas pedras: *Eles estão vindo para cá.*

Num rápido respiro, Willa olhou para a ferida na perna de Jim McClaren, as ervas curativas que ela havia aplicado estavam estancando o sangramento e ele finalmente conseguia andar mais rápido, mas não o suficiente. Gotinhas de sangue pingavam da perna e caíam no chão. Os perseguidores estavam atrás dele, sentindo sua fraqueza, um passo depois do outro.

— O que foi? Algum problema? — McClaren perguntou, obviamente alarmado pelo jeito que Willa olhava para ele.

Mas antes que ela pudesse responder, Charka gritou, apavorado. Farejando o ar, ele se virou e tentou correr. Willa o segurou e o apertou bem firme. Havia na floresta um só predador tão incansável a ponto de segui-los até ali, então não era a hora de ninguém ficar sozinho.

— É um bando de lobos — ela disse a McClaren.

— Lobos! — McClaren exclamou, pegando o rifle e examinando a floresta com os olhos arregalados.

Willa sabia que sua tentativa de disfarçar o cheiro tinha dado errado e já conseguia ouvir os lobos se movendo pela floresta, dispersando-se para a direita e para a esquerda para cercá-los.

Charka grunhia sem parar, soltando lufadas de ar pelo nariz.

— Suba na árvore! — ela disse na língua antiga, encostando em um jovem pinheiro. Charka trepou ligeiro pelo tronco e chegou aos galhos.

— Não estou vendo eles... — McClaren sussurrou, espreitando a escuridão.

— Eles estão se aproximando... — Willa disse.

Os perseguidores pararam de correr e estavam se esgueirando pelas samambaias para chegar até eles, já estavam tão perto que ela conseguia ouvi-los respirar.

— Mantenha a calma... — ela sussurrou para McClaren.

Devagar, os lobos despontaram pela bruma da vegetação rasteira, dois ou três de cada vez, até que ela, Charka e o humano ficaram cercados por aqueles olhos amarelos brilhando com a luz do luar.

Todos os membros da alcateia foram se aproximando e rugindo, movendo-se como se fossem um só, com os corpos encolhidos e os ombros tensionados.

— Se você tem alguma arma aí com você, agora é hora de usar, garota! — o homem disse com a voz trêmula. Ele apontou o rifle para um lado e para o outro, tentando pensar em como lutaria contra tantos predadores. — Olha só quantos! Devem ter uns trinta lobos aí! E eu só tenho uns dez cartuchos!

Os lobos foram fechando o círculo, encarando McClaren, obstinados, rosnando com os dentes de fora.

Ao erguer o rifle para atirar no que estava mais perto, Willa colocou a mão no cano longo e assassino e disse não. A superfície fria do metal da arma parecia tão estranha para ela, como se quase queimasse sua pele de Faeran.

— Temos que matar todos eles, e rápido! — McClaren gritou, tentando tirar o rifle dela.

— Não! — ela disse outra vez. — Abaixe a arma, e eu vou te ajudar a enfrentá-los. É a nossa única chance.

McClaren pegou o rifle, pronto para atirar, mas seus braços tremiam enquanto olhava para os lobos prontos para atacar. Os animais estavam por toda parte. Willa não tinha dúvidas de que ele queria atirar nos lobos — por medo, por raiva —, matar todos eles.

— Posso detê-los, mas você precisa abaixar a arma — Willa disse a Jim McClaren.

— Espero que você saiba o que está fazendo — ele resmungou e, por fim, abaixou a arma. Devagar.

Willa não parou. Deu um passo para frente, na direção dos lobos, para que todos pudessem vê-la e ela pudesse vê-los.

Ela olhou fundo nos olhos deles para garantir que eles enxergassem sua alma e suas intenções. Então, puxou o ar com firmeza e tranquilidade e começou a falar com eles.

— *Ena dua um, dunum far.* — *Que bom ver vocês, meus amigos.*

Para sua surpresa, os lobos ignoraram suas palavras em Faeran. Continuaram uivando e se aproximando como antes, fechando o círculo, batendo os dentes, com os olhos firmes naquele humano fraco que não parava de sangrar. Pareciam sentir que ele não era apenas uma presa, mas também um inimigo, e que as feridas o deixavam vulnerável.

Willa tentou se manter firme e calma, mas seu coração começou a bater forte no peito. Qual era o problema daqueles lobos? Por que não estavam escutando o que ela dizia?

Mas então, ao olhá-los com mais atenção, percebeu que estavam com as orelhas para trás, as caudas para baixo e os corpos abatidos, notou que aquilo que via não era apenas o olhar intenso de um predador.

Eles estavam com fome.

Uma *fome* desesperada que lhes consumia.

Os pelos estavam falhos e os corpos esguios. Muitos daqueles animais estavam famintos e um deles sofria com uma ferida de bala no ombro.

Os lobos perseguiram o homem ferido, o cheiro do sangue grudado nas narinas, eles estavam prontos para atacar assim que o líder desse o sinal. Os animais estavam prontos para rosnar e morder, investir e rasgar, estavam prontos para *comer*.

Mas um dos lobos, uma fêmea grande e vigorosa com uma bela pelagem cinza-prateada e hipnotizantes olhos amarelados, encarou Willa de um jeito diferente. Ela não estava rosnando, nem perseguindo. Só estava olhando para Willa.

— Luthien... — Willa disse com carinho, enchendo o coração de ternura ao dizer o nome da amiga.

A loba abaixou um pouco a cabeça e deu passos lentos na direção dela.

Willa se ajoelhou e envolveu a loba em um abraço.

— Eu estava tão preocupada com você e a alcateia — ela disse, falando a língua antiga.

Luthien respondeu esfregando os ombros nela e a acariciando com o focinho. Willa se inclinou na direção da loba e suas testas se tocaram gentilmente, enquanto ela acariciava a pelagem do pescoço de Luthien. Era tão bom reencontrar uma velha amiga.

Os outros lobos pararam de uivar quando perceberam que a alcateia não iria atacar.

Willa podia ver muitos lobos conhecidos, mas teve a impressão de que vários deles eram debandados de outras alcateias dizimadas pelos humanos. Aquelas criaturas solitárias, que perambulavam com fome, uniram-se à Luthien, sua última esperança de sobrevivência.

— Vou ter que pedir um favor para você: este humano não é meu amigo, mas eu fiz a promessa de levá-lo para casa. Me desculpa, mas preciso pedir que você e a alcateia segurem a fome por mais um tempo. Preciso pedir que vocês encontrem uma presa em outro lugar.

Enquanto falava, Willa tocava Luthien com as mãos e com o rosto, pois era através do toque que os lobos davam um significado verdadeiro aos sons e aos movimentos de sua língua. Quando Willa terminou de falar, Luthien olhou para ela e apertou devagar sua cabeça grande e peluda contra o peito de Willa.

Willa apoiou a cabeça no ombro da loba, em agradecimento.

Um instante depois, Luthien se afastou devagar e começou a recuar para dentro da vegetação rasteira. Quando a loba parou e olhou para os outros membros da alcateia, eles a seguiram e, juntos, desapareceram em meio à névoa úmida da floresta.

— Os lobos decidiram nos deixar em paz — Willa disse para o humano.

— Só porque não conseguimos vê-los, não significa que não estão por aí, rodeando, esperando o melhor momento para atacar! — McClaren disse, ainda segurando o rifle com firmeza, como se sua vida dependesse dele.

— Os lobos não vão mais nos incomodar — ela falou com calma. Não queria discutir. — Agora é melhor você descansar.

— Não estou entendendo — ele disse, com a voz exasperada. — O que você é? Aqueles lobos se comportaram como se já te conhecessem.

— O mais importante é que eu os conheço — ela respondeu, baixinho.

— Que língua é aquela que você falou? — ele pressionou. — O que você falou para eles?

— Os lobos estavam com fome, mas eu pedi para eles te deixarem em paz esta noite.

— Como assim *esta noite*?

— Prometi que levaria você para casa, Jim McClaren. E vou fazer isso. Mas os lobos não precisam se comprometer por mais tempo do que eu mesma.

— Ou seja, se eu estiver andando pela floresta qualquer outro dia, você não se importaria se eles me matassem?

Ela o encarou por alguns segundos, mas não respondeu.

— Chega de descanso — ela anunciou e seguiu pelo caminho.

Charka grunhiu, desceu da árvore e saiu correndo atrás dela.

— O filhote age como se você fosse a mãe dele ou coisa do tipo — McClaren disse, tentando alcançá-los.

— Não, eu não sou a mãe dele — ela respondeu, ríspida. — Você mandou os seus homens atirarem na mãe dele e esquartejarem o corpo dela.

— Então era você! — ele exclamou. — Você era aquela criatura que a gente viu!

— Sim, era eu. Eu vi você matar a ursa.

— E daí? Tínhamos um bom motivo para matar aquela ursa. Ela era um perigo para os homens.

— Não era, não — Willa disse.

— Os homens precisam comer — ele insistiu — e têm o direito de proteger suas famílias dos animais perigosos.

Willa parou no meio do caminho e se virou para ele.

— Os lobos também — ela disse.

18

Ao caminhar com Charka e Jim McClaren para chegar ao vale de Cades, uma lembrança da avó e da irmã veio à mente de Willa. As três reunidas, escondidas sob os ramos mais baixos de um pinheiro e sussurrando ao ver um grupo de lobos do lado de fora da toca onde viviam. Três filhotes lutavam entre si e contra dois adultos, uivando e se agarrando, com as bocas abertas e dando mordidas uns nos outros, mas só de brincadeira.

— Os lobos formam uma família amorosa e cuidadosa, que dependem uns dos outros — sua avó contou à Willa e à sua irmã. — Mas, diferentemente dos Faeran, os lobos são caçadores, eles perseguem e matam outros animais para se alimentar.

— Eles não parecem *muito* assustadores — Alliw comentou, observando os lobos.

— Quando os humanos de pele branca chegaram nestas florestas, começaram a atirar, a fazer armadilhas e a envenenar muitos lobos, e só vão parar quando acabarem com todos eles e isso tudo ficar parecido com o mundo de onde vieram — a avó continuou.

— Mas por que eles querem matar os lobos? — Alliw lamentou, indignada.

— Porque eles têm medo — a avó disse. — E porque acreditam que os lobos competem com eles pelos veados e alces que os humanos precisam para sobreviver, os humanos também são caçadores.

— Mas os lobos matam *todos* os veados? — Willa perguntou.
— Com menos veados para matar, os lobos naturalmente acabam tendo menos filhotes e mantendo assim um equilíbrio entre eles — a avó respondeu.
— Vou contar uma história: nossos amigos Cherokee são caçadores, assim como os humanos de pele branca e os lobos. Os Cherokee perceberam que nos lugares em que não há lobos, a quantidade de veados aumenta demais e eles comem todas as plantas e, sem plantas, mais veados passam fome e, sem os veados, os Cherokee sofrem. As plantas, os pássaros, os veados, os Cherokee, todos sofrem. Todos estão conectados, cada um fazendo o seu papel para evitar que o mundo acabe. Vocês me entendem?

Willa confirmou, Alliw também, que então perguntou:
— Mas o que *nós* fazemos, os Faeran? Qual é o nosso papel?
Os olhos da avó se abrandaram ao olhar para ela.
— Nós somos as vozes das árvores, Willa, e as palavras dos lobos. Somos a força que leva os pássaros ao céu e a magia que faz a luz do sol virar vida. Somos as partes que faltam, o invisível, os *intermediários*. Quando vivemos e quando morremos, somos a alma da floresta, em todas as suas formas.

As memórias de Willa sobre a irmã e a avó agora pareciam muito distantes, como se fossem não só de outros tempos, mas também de outro mundo.

Enquanto ela, Charka e McClaren seguiam a trilha pela floresta silenciosa e iluminada pela luz do luar, o filhote ia trotando ao lado de Willa, comendo frutinhas e larvas e o que mais pudesse encontrar pelo caminho.

Mas o humano se arrastava com dificuldade. Tropeçando o tempo todo, sem conseguir enxergar as raízes que se enroscavam em seus pés e as pedras naquela escuridão. Boa parte da trilha era íngreme, sinuosa e repleta de córregos que, para ele, eram difíceis de atravessar.

Willa se movia depressa e com facilidade, virando-se muitas vezes para tentar ver e ouvir, não os lobos, mas aquela outra coisa que ouvira, a coisa de duas patas. Será que a garota de cabelos cor de trigo estava atrás deles, e os lobos atrapalharam seus planos?

— Obrigado pelo que você fez lá atrás — Jim McClaren disse, fazendo sua própria trilha com cuidado por causa da perna machucada. — Aqueles lobos pareciam famintos.

Willa não respondeu, mas torceu para que Luthien e o resto da alcateia tivessem conseguido encontrar algo para comer.

Ela sabia que os lobos raramente atacavam os humanos, mas a extração de madeira tinha espantado muitos veados e outras presas, então os lobos estavam famintos e desesperados. Às vezes, Willa pensava já ter entendido todo o estrago que os madeireiros estavam fazendo na floresta, cortando milhares e milhares de árvores, outras vezes acabava se espantando ao ver as relações que estavam se desfazendo.

— Por que vocês fazem isso? — ela perguntou a McClaren enquanto caminhavam. — Por que vocês matam as árvores?

Ele franziu a testa e apertou os lábios, parecendo não entender a pergunta.

— Por que eu... Você quer saber por que eu sou madeireiro?

— Sim, por quê?

— Quando eu era jovem, entrei para uma equipe de madeireiros para ganhar algum dinheiro. No começo, eu trabalhava como capanga, depois passei para a serra e, por fim, para o carregamento. Trabalhei duro até chegar aqui. Agora tenho minha própria equipe: oitenta e cinco homens. E é assim para eles também. É um trabalho, um jeito de ganhar a vida, como qualquer outro. E, veja bem, não somos os únicos. A madeireira Sutton e algumas outras estão vindo aí e essas árvores vão cair de um jeito ou de outro. Pode ser que a nossa equipe, lá em Cades, consiga ganhar um pouco de dinheiro com isso. Precisamos alimentar as nossas famílias, todo mundo precisa. Tenho um montão de filhos me esperando em casa.

— Mas você está colocando o mundo abaixo — Willa disse.

Ele fez uma careta.

— Não sei nem o que isso significa. O país precisa de madeira, e nós estamos fornecendo.

— Vocês estão destruindo a floresta!

— Você não para de dizer isso, mas a Sutton não está destruindo a floresta. A maioria dos funcionários vive aqui, como você. Não vamos fazer nada de ruim com o lugar onde vivemos. Há muita floresta aí, mais do que conseguiríamos cortar.

— Mas para qual empresa você trabalha? O que eles querem?

— A madeireira é de um homem lá do norte chamado W.B. Sutton.

— Por que ele veio para as nossas montanhas?

— Há alguns anos, quando o senhor Sutton era jovem, ele trabalhou para uma madeireira da Pensilvânia, mas quando todas as florestas do estado foram derrubadas, ele ficou sem emprego. Ele e outros madeireiros foram para o oeste em busca de terras em que pudessem cortar madeira. Naquela época, os estados de Ohio e Michigan eram totalmente cobertos de florestas. Diziam que um esquilo podia ir de um lado ao outro de Ohio sem nem tocar o chão. Então eles trouxeram trens, acenderam as carregadeiras a vapor e começaram a trabalhar. Levou quarenta anos para derrubar tudo, agora só restam campos vazios. O pessoal achava que a indústria madeireira do leste tinha acabado, que todas as florestas tinham acabado, mas quando o velho senhor Sutton ouviu falar sobre as nossas montanhas aqui no sul, seus olhos brilharam. As encostas das montanhas aqui são tão íngremes que os madeireiros nunca conseguiriam chegar ao topo, mas com a ajuda das novas locomotivas motorizadas que o senhor Sutton usou lá no norte, agora conseguimos pegar as árvores e transportar a madeira até a serraria. Dá para dizer que muitas pessoas duvidaram dos planos do senhor Sutton, mas ele estava certo, estamos conseguindo. Está dando certo. E agora muitas outras madeireiras vão copiar.

— Parece que você admira esse homem — disse Willa, torcendo os lábios com nojo.

— Claro que admiro. Ele é um homem ousado, com visão futurista, e eu o respeito por isso. Ele construiu uma pequena serraria e um pátio ferroviário aqui, no ano passado, e agora está fixando trilhos para cima e para baixo nessas montanhas. A ferrovia é o segredo. Está surgindo uma cidade nova lá para baixo, a umas quinze milhas do vale de Cades, que cresceu em volta da serraria, que chamam de Sutton Town, e não é por acaso. As pessoas adoram o velho. Ele está mudando tudo por lá, levando o progresso para aqueles lados.

Willa conseguia perceber a adoração na voz de McClaren, mas ouvia a história com horror. Ela não reconhecia muita coisa do que ele dizia — como o nome dos lugares e das máquinas —, mas entendia a ideia.

— Você não percebe? — ela perguntou, olhando-o, espantada.

— Percebo o quê? — ele perguntou de volta. — Muitas pessoas podem até ter duvidado do senhor Sutton no começo, mas ninguém guarda rancor. As pessoas gostam de um bom emprego e que pague bem.

— Talvez no vale de Cades, em Sutton e em Gatlinburg ninguém guarde rancor, mas há muito mais "por aqui" do que só esses lugares — ela disse, fazendo um gesto na direção da Grande Montanha e da casa do pai.

— Certo, vamos pegar o exemplo do seu pai — McClaren disse. — Muita gente lá no vale acha que o seu pai conhece estas florestas melhor do que ninguém. Mas ele está tendo dificuldades com aquele moinho de grãos, aqueles pomares e aquelas abelhas dele. Isso não é jeito de viver. Já ofereceram um emprego para ele na madeireira, e não só para trabalhar com as equipes cortando árvores. Para explorar, reconhecer o território, prospectar e mapear onde estão as melhores madeiras e o melhor jeito de chegar nelas. Esse emprego é dele, se ele quiser, quando ele quiser. Tiraria um peso das costas dele, ele teria uma renda segura, em vez de ter que se virar sozinho. Ele também tem filhos para criar, como eu.

Willa não tinha noção de nada daquilo e uma pergunta surgiu na sua cabeça.

— Quando você ofereceu o emprego, o que ele respondeu?

— Não vou conseguir me lembrar exatamente, mas ele disse que não. Ele é um teimoso, cabeça-dura.

Willa sorriu, imaginando a resposta dada pelo pai.

— E você também deveria dizer não, senhor McClaren — ela disse.

— Eu que não vou negar um emprego que rende um bom dinheiro para mim e para os meus homens.

— Mas você não percebe?

— Você não para de dizer isso, garota. Perceber o quê? Eu vejo uma abundância de árvores nessas montanhas. Isso é óbvio, é só você olhar em volta, e não vejo problema nenhum em tirar algumas delas.

— Mas e aqueles lugares de que você falou?

— Que lugares?

— Que você acabou de falar: Michigan, Ohio e todos os outros lugares. E os seus filhos, as suas filhas?

— O que eles têm a ver com isso? — ele perguntou. — Eles são o motivo disso tudo. Já disse, tenho uma família para sustentar.

— Mas agora que todas as florestas de Ohio foram derrubadas, ainda há gente morando lá? Ou é uma terra devastada, como os terrenos em que vocês deixam sobrar só os tocos das árvores?

— Claro que há gente morando em Ohio! — ele disse. — Antes de começar a querer me dar lição de moral sobre cortar algumas árvores, você tem muito o que aprender, garota! O que o seu pai tem te ensinado? Claro que há gente morando em Ohio! Por que você acha que derrubaram aquelas árvores? Para fazer casas! Casas feitas de madeira!

— É verdade que não estou entendendo o que você está dizendo sobre Ohio — ela admitiu, desanimada. — Mas sem as árvores, onde os animais vivem? Os ursos, os lobos? Os leões da montanha? As lontras?

— Não há mais esse tipo de animal em Ohio — ele disse. — Mas uma coisa eu posso garantir: a lavoura vai de vento em popa.

E disse aquilo tão sério, com tanta confiança, que parecia óbvio para ele, assim como deveria ser para ela, aquela afirmação ser mais importante do que qualquer coisa que ela conhecesse e desse valor.

A lavoura vai de vento em popa.

Willa pensou naquilo por um bom tempo, enquanto eles desciam as montanhas, ela não tinha entendido muito bem.

19

Algumas horas depois, durante o nascer do sol, Willa e McClaren avistaram, pela primeira vez, em meio às árvores, o lugar que os humanos chamavam de vale de Cades.

Era um belo vale oval, que se estendia por muitos quilômetros, repletos de milho, trigo, cevada e centeio, cercado por uma densa floresta e montanhas por todos os lados. Cabanas de madeira e pequenas casas brancas de tábuas sobrepostas demarcavam a cidade, com as chaminés lançando finos traços cinzentos ao céu azul-escuro lá em cima. Saias, calças e outras peças de roupas humanas ficavam penduradas em longas linhas nos quintais, balançando ao vento. Um pequeno bando de porcos e vacas se alimentava em um dos pastos e o fazendeiro em cima de uma carroça andava sobre uma das estradas poeirentas do vale. Lá no fundo, Willa precisava admitir que aquele parecia um lugar tranquilo e agradável.

— Aqui estamos. Conseguimos! — McClaren disse, finalmente com um pouco de alegria na voz.

Willa olhou para ele:

— Eu cumpri a minha promessa, agora é a sua vez.

— Eu sempre me lembro das minhas promessas — ele disse, mancando ao descer a trilha.

— Jim McClaren — ela disse, baixinho.

Ele parou e a olhou.

— Preciso ajudar o meu pai — ela disse.

— Eu sei — ele respondeu, gentil. — Era o esperado…

— Preciso te fazer uma pergunta e espero que você me dê uma resposta sincera. Você me deve isso.

— Pode perguntar.

— Você viu mesmo, com os seus próprios olhos, o meu pai no campo de Elkmont no dia em que aqueles homens morreram?

— Não, não vi — ele respondeu, olhando bem nos olhos dela. — Luther e os outros rapazes que me contaram o que aconteceu.

— O mesmo Luther que está com o xerife e com o meu pai neste momento?

— Sim, ele mesmo.

— O que eu preciso fazer para garantir que o xerife liberte o meu pai?

— A melhor forma de ajudar o seu pai é provar que outra pessoa matou aqueles homens.

— O próprio Luther pode ter matado eles?

— É possível — Jim McClaren disse, num tom cruel. — Mas Luther Higgs nunca me pareceu o tipo de sujeito que mata.

— E o meu pai parece? — ela perguntou, surpresa. — Você foi logo acreditando no que Luther e os outros homens disseram.

— Seu pai sempre me pareceu o tipo de homem que puxaria um gatilho se fosse preciso — Jim McClaren disse.

Ao ouvir aquelas palavras e o tom da voz de McClaren, Willa sentiu um calafrio.

— Sem falar que ele tem uma das melhores pontarias da região — McClaren continuou.

— Você acha possível que aquelas cobras que vimos tenham matado aqueles homens?

— Não sei... Mas seria difícil provar. Vi aquelas criaturas com os meus próprios olhos, mas até agora não sei o que são ou que palavras eu poderia usar para descrevê-las para as outras pessoas.

— Você vai ter que falar alguma coisa para eles — Willa disse.

O homem passou a mão no rosto.

— Sim — ele disse, com um suspiro profundo.

— E você *vai* cumprir a promessa que me fez — Willa disse, com firmeza.

— Eu sempre cumpro as minhas promessas, Willa Steadman — ele repetiu e foi-se embora com seu andar manco.

Parada na floresta, com Charka ao seu lado, Willa viu o homem chamado Jim McClaren entrar no vale.

Ela sabia que aquela perna machucada logo iria sarar, e ficou pensando se ele e os outros homens matassem toda a floresta da região, o que aconteceria com sua esposa e seus filhos, que teriam que viver em um mundo sem árvores.

Provar que outra pessoa matou aqueles homens.
Foi isso que Jim McClaren tinha lhe falado.

Ela sentiu uma pontada de solidão a invadindo. Seu pai e Hialeah pareciam tão longe agora, a dias de distância, mas ela ainda conseguia ver seus rostos e ouvir suas vozes. O que estariam fazendo com o pai dela? Será que sua irmã precisara usar a arma? De algum jeito, Willa tinha que resolver o mistério de quem ou o que havia assassinado os madeireiros no campo de Elkmont naquele dia, e precisava ser rápido.

Será que tinha sido a garota de cabelos cor de trigo e suas cobras cinzentas e rastejantes? Será que Nathaniel e Hialeah estavam correndo perigo por causa daquelas mesmas criaturas? Willa já havia visto lobos, ursos e até panteras naquelas florestas, mas nunca tinha encontrado nada parecido com aquelas feras esquisitas e mortais, de uma frieza sobrenatural. A garota tremeu só de lembrar.

Ou talvez a explicação fosse muito mais simples: talvez Luther Higgs fosse o assassino. Mas por que ele mataria o próprio irmão? Nada daquilo fazia sentido.

Sua avó lhe ensinara muitas coisas, mas nunca chegou a contar nenhuma história sobre garotas estranhas de cabelo cor de trigo ou criaturas rastejantes. Willa se perguntou se alguém do clã Faeran já havia visto aquelas feras. Talvez algum dos anciões soubesse o que eram ou pudesse resolver o mistério de algum outro jeito. Ajudando ou não, os Faeran precisavam ser avisados.

Ela sabia que os membros do seu antigo clã não ficariam felizes em vê-la. Para eles, fora Willa a responsável por dar início a uma série de eventos que levaram à destruição da toca e à devastação do clã. Mas se agora houvesse algo que pudesse fazer para ajudá-los, ela precisava tentar.

Ela e Charka seguiram a jornada subindo em meio ao tronco grosso dos pinheiros e outras árvores, que cresciam nas encostas da Grande Montanha. O filhote choramingava, pedindo comida, implorando para que ela parasse e para que ele pudesse procurar mais larvas, mas Willa seguiu em frente sabendo que em algum lugar seu pai e sua irmã precisavam dela; escalou as amoreiras espinhentas e abriu caminho pelos arbustos e quando finalmente chegaram ao lugar onde ela vira o clã Faeran pela última vez, não havia ninguém por lá.

A garota ficou de joelhos, com as mãos apoiadas no chão para analisar a relva e as samambaias, tudo estava intacto. Seus parentes Faeran não só não estavam ali, como fazia muito tempo que tinham ido embora.

Willa farejou o chão, tentando sentir algum cheiro, mas não havia nenhum. Imaginando que ela estava procurando alguma comida diferente, Charka foi alegre ajudá-la, pressionando a terra com o focinho sem parar.

Frustrada, a garota se sentou em uma pedra e tentou pensar. Para onde os Faeran tinham ido?

Da última vez que Willa vira o antigo clã, no outono do ano anterior, eles estavam vagando pela floresta, assustados e desanimados, discutindo sobre o que fariam. Sua amiga Gillen tentava convencê-los a trabalhar juntos, a lutar por um objetivo em comum, como faziam os antigos Faeran. Willa ficou se perguntando se tinham conseguido construir uma nova toca para sobreviverem ao inverno. Ou será que eles tinham se separado?

Ela olhou para o céu, em que voavam seis ou sete corvos da região, grasnando uns com os outros com a voz esganiçada, e uma ideia lhe veio à mente.

— Preciso da ajuda de vocês, amigos! — ela os chamou na língua antiga.

Os grandes pássaros pretos inclinaram as asas e se lançaram, quase como se caíssem pelos ares e, por fim, com um último bater de asas, pousaram nas árvores, inclinaram as cabeças e olharam para ela com curiosidade.

— Estou tentando encontrar o meu povo — ela explicou, sabendo que os corvos queriam respostas rápidas quando descobriam que havia alguém visitando seu território.

A maioria dos animais da floresta entendia a língua antiga por instinto quando alguém falava com eles. Se respondiam, não usavam palavras em Faeran, mas nas suas formas naturais de comunicação — os sons, os movimentos e os comportamentos de cada espécie —, e cabia aos Faeran aprender esses códigos. Ela sabia como se comunicavam os lobos, os ursos, as lontras, as raposas, os linces e muitos outros. Mas de todos os moradores da floresta, os corvos eram os verdadeiros mestres dos sons e dos significados. Eles eram os poetas do céu.

Os corvos parados nas árvores faziam vibrar um som grave e gorgolejante no fundo da garganta, soltavam estalidos roucos e assovios estridentes, discutindo entre si, não para decidir se iriam ajudá-la, já que isso eles nem pareciam questionar, mas tentando se lembrar onde tinham visto os Faeran pela última vez.

Willa sabia que os corvos tinham ciência de quase tudo o que acontecia no território deles, mas desta vez eles aparentavam ter chegado a um consenso que parecia impossível: o clã Faeran simplesmente desaparecera.

Todos concordaram, menos um: um corvo bastante jovem, que grasnava sem parar, balançando a cabeça, enquanto se remexia para frente e para trás, de um lado ao outro de um galho, insistindo que ele mesmo vira os Faeran e que sabia onde eles estavam.

De repente, todo o bando de corvos rompeu pelos ares e saiu voando em meio às árvores, como uma chuva preta.

Animada, Willa saiu correndo atrás deles o mais rápido que pôde, tentando acompanhar o ritmo e gritando para que Charka a seguisse.

Ao subir, quase sem fôlego, um terreno pedregoso, a garota viu que o corvo jovem havia levado os outros a uma ravina estreita e sombreada por árvores, escondida entre dois esporões da montanha.

O bando barulhento voou em círculos por cima do lugar, virando e mergulhando, como se chamassem por ela.

— Obrigada, amigos! — ela gritou para o alto, acenando para eles.

Ainda grasnando e assoviando uns com os outros, os corvos rodopiaram no ar e voaram na direção do seu ponto de observação preferido: um abeto alto e retorcido, a uma boa distância dali, que se erguia acima das outras árvores que cresciam na beira irregular da montanha.

Quando os corvos foram embora, Willa espreitou pela ravina: havia uma camada muito espessa de arbustos de rododendro e as paredes eram íngremes demais para que ela entrasse. A garota teria que descer escalando.

— Fique aqui, Charka — ela disse, e o ursinho se encolheu para esperar.

Willa se abaixou para cruzar a beirada e desceu, uma das mãos de cada vez, usando os galhos do rododendro como degraus. Por baixo da cobertura de folhas grandes e cerosas, a luz do dia foi se transformando em um mundo subterrâneo que assumia um tom de verde. O som do vento e os corvos ao longe deram vez ao silêncio e ao suave gotejar da água. O chão debaixo dos seus pés foi ficando mais frio, e seu nariz foi tomado pelo cheiro de pedra e terra molhadas, o tipo de lugar onde um clã Faeran se esconderia.

Quando chegou ao fundo da ravina, ela olhou em volta, esperando ver as pessoas coletando alimentos da floresta, cuidando uns dos outros e contando histórias antigas. Os Faeran eram um povo coletivo, ficavam juntos. Mas a verdade era que, depois que o padaran morreu e a toca pegou fogo, sem um líder forte ou uma casa compartilhada que os unisse, o clã passava por muitas dificuldades. E Willa sabia que aquilo que esperava encontrar não passava de uma memória de sua vida antiga.

Ela procurou dos dois lados da ravina, mas não havia ninguém ali. E foi então que viu o motivo para os corvos a terem levado até ali: parecia uma simples fenda escura, uma sombra que levava a uma sombra ainda mais profunda.

É uma caverna, ela pensou, lembrando que os corvos lhe contaram que os Faeran tinham desaparecido.

Seu coração começou a bater mais forte e seus pulmões de repente pareciam pedir mais ar.

Willa ficou por um bom tempo encarando a abertura, sem conseguir se aproximar ou se afastar. Ela não queria chegar perto da caverna, não queria ver o que tinha lá dentro, mas sabia que precisava seguir em frente.

Escalou as pedras com as mãos para chegar à boca da caverna e começou a sentir um arrepio. E, naquele momento, ela olhou para dentro da escuridão.

A mão branco-acinzentada ficou visível e, assustada, Willa recuou; os dedos se fecharam, contraídos, tinham unhas longas e afiadas. A princípio, a garota pensou ser um cadáver, mas depois viu que a mão tremia.

Willa fez uma careta e, inclinando a cabeça devagar, olhou para cima, na direção das sombras.

Dezenas de corpos cobertos de manchas daquela cor branco-acinzentada se penduravam nas paredes internas da caverna encharcada, e foi só então que ela começou a enxergar seus rostos, todos os olhos do clã Faeran estavam fixos nela.

21

Willa recuou. Uma criatura parecida com um lagostim gigante escapuliu pelo buraco e, quando ficou sobre as pernas longas e compridas, Willa viu que se tratava de uma velha Faeran, com uma pele pegajosa e cinzenta e cabelos brancos bem compridos e desalinhados que caíam até as costelas.

— É você! — a velha disse, ríspida, com a boca se contorcendo de repugnância ao olhar para Willa.

Os espinhos na nuca de Willa eriçaram-se na hora.

— Fique longe de mim! — ela avisou, empurrando as mãos para se defender da mulher.

— Não queremos ninguém como você por aqui, sua bruxa! — a velha falou, esganiçada, apontando um dedo ossudo e deplorável para o rosto de Willa.

— É a bruxa que queimou a toca! — outro Faeran gritou, rastejando para fora da caverna.

Willa logo o reconheceu: seu nome era Tanic e ele perdera os dois filhos no levante contra o padaran. O corpo de Tanic era muito maior e mais forte do que o da velha que estava só os ossos, mas sua pele tinha a mesma cor cinza manchada e a textura pegajosa, e seus enormes olhos azuis se arregalaram de ódio ao ver Willa.

E então outro Faeran saiu da caverna, e outro logo depois. Todo o clã a cercava, como grandes vespas zangadas que tinham sido espantadas do próprio ninho. Todos vaiavam e zombavam dela enquanto a empurravam. O rosto de Willa queimava ao tentar se esquivar e recuar, mas ela ficou imóvel.

— Parem com isso! — alguém gritou. — Deixem a garota em paz!

Willa olhou para cima e viu sua amiga Gillen se acotovelando para conseguir passar pela multidão. Gillen a agarrou pelo braço e a afastou dos agressores revoltados.

— Vou conversar com ela. Se afastem! — Gillen gritou para o grupo aglomerado em volta delas, com os músculos do pescoço e do ombro tensionados ao empurrá-los para os lados.

Gillen tinha a pele manchada de pontos verdes escuros, pois nunca aprendera a se fundir, então não mudava de cor. Seu rosto tinha traços angulosos e vigorosos e seus olhos eram de um azul tão sóbrio que lhe davam uma aparência determinada. Os outros, muito a contragosto, a obedeceram e saíram de perto assim que ouviram suas ordens.

— Não podemos demorar — Gillen disse à Willa, puxando-a para o meio da vegetação. — Não consigo segurá-los por muito tempo.

Gillen parou debaixo dos galhos retorcidos de uma velha árvore, que crescera para fora das fendas da pedra que as cercava.

— O que veio fazer aqui, Willa? — ela perguntou, ainda segurando-a pelo braço. Gillen não era muito mais velha, mas sempre houve algo nela que exigia atenção.

— P-para ajudar — Willa gaguejou, já incerta do que estava fazendo. Ela precisava ir direto ao ponto. — Escuta, Gillen. Umas criaturas estão matando pessoas na floresta. Todos do clã estão em perigo.

— Do que você está falando? — Gillen perguntou, cerrando os olhos. — Que criaturas são essas?

— São como cobras cinza, mas são gigantescas e se movem por baixo da terra — Willa respondeu. — Elas podem matar só com um toque. Eu as vi atacando três humanos bem na minha frente.

— Matar só com um toque... — Gillen disse.

— Vim aqui para descobrir se algum dos anciões já viu ou já ouviu falar de algo assim. Mas o que está acontecendo, Gillen? As criaturas já vieram até aqui? Por que todo mundo está na caverna?

— Foi o único lugar em que conseguimos encontrar proteção — Gillen disse, com a voz falhando de desânimo. — Mas não há comida.

— Eu posso buscar comida para você — Willa disse, deixando uma pontinha de esperança transparecer na sua voz ao segurar a mão de Gillen e tentar puxá-la para a direção da luz. — Venha, a floresta está cheia de comida. Vou te mostrar onde achar.

— Não sou só eu, Willa — Gillen disse firme e sem rodeios. — É *todo mundo*. O clã está morrendo de fome!

— Vocês precisam sair da caverna — Willa rebateu. — Você não está vendo como todo mundo está ficando cinza? Vocês precisam de luz para viver. Precisam de água fresca. Vocês precisam ir para a floresta!

— A floresta não pode nos ajudar — Gillen disse, balançando a cabeça.

Willa a olhou, preocupada, nunca ouvira palavras tão brutais e deprimentes saindo da boca da amiga.

— Vocês podem comer frutas, brotos, nozes, cogumelos, folhas. Tanta coisa! Mas tem que ser rápido, vocês precisam estocar para o inverno.

— Você é tão boba, Willa — Gillen disse. — Sem uma toca, não vamos sobreviver a outro inverno!

Enquanto conversavam, Willa viu os outros membros do clã se aproximarem devagar, escondendo as cabeças debaixo dos galhos baixos das velhas árvores. Seus corpos cinzentos estavam curvados e os rostos exprimiam ressentimento. Muitos deles se aproximavam com os punhos cerrados. Outros estavam armados com bastões afiados, vestígio dos velhos hábitos do padaran.

Willa sentiu os pulmões pedirem por mais ar, os músculos da perna tensionados, preparando-a para correr. Ela tentou manter a coragem, tentou se convencer de que aquele era seu povo e que não lhe fariam nada de mal.

— Eles estão voltando... — ela disse para Gillen.

Quando Gillen se virou, os Faeran se apressaram para cercá-las.

— Bruxa! — a velha ossuda gritou, chegando tão perto do rosto de Willa que ela viu gotas de saliva voando dos seus lábios contorcidos.

Enquanto tentava recuar, Willa percebeu que havia alguns Faeran mais jovens na parte de trás da multidão que não estavam gritando nem vaiando, apenas observavam o que os anciões faziam, o desânimo nublando suas expressões. E notou outra coisa: o rosto de um dos garotos estava coberto de manchas marrons misturadas com listras pretas irregulares.

— Sacram está doente, está com a doença do fungo do carvalho — Willa disse para Gillen. — Precisamos ajudá-lo.

— Deixe o garoto em paz — a velha ossuda rosnou, empurrando Willa para trás com suas mãos em forma de garras. — Já tivemos o suficiente! Nosso povo não é mais problema seu!

— Você não vê que ele está doente? — Willa insistiu. — Olhe só para ele! Eu posso ajudar!

Gillen virou as próprias mãos para mostrar à Willa as listras cinzentas que se espalhavam pela parte de baixo do seu braço, como as veias apodrecidas de uma folha morta.

— Boa parte do clã já morreu disso, Willa. E muitos outros estão doentes.

— Por favor, me deixe ajudar, Gillen, pelo menos nisso. Por favor — Willa implorou, tentando ignorar a multidão Faeran que a pressionava, dirigindo-se apenas a sua velha amiga.

Tanic, com os olhos grandes e protuberantes, empurrou a multidão e disparou para chegar até ela.

— Foi você que começou a revolta! — ele vociferou. — Você não tem o direito de fazer parte deste clã!

Willa deu um passo rápido para trás para se afastar dele, mas acabou dando de encontro com a multidão nervosa de Faeran que a empurrava por trás, segurando-a com as mãos. Os ombros deles faziam força contra ela, e os dentes rangiam no seu ouvido.

— Assassina! — um deles bradou.

— Incendiária! — berrou outro, agarrando-a pelos braços.

— Destruidora do clã! — a velha ossuda chiou, pressionando o dedo torto por baixo do queixo de Willa e empurrando sua cabeça para trás.

Willa tropeçou de costas, desesperada para fugir. Ao tropeçar na raiz de uma pequena árvore, ela estendeu as mãos e agarrou o tronco para não cair.

No momento em que tocou na árvore, ela sentiu seu poder. Sua aliança. Era como se, naquele momento, aquela árvore pequena e aparentemente insignificante, que vivia às sombras de uma ravina pedregosa, a tivesse lembrado de algo: de quem ela era de verdade.

Se eles queriam uma bruxa, uma fada da floresta, era isso que ela seria!

— *Eera-de thaolin!*

A árvore se abaixou e a ergueu em um único movimento rápido, tirando-a do alcance e das garras dominadoras da multidão ao redor.

Com o clã Faeran incrédulo e acovardado, ela se fundiu às folhas e subiu até os galhos mais altos acima deles, desaparecendo de vista.

22

Willa escalou para sair da ravina e mudou de cor, assim Charka podia vê-la. O ursinho fez um barulho rouco com o fundo da garganta, como se alguém estivesse golpeando um tronco oco. Ele estava contente por vê-la, mas Willa nem parou: agarrou-o nos braços e continuou andando até ter certeza de que o bando agitado de Faeran havia ficado bem para trás. Ela só voltou a colocá-lo no chão depois de cruzar o próximo cume.

Ela sabia que os Faeran nunca a deixariam voltar para o clã — eles a odiavam —, mas eram seu povo, os últimos da espécie, e ela não os deixaria morrer. Ao descer a encosta da montanha, passou pelos bosques frios e sombreados de abetos e pinheiros e, mais adiante, pelas faias, bétulas amarelas e árvores de bordo, até chegar às encostas ocidentais mais secas e expostas ao sol, repletas de pinheiros altos e carvalhos imponentes.

Por fim, chegou a um carvalho especialmente grande e robusto, de tronco marrom-acinzentado, cortado por sulcos profundos, mais largo do que seus braços podiam enlaçar e com galhos grossos que se erguiam ao céu. Ela encontrou paz em todo aquele tamanho, em toda aquela maturidade, em toda aquela ancestralidade.

— Oi, meu amigo, que bom ver você — ela disse na língua antiga. — Eu me chamo Willa e preciso da sua ajuda.

Ela subiu até os galhos mais altos da árvore e examinou as folhas com cuidado. Estavam verdes e fortes, transpirando vida. Sua avó lhe ensinara que os Faeran e os carvalhos eram tão próximos que a doença do carvalho afetava ambas as espécies da mesma forma. Era causada por um fungo trazido por besouros e outros insetos. E, assim como as árvores mais fortes de uma floresta nutriam e sustentavam as mais fracas através de suas raízes interconectadas, a única forma de um Faeran sobreviver à doença era comendo as folhas vivas de um carvalho saudável. Nathaniel lhe ensinara que os humanos às vezes eram acometidos por uma doença chamada escorbuto, que era, de forma semelhante, causada pela falta de alguns tipos de frutas e vegetais na alimentação.

— Obrigada — ela sussurrou à árvore enquanto colhia as folhas dos galhos. — Meu povo precisa muito disso.

Assim que colheu a quantidade que achou suficiente, ela desceu da árvore. Charka veio correndo até ela, choramingando e suplicando, pensando que Willa tinha encontrado algo para ele comer.

— Me desculpa, pequenino, estas aqui não são para você — ela disse, tomando o caminho de volta para subir a montanha. — Logo vamos achar comida para você, assim que fizermos o que precisamos fazer.

Quando chegaram à ravina, Willa pediu para Charka se esconder e esperar por ela de novo, depois, desceu o paredão.

Em vez de se mostrar aos Faeran, ficou observando os membros do clã a uma curta distância.

Gillen parecia dividi-los em pequenos grupos. Willa reconheceu o garoto chamado Sacram, aquele contaminado pelo fungo do carvalho, e seu irmão gêmeo, Marcas, que parecia ter sido acometido quase da mesma forma, mas do lado oposto do rosto.

Os dois garotos carregavam bastões afiados, que eles mesmos tinham transformado em uma espécie de lança. Willa franziu a sobrancelha e apertou os lábios. Os antigos Faeran não usavam nenhum tipo de arma — apenas o padaran e seus guardas usavam. O que Sacram e Marcas estavam fazendo?

Ciente de que só tinha uma chance, Willa foi em direção a eles.

Os olhos de Sacram se arregalaram ao vê-la surgir de repente do meio da floresta. Marcas recuou e ergueu a lança para se proteger contra um ataque, então percebeu quem era e abaixou a arma.

Gillen avançou na direção dela.

— Por que você voltou, Willa? Eu falei para você se afastar, para o seu próprio bem.

— Coma isto — Willa disse, entregando as folhas de carvalho que ela havia colhido. — Foram tiradas de uma árvore muito velha e saudável, só as folhas de cima. Esse é o segredo.

Gillen parou para encará-la, surpresa pela sua ação.

— Eu te falei para não... — Gillen a repreendeu com ternura.

— Mas eu fiz mesmo assim — Willa disse, sorrindo. — Você sabe que eu não sou nada obediente.

Com um sorriso no rosto, Gillen pegou, relutante, as folhas da mão da amiga. Ela colocou duas na boca e passou as outras para os garotos.

— Comam — ela ordenou sem rodeios.

Com olhares nervosos direcionados à Willa, os garotos se aproximaram, obedientes, aceitaram as folhas de Gillen, mas então hesitaram.

— Comam já! — Gillen ordenou, brava.

Com medo evidente da garota, Sacram e Marcas mais do que depressa encheram a boca com as folhas.

— São só folhas frescas de carvalho — Willa garantiu com a voz doce. — Vai ajudar vocês a se recuperarem da doença. Não vai demorar e vocês vão se sentir melhor.

— Obrigado — Sacram disse, acenando com a cabeça enquanto mastigava.

Ela teve uma boa surpresa ao ouvir a voz dele, agora muito mais grossa do que se lembrava, e de ver seus olhos a observando.

Os olhos de muitos Faeran foram ficando acinzentados ao longo dos anos, assim como o tom de pele, mas os olhos de Sacram eram amendoados e passavam a sensação de que, mais do que sobreviver, ele queria *entender*.

Quando os garotos terminaram de mastigar e engolir as folhas, Gillen disse:

— Muito bem. Agora vão, e voltem antes de amanhecer.

Sacram e Marcas consentiram, pegaram suas lanças e partiram para a floresta. Aquela era uma ordem que eles entendiam.

Willa sentiu um frio na barriga.

Ela se virou e olhou para Gillen.

— Para onde você os mandou?

Gillen a encarou por vários segundos, hesitante.

— Para onde, Gillen? — Willa pressionou.

— Para o vale de Cades — Gillen acabou respondendo.

Willa não conseguia acreditar no que estava ouvindo.

— Por que eles estão indo até lá?

Gillen abaixou a cabeça.

— Precisamos de comida.

— Por favor, não me diga que...

— Eu refiz os jaetters, Willa — Gillen desabafou.

Os *jaetters* eram o bando de jovens caçadores-ladrões que o padaran criara para invadir e roubar as casas dos humanos. Tanto Willa quanto Gillen tinham passado pelo treinamento para se tornarem jaetters, e as duas sabiam que era errado e perigoso.

— A gente precisa sobreviver — Gillen resmungou. — Como o padaran nos ensinou.

Aquelas palavras queimavam nos ouvidos de Willa. Eles se revoltaram contra o padaran, acabaram com os jaetters. De que adiantou? Para isso? Para se apinharem em uma caverna? Para que outros jovens saíssem para roubar à noite?

— O padaran está morto — Willa disse, tentando manter a voz firme e neutra. — Precisamos encontrar um jeito melhor de sobreviver do que esse que o padaran nos ensinou: roubando, ferindo, emboscando e matando animais. Eu quero ajudar vocês.

Gillen hesitou, abaixando os olhos enquanto começava a falar:

— A maioria dos membros do clã acredita que foi você que causou tudo isso — ela disse, baixinho.

— Mas no que *você* acredita? — Willa perguntou, com a voz trêmula?

Gillen levantou a cabeça e encarou a amiga.

— Que você *causou* mesmo isso tudo, Willa.

— Você sabe que a gente precisava lutar contra o padaran. Foi *necessário*. Mas eu não o matei, ele morreu queimado — Willa respondeu.

— Todo mundo acredita que você começou o incêndio.

— Não fui eu! — Willa insistiu, aliviada de poder finalmente dizer aquilo para alguém. — Eu nunca faria aquilo. Foi o padaran que acendeu aquelas tochas para bloquear o corredor que levava ao quarto dele, e uma das tochas acabou botando fogo na parede.

Desconfiada, Willa espiou os Faeran se reunindo nas árvores e na vegetação rasteira perto dali. Alguns viram as duas conversando e agora estavam caminhando na direção delas.

— Eles estão morrendo de medo — Gillen disse.

Willa tentou olhar dentro dos olhos da amiga, mas Gillen não levantava a cabeça.

— Precisamos dar algum rumo e esperança para eles — Willa implorou. — É o único jeito do nosso povo sobreviver.

— Estou tentando, mas não consigo — Gillen disse, ainda evitando seu olhar.

— Você *consegue*, sim — Willa falou. — E você *precisa* fazer isso.

— Você disse que eu era uma líder, mas não sou — Gillen disse. — A maioria nem me escuta. Eles não acreditam em mim. Eu não sou como o padaran.

— Não — Willa disse, segurando-a pelos ombros. — Olhe para mim, Gillen. Você *não* é como o padaran. Nem tente ser. Encontre outro jeito de liderar. O *seu* jeito.

Por fim, Gillen ergueu os olhos e olhou para Willa.

— As antigas tradições da sua avó e das fadas da floresta morreram, Willa — Gillen disse, com a voz sóbria e direta. — Tudo mudou. Não podemos voltar ao passado.

— Então precisamos encontrar um novo jeito de viver, juntando o que era bom antes com o que é bom agora. Mas não do jeito do padaran, por favor.

Gillen olhou para os Faeran que se aproximavam.

— Eles não querem mudar. Só consigo fazê-los me ouvir quando eu falo o que eles querem ouvir. Alguns deles estão tentando deixar o clã para tentar a vida sozinhos. Enquanto não encontrarmos algum tipo de toca, algo que nos una, não vai haver esperança para nós.

Os Faeran começaram a assoviar e a ranger os dentes ao cercar Willa e Gillen.

— É melhor você ir embora — Gillen disse, baixinho.

— Faça com que comam as folhas do carvalho para acabar com a doença — Willa implorou à amiga enquanto se afastava. — Comece assim e, quando funcionar, eles vão ver que podem confiar em você e vão passar a te ouvir mais.

— Pode deixar — Gillen disse. — Agora vá!

Os Faeran agora estavam fechando o cerco.

— E cuidado com as criaturas de que eu te falei — Willa avisou. — Aconteça o que acontecer, não deixe que elas encostem em vocês!

— Ninguém vai encostar na gente, sua traidora! — a velha ossuda de cabelo branco gritou estridente, dando um bote para tentar agarrar o braço de Willa. — Ainda mais *você*!

Willa se esquivou das mãos dela.

Tanic, com seus olhos arregalados, lançou-se à frente e tentou derrubar Willa no chão, mas ela rolou para dentro das samambaias, fundiu-se às folhas e desapareceu.

— Deixem ela em paz! — Gillen gritou com Tanic e outros Faeran que vasculhavam a vegetação procurando por Willa.

Ao se encontrar com Charka e deixar os Faeran para trás, Willa não podia deixar de se perguntar se aquilo tudo era resultado das decisões que ela tomara. Será que aquele mundo era uma criação dela? Havia tantas coisas que ela queria perguntar à sua família Faeran, e tantas coisas que ela queria lhes contar. Mas não havia chance alguma de isso acontecer agora. Eles a *odiavam*.

23

Nada, pensou Willa, desanimada, enquanto ela e Charka se afastavam. Ela não conseguiu nada com o clã Faeran que pudesse ajudá-la a resolver o mistério daqueles seres rastejantes e assassinos, além do fato de que eles ainda não tinham atacado seu povo.

Estou tentando, pai, disse para si mesma, pensando em onde ele poderia estar e no que os humanos estariam fazendo com ele. Ela precisava ajudá-lo de alguma forma.

Caminhando ao lado dela, Charka começou a choramingar, implorando por comida.

— Sei que você está faminto — Willa disse, acariciando a pelagem da cabeça do ursinho. — Vamos encontrar comida.

As avelãs, castanhas e nozes que ela tinha certeza de que Charka adoraria ainda não estavam maduras. Ela conseguiu encontrar alguns brotos e ervas para os dois comerem, e Charka tirou tudo da mão dela e devorou, lambendo os dedos de Willa com a língua úmida e grossa.

E, para cada broto que ela mordiscava, ele devorava vinte. Ele era pequeno, mas voraz. Ela colheu algumas cerejas-silvestres, vermelhas e roxas, que o fizeram exultar de prazer. E, depois de muito procurar, ela encontrou um punhado de larvas debaixo de um velho tronco apodrecido. Charka comeu todas num instante e olhou para ela, pedindo mais.

Willa sabia que, desde que nascera, o bebê Charka viajava com a mãe, aprendendo onde procurar comida e como fugir dos perigos. E estava ficando evidente que ele precisava comer quase o tempo todo, não apenas para crescer e se tornar um adulto, mas também para engordar para seu longo sono invernal. Sem a mamãe para lhe ensinar as habilidades de que precisava, o filhote não sobreviveria.

Enquanto procuravam por comida, ela e Charka chegaram a um bosque de árvores gigantescas, corroídas e deterioradas, mas ainda assim altas e fortes, com bases grossas e poderosas, que haviam resistido às intempéries do tempo. Ao olhar para os galhos imensos, Willa percebeu que cada uma daquelas gigantes devia ter algumas centenas de anos e estavam repletas de histórias. Andando entre elas, ouvindo seus sussurros, a garota começou a se sentir segura de um jeito que há muito não se sentia. Nada de criaturas rastejantes deslizando pelo chão, ou de humanos obstinados arrastando as próprias pernas, ou ainda Faeran raivosos e sarcásticos. Apenas árvores amigas, silenciosas e gentis.

Mas enquanto caminhava pela sombra tranquila e protetora de suas companheiras, algo começou a acontecer: a suavidade dos raios de sol começou a se transformar num brilho forte e desagradável, a brisa amável da floresta começou a se tornar algo mais parecido com um vento cruel e até o cheiro no ar mudou.

Ela e Charka estavam parados às margens do inimaginável: o resto da floresta tinha sumido.

Diante deles se estendia um amplo terreno infértil, descampado até onde os olhos podiam ver. Não havia sobrado nada além de cepos cortados por serras. Nenhuma árvore, samambaia, flor ou trepadeira. Nenhum urso, lobo, raposa, lontra ou qualquer tipo de pássaro. Nenhum riacho descendo suave... Apenas um mundo pisoteado, morto, sem árvores, deixado para trás por um grupo de madeireiros.

Perdendo todas as forças do corpo e da alma, Willa caiu de joelhos, de coração *partido*. Ela começou a chorar, puxando o ar em meio a soluços pesados e passando o dorso da mão pelo nariz.

Ela não queria chorar, mas lutar. A garota queria acabar com aquilo! Mas como? Como Willa poderia lutar contra homens de ferro? Como ela poderia vencer as máquinas? As armas? O imenso contingente invadindo a floresta?

O mundo não estava morrendo, ele estava sendo assassinado.

Uma árvore, um animal, um rio de cada vez. Tudo estava sendo assassinado.

A garota se virou e olhou na direção do cume da Grande Montanha ao longe.

— Não entendo — ela disse. — Você precisa acabar com isso, pelo bem de todos nós, pelo *seu* bem, você precisa acabar com isso.

Mas a montanha não respondeu, nem mesmo com um piscar de luzes, um revirar de névoas ou com o voo alto de um pássaro; a Grande Montanha se mantinha em silêncio, e não por não entender o que ela estava pedindo, pois Willa sabia que a montanha entendia.

Porém, também não estava dizendo que não poderia fazer o que a garota queria, apenas não havia resposta alguma.

Era como se a montanha dissesse: *Isso é com você. Isso é seu. Você precisa resolver esse problema.*

Mas a verdade era que ela não sabia o que fazer. Willa não sabia como salvar o mundo todo dele mesmo. Tudo que ela podia fazer era tentar salvar quem ela amava, como o seu pai, e o tempo estava acabando. A garota teve a sensação de que as criaturas sombrias e rastejantes tinham algo a ver com o que acontecera no campo de Elkmont no dia em que os dois madeireiros foram assassinados, mas ela precisava saber mais sobre aquilo. Precisava se esforçar mais. Seu pai e Hialeah, de onde estivessem, contavam com ela.

Willa tentou se lembrar da primeira vez que ela e Charka encontraram as criaturas deslizando pela floresta, mas, só de pensar, um medo escuro e pesado tomou conta do seu corpo. Sua boca secou e seu coração bateu com ainda mais força. Inspirando profunda e lentamente, ela se virou e olhou para cima, na direção da encosta da montanha, onde ficava a velha toca queimada do seu povo e o território estranho que começou a se formar ali ao lado.

Será que o Recôncavo Sombrio era a resposta? Será que era dali que as criaturas estavam saindo?

Willa tentou pensar em alternativas, outras respostas, mas não pensava em nada além daquele lugar estranho e pavoroso.

E então, por fim, a garota percebeu que não teria como fugir.

— Preciso voltar lá — disse.

Ao observar Charka parado ao seu lado, ele a olhou, com os olhinhos cheios de amor, lealdade e a certeza de que, não importava aonde ela fosse, ele iria junto. Mas depois de tudo o que acontecera e de tudo o que ele enfrentara, ela não tinha coragem de levá-lo àquele lugar assombrado, era perigoso demais. Por mais que odiasse a ideia, Willa tinha que encontrar uma nova casa para ele, um lugar em que Charka pudesse aprender tudo de que precisava, estar entre outros ursos.

Se ele fosse um órfão de lobo, ela o levaria para Luthien. Willa não conhecia nenhuma mamãe ursa, mas sabia de um lugar onde talvez pudesse encontrar alguma.

— *Atagahi* — ela disse, usando o nome em Cherokee.

Por muitos anos, os Cherokee contaram histórias em volta da fogueira sobre o lago de cura dos ursos. Willa nunca conheceu nenhum humano que tivesse visto o lugar com os próprios olhos, mas ela mesma já tinha estado no lago e sentido a mágica agir. O problema seria como conseguir encontrar aquele misterioso corpo d'água sozinha. Willa sabia que precisava garantir a segurança do novo amiguinho, pois só então poderia ir ao Recôncavo Sombrio.

— Vamos, Charka. Temos um bom caminho pela frente.

24

Algumas horas mais tarde, quando finalmente chegaram ao terreno alto e pedregoso na direção do qual Willa avançava, ela e Charka pararam em um penhasco cinzento, corroído pelo tempo e olharam para o outro lado do mundo. As montanhas cobertas por uma névoa verde-azulada formavam uma cadeia longa, uma camada após a outra, até esvanecer no céu. *O mundo não é plano nem redondo*, ela pensou. *É feito de montanhas*. A bruma branco-azulada que vinha das florestas se depositava nas áreas mais baixas entre os picos e cumes das montanhas, fazendo parecer que eram centenas de lagos cobertos de nuvens. Se ela não tivesse estado lá antes, nunca saberia que um daqueles vales enevoados detinha um grande segredo. Ainda assim era difícil ter certeza. Agora, tantas coisas do passado pareciam não passar de um sonho. Será que Luthien e os outros lobos tinham mesmo a levado àquele lago? Será que ela chegou mesmo a ter uma irmã gêmea com quem costumava rir e brincar anos atrás? Será que algum dia o povo Faeran já viveu com graça e em harmonia com o mundo da floresta?

Será que o mundo estava mesmo morrendo ou a própria existência do mundo não passava de um sonho?

Willa olhou para a encosta pedregosa lá embaixo, na direção de onde achava que o lago ficava escondido.

Quando ela e Charka começaram a descer pelo vale, depararam-se com uma parede espessa de névoa. Ela sabia, pelas histórias — e pela própria experiência — que não havia como chegar a *Atagahi* se não fosse um urso ou não seguisse um caminho aberto por um urso.

— Você precisa ir na frente, Charka — ela disse na língua antiga, colocando com carinho o filhote à sua frente. — Siga o seu olfato para sentir o cheiro da água e dos outros ursos, você vai adorar o lugar! Vai ter um montão de ursos nadando e mergulhando no lago.

Charka levou o focinho ao chão e começou a seguir a trilha, tomando a frente para atravessar uma neblina tão densa que eles não conseguiam enxergar um palmo à frente. Willa caminhava devagar com as mãos diante de si, com medo de bater em alguma coisa, mas ela sabia que precisava confiar em Charka, assim como precisava confiar na névoa.

Da primeira vez que viera, ela ouviu o bater das asas dos patos que voavam alto, mas agora já não os ouvia. Enquanto atravessavam aquela nuvem, ela não ouvia nada além de um silêncio abafado.

Por fim, a neblina começou a se dissipar. No início, tudo que Willa conseguia ver era uma luz dourada, brilhante e difusa, diante deles. Mas, ao seguir adiante, uma vista panorâmica se abriu diante dela: um lago tranquilo cercado de montanhas verdejantes, com a luz alaranjada do pôr do sol refletida em toda a superfície da água. Ela deu um suspiro longo e profundo, arrebatada pela beleza do que estava vendo.

Da última vez que estivera ali, o lago estava cheio de ursos brincando naquelas águas quentes e com poderes curativos, mas agora não havia urso algum à vista, as margens estavam desertas.

Charka olhou em volta, confuso, como se soubesse que havia algo errado. Aquele lugar não deveria ser assim.

Com o corpo transparecendo decepção, Willa ouviu algo na margem distante. Olhou e viu um enorme urso-branco a distância, sentado na beira do rio ao lado de uma pedra entalhada.

Willa fez uma careta, o que ele estava fazendo ali embaixo?

— Vamos, Charka, quero que você conheça alguém — ela disse, então caminharam juntos na direção do urso.

Os ursos-negros costumavam ter uma pelagem preta e brilhosa, mas o grande líder dos ursos, protetor daquele lago escondido há mais tempo do que qualquer um conseguia lembrar, já havia vivido tantos anos que sua pelagem ficara toda branca.

Ao se aproximar do urso, Willa notou que ele parecia muito diferente do que da última vez que o tinha visto. O rosto estava mais abatido e os olhos deixavam transparecer mais do que cansaço, havia também *solidão*.

Ela hesitou e desacelerou o passo até quase parar, sendo tomada por uma corrente de confusão e de compaixão, mas o que dominava mesmo era uma pontada do mais puro medo. O que tinha acontecido com ele?

Quando o urso-branco viu Willa vindo em sua direção, ele ergueu o focinho e farejou o ar, como se quisesse ter certeza de que aquilo que estava vendo era mesmo de verdade, pois é sobretudo pelo nariz que os ursos entendem o mundo. Então ele se ergueu nas patas traseiras, assumindo todo o seu tamanho, e a encarou. Suas patas eram enormes, e os ombros se erguiam como montanhas. As garras do urso eram maiores que a mão de Willa, e a abertura de sua mandíbula era muito maior do que a cabeça dela. Mas a garota percebeu, pelo seu comportamento e seu olhar, que ele se lembrava dela e que não precisava ter medo daquela criatura imensa. Mas, ainda assim, seu coração batia forte no peito.

— Salve, grande líder dos ursos. Venho em paz com o meu novo amigo — ela disse, apontando para Charka.

Quando olhou para o filhote, os olhos do urso-branco se encheram de ternura. Ele parecia mais do que contente pela chegada do pequenino, como se tivesse perdido a esperança de voltar a ver algo assim um dia.

Charka olhou para cima, para encarar o gigantesco urso-branco, espantado e maravilhado, com o olhar fixo, mas com o corpinho todo tremendo.

Quando o urso-branco se virou e olhou para ela, Willa manteve o olhar firme. Da primeira vez que o vira, ela se sentiu tão assustada e intimidada que mal conseguiu erguer a cabeça. Desta vez, olhou fundo nos olhos dele e o deixou olhar fundo nos seus. E ficou evidente que algo havia acontecido desde a última vez que eles se encontraram, Willa podia ver pela forma como ele a encarava, pela ternura e pela tristeza ali contidas. A garota sabia que ele tinha histórias para contar que lhe partiriam o coração.

— O que aconteceu? — ela perguntou na língua antiga. — Onde estão todos os outros ursos?

Quando o urso-branco a encarou, Willa mergulhou nos seus olhos profundos que já tinham visto tanta coisa e logo soube no que ele estava pensando.

— Foram os humanos... — ela sussurrou, sentindo um peso no peito. — Os madeireiros, a matança da floresta. Os ursos estão partindo e morrendo.

E pôde ver que estava certa pelo movimento lento da cabeça do urso e pela forma como ele passava os olhos pelas margens vazias do lago.

— Mas o lago com certeza é seguro — Willa disse. — Fica escondido em meio à névoa, os humanos nunca vão encontrá-lo.

Quando o urso voltou a ficar nas quatro patas e caminhou pelas margens, ela começou a entender.

A magia daquele lugar estava ligada ao lago, e o lago estava ligado à névoa e à chuva, e a névoa estava ligada à floresta, e a floresta estava ligada às árvores.

— As árvores... — ela sussurrou, sentindo subir uma imensa escuridão dentro de si e lágrimas enchendo seus olhos.

Ao olhar para o grande urso mais uma vez, enquanto ele percorria devagar as margens do lago, com os ombros indo de um lado ao outro, ela começou a ver como aquela tristeza lhe doía. Ele era o líder dos ursos, mas todos os ursos estavam indo embora e ele estava sozinho. E, sozinho, o grande urso não tinha propósito algum. Ele era uma criatura mágica e antiga que vivia e cuidava daquela floresta havia quinhentos anos. Era os olhos, o coração, a sabedoria do mundo. Mas agora seu tempo estava chegando ao fim.

— Não — ela disse, recusando-se a aceitar. — *Não!*

Ela saiu correndo e o alcançou. Caminhou ao seu lado no lago, com os ombros próximos, tão próximos que ela conseguia sentir seus pelos roçando nela e o tremor da terra cada vez que ele encostava uma pata no chão.

Mais uma vez, ela se pegou pensando que não podia salvar o mundo, mas podia, sim, salvar um bom e velho amigo.

— Tenho que te pedir um favor — ela disse ao urso-branco. Olhou sobre o ombro e viu Charka os acompanhando logo atrás. — A mãe dele foi morta pelos madeireiros. Eu estou tentando fazer o melhor que posso para cuidar dele, mas ele é muito jovem. Se continuar comigo, tenho medo que ele se transforme em um Faeran, e não em um urso. Não sei ensinar para ele as habilidades de que precisa para se tornar quem deve ser.

O urso-branco desacelerou o passo até parar e se virar para Charka.

Assustado com o olhar do urso gigante, Charka tropeçou no mesmo instante, acocorou-se e tremeu de medo. Mas o urso foi até ele, cheirou o filhote com o focinho, empurrando-o para lá e para cá com carinho e então colocou a pata sobre ele e o puxou para si, arrastando-o pelo chão. Logo os dois já estavam brincando e rugindo, Charka rolando de costas no chão a cada patada que levava do urso maior.

O urso-branco já estava ensinando a Charka a linguagem daquela espécie e ali já se formava um vínculo.

Quando Willa olhou para o urso-branco, e o urso-branco olhou para ela, a garota soube que ele havia aceitado tomar conta de Charka.

Willa ficou de joelhos para se despedir do amiguinho, enchendo-o de abraços e beijos.

— Você vai ficar aqui por um tempo — ela explicou. — O grandão aqui vai tomar conta de você, e você vai tomar conta dele.

Charka chorou e resmungou durante a despedida, puxando-a com as patas para tentar mantê-la ali.

— Vou vir visitar vocês sempre que puder — ela prometeu. — Mas você precisa ouvir o meu chamado do outro lado da parede de névoa, pois sem você, amiguinho, nunca vou conseguir voltar aqui.

Ao se afastar do lago, subindo pela névoa para chegar ao terreno mais alto, Willa esfregou os olhos, limpou o nariz e se obrigou a continuar andando. Ela sabia que deixar Charka era a coisa certa a fazer, encontrou um lar e um pai para ele. Mas ao chegar ao cume da cadeia pedregosa, olhando para as montanhas entrecortadas pelos vales de névoa, ela sentiu uma pontada intensa de saudade que a deixou ainda mais desesperada para reencontrar o pai e a irmã.

Num suspiro determinado, a garota se virou e tomou seu rumo para chegar ao Recôncavo Sombrio.

25

Willa foi se arrastando pela escuridão, a pele formigando ao se fundir com as samambaias ao redor. Muitas plantas se curvavam na direção dela para tocá-la, enquanto outras a envolviam para escondê-la e protegê-la.

A garota respirou devagar e com calma ao erguer a cabeça o suficiente para espiar por cima do topo; a poucos metros de distância, a floresta parecia brilhar. A luz pálida e quase imperceptível se intensificou, e depois se dissipou, reluzindo e se dissipando várias vezes seguidas.

É isso. Cheguei, ela pensou.

A garota esperou e observou, analisando aquele brilho de longe; ficou de ouvidos atentos para escutar sons de algo sibilando ou deslizando, e farejou o ar.

Mas Willa não viu nem sentiu o cheiro de nada além das samambaias e das árvores, não parecia haver nenhum perigo imediato.

Olhou para cima, não havia nenhum planeta ou estrela visível no céu acima dela, apenas listras de nuvens cinzentas e turvas flutuando diante da lua.

Por fim, a garota se levantou devagar e seguiu em frente com cuidado, atravessando a vegetação rasteira, até perceber que estava caminhando sob o abrigo luminoso das árvores baixas do Recôncavo Sombrio e se deu conta de que o brilho vinha de milhares de vaga-lumes. Eles não estavam voando ou planando como antes, mas pendurados, quietos e imóveis, às folhas e galhos escurecidos. E milhares de grandes mariposas verdes cobriam os troncos das árvores, com suas antenas indo para frente e para trás e emitindo um leve sussurro, e suas asas batendo devagar em uníssono perfeito, mas sem voar. O som suave e sussurrante das asas das mariposas estava espalhado por todos os lados, em volta dela, num pulsar lento e ritmado, como se todo o Recôncavo Morto estivesse respirando lenta, gentil e profundamente.

— Tudo aqui dorme... — ela sussurrou para si mesma ao olhar, maravilhada, para o recôncavo ao redor.

Willa teve o cuidado de dizer essas palavras bem baixinho para não acordar nada — ainda mais as mariposas, que sua avó lhe ensinara que tinham uma excelente audição. *Pode não parecer, mas mariposas e borboletas têm ouvidos*, contara a avó. *Mas não se deixe enganar. Elas ouvem usando as veias das asas, que se afunilam até as orelhinhas escondidas nas laterais do corpo. Se você pedir para elas fazerem algo para você, podem acabar ignorando, fingindo que não estão escutando, pois nem sempre são amigas muito prestativas, mas conseguem ouvir muito bem.*

Enquanto avançava pela escuridão misteriosa e cintilante do recôncavo, Willa tentou se concentrar. *Pegue só o que você veio buscar*, disse, enérgica, a si mesma, como costumava dizer quando era uma jaetter que entrava nas tocas dos humanos.

Naquela noite, ela tinha um propósito: encontrar pistas que pudessem explicar o que acontecera com os homens assassinados no acampamento dos madeireiros. Será que eles tinham sido vítimas das criaturas rastejantes? Será que sua suspeita de que aquelas criaturas vinham do Recôncavo Sombrio estava certa? Ela não parava de pensar que, se conseguisse explicar aos humanos exatamente o que havia acontecido, eles deixariam seu pai em paz.

Ela passou por algo que parecia uma lesma brilhante no chão, e foi então que um beija-flor colorido, de penas verde-esmeralda e vermelho-rubi, passou zunindo por ela, flutuou sobre uma rosa escurecida, agarrou um mosquito reluzente de uma de suas folhas e saiu em disparada. Willa sabia que não nasciam rosas naquela altura das montanhas, que mosquitos não reluziam e que beija-flores não costumavam sair à noite, mas ali tudo isso parecia acontecer.

E mesmo com todas as cenas estranhas e perturbadoras que estava vendo, a garota não viu sinal algum das criaturas sombrias ou de qualquer coisa que pudesse ajudar seu pai.

Willa olhou para cima ao perceber, de canto de olho, algo se movendo e viu seis ou sete esquilos pendurados no tronco de uma árvore. Ao passar por eles, os esquilos não flutuaram pelo ar e nem correram pelos galhos para fugir dela, e também não estavam dormindo, como muitas das criaturas do recôncavo, apenas a encaravam com seus enormes olhos redondos, que emitiam um estranho brilho escuro e prateado. Ela engoliu em seco, certa de que aqueles animais não eram criaturas vivas e naturais.

Willa continuou andando, determinada a chegar ao outro lado do recôncavo, para traçar um mapa do lugar na cabeça e entender, de alguma forma, aquilo tudo.

Então chegou a uma área de pedras pretas e chamuscadas e, aos poucos, foi percebendo que já a conhecia.

Parou e olhou ao redor, tentando se situar. Sua boca ficou seca.

Tanta coisa diferente que ela mal conseguia reconhecer, mas agora tinha certeza, aquele era o lugar em que havia morado nos seus primeiros doze anos de vida.

26

Seus pés espalhavam uma grossa camada de cinzas escuras enquanto ela caminhava pelas ruínas queimadas do que já fora a toca do seu povo.

Não havia paredes, e as pedras da encosta da montanha estavam escuras por causa do fogo. Alguns morcegos cruzavam a lua, que espreitava em meio às nuvens, mas não havia qualquer som ou movimento, nem sequer uma brisa. O ar estava completamente parado, como se o céu tivesse sucumbido na noite do incêndio.

Sua avó lhe contara que as paredes da toca já foram vivas, com plantas verdes formando uma trama cerrada, costuradas pelas antigas fadas da floresta. Mas Willa nunca as vira assim. Quando era criança, as paredes eram apenas feitas de varas secas, mortas e marrons. Quando o fogo se alastrou, a destruição foi rápida e consumiu tudo. A toca já abrigara centenas de covas onde viviam as famílias Faeran e um esplêndido salão comum, onde seu povo se reunia. Na antiga toca, não havia *eu*, apenas *nós*. Mas, naquela noite, um ano depois do incêndio, as alcovas sagradas do seu povo estavam vazias e silenciosas, e ela estava mesmo sozinha.

Quando chegou ao centro das ruínas, Willa parou.

Na época em que vivia ali com a família, eles tinham uma árvore em miniatura que regavam e cuidavam, em um pequeno círculo de luz que penetrava pela cova em que moravam. A arvorezinha não passava da altura do joelho de Willa, mas tinha a forma perfeita e a aparência de uma árvore adulta, com dezenas de pequenos galhos e milhares de folhinhas ainda menores. Willa tinha crescido com a arvorezinha. Conversava com ela, chorava com ela. E, quando o fogo se alastrou, Willa a levou consigo. Depois que o fogo já havia consumido tudo o que havia para consumir, ela voltou ao centro das ruínas, cavou as cinzas e replantou a árvore. Willa ficara preocupada que a árvore pudesse se sentir sozinha naquele lugar cinzento e desolado, tão pequenina e abandonada, então se ajoelhou diante da arvorezinha e cantou para ela, colocando na voz toda a magia das fadas da floresta que sua avó lhe ensinara. Diante dos seus olhos, a arvorezinha começou a crescer, atingindo uma altura espetacular, com um tronco grosso e forte, ramos magníficos se abrindo e folhas resplandecendo centenas de tons de verde.

E agora a garota estava mais uma vez diante da arvorezinha, vendo seus galhos que se elevavam ao céu noturno lá no alto e sua copa que se estendia de um lado ao outro do firmamento, em toda a sua glória suprema.

— Que bom ver você, minha velha amiga — ela disse. E ao olhar para cima para ver a árvore, um sentimento intenso de aconchego e segurança lhe invadiu o peito, passando por todos os seus membros, como se estivesse abraçando a avó, ouvindo as canções sussurradas da mãe ou brincando com a irmã depois de tanto tempo.

Como se respondessem, os ramos mais altos da árvore começaram a balançar com a brisa vinda do pico da Grande Montanha.

— Que alívio ver que você está bem — Willa disse, colocando a mão espalmada nos sulcos do tronco marrom da árvore.

Por baixo das camadas da casca, ela sentiu o fluxo de nutrientes vindos do solo, passando pelas raízes da árvore, que agora vivia das cinzas e da decomposição dos destroços do passado, e estendendo-se até as encostas da Grande Montanha, penetrando na floresta viva e em todos os seus habitantes. Ela sentiu a vibração imperceptível da água dos antigos córregos subterrâneos fluindo na direção das folhas. E tocou a luz do sol da qual a árvore se alimentava ao longo do dia, devolvendo o ar para o mundo. Para ela, assim como para sua mãe e sua avó, tocar a árvore era como colocar a mão no lento e suave rio do tempo.

Ao olhar para as montanhas do outro lado, a magia do rio começou a fluir em Willa, seus olhos embaçaram e sua cabeça girou ao ver as cores e os movimentos. E então a garota respirou fundo e logo depois estava deslizando no céu feito um falcão, passando por cima de terras cobertas de montanhas verdes a perder de vista.

Ela viu Luthien e os outros lobos correndo pelos trajetos e, ao atravessar a densa nuvem de bruma, vislumbrou Charka e o grande urso-branco nas margens do lago escondido. Além das ravinas, abaixo da entrada pedregosa, Willa passou sobre Gillen e os outros Faeran, que discutiam entre si, sem nada para uni-los além das memórias de um passado despedaçado.

Ao voar através das terras montanhosas e chegar às vilas do outro lado, ela suspirou ao ver seu pai sendo jogado em uma sala com paredes de pedra e barras de ferro, com o corpo contorcido, fraco e faminto no chão de pedra encardido. Um homem com uma cicatriz no rosto e cabelos castanhos bagunçados estava cuspindo e chutando seu pai. A cabeça dele sangrava, mas os olhos estavam bem abertos e ele fitava o céu por entre as barras das janelas, como se estivesse procurando por ela, por sua filha, por *Willa*. Ela estendeu as mãos trêmulas para tentar tocá-lo. Seu coração ansiava por libertá-lo, ajudá-lo, mas logo depois sua visão se transformou em outra coisa.

Ela viu Hialeah parada diante dos homens e mulheres da vila, conversando com eles, tentando convencê-los a lutar pela causa que defendia.

Na batida seguinte do seu coração, Willa subiu de novo ao céu até chegar ao outro lado da cordilheira mais alta da Grande Montanha, descendo até a fronteira de Qualla, terra dos Cherokee. Ela viu seu irmão, Iska, de ombros colados com os primos Cherokee, todos observando, chocados, a visão devastadora dos madeireiros derrubando a floresta na qual seu povo vivera por centenas de anos.

E a corrente mudou de direção mais uma vez, e ela voltou a atravessar a Grande Montanha, para chegar ao seu canto no mundo. Lá, dentro da floresta, viu as criaturas cinza e compridas deslizando pelo chão, sugando a vida de tudo em que tocavam.

Mais adiante, ela viu Jim McClaren e os homens do grupo de Elkmont com suas máquinas e machados, derrubando ainda mais árvores anciãs e, sentindo a dor no próprio corpo, gritou, mas na mesma velocidade que veio, a corrente mudou de direção, e Willa viu outra imagem: fazendeiros, artesãos e outros humanos vivendo no vale de Cades, cuidando de suas terras e de seus animais, trabalhando, brincando e compartilhando a vida. E, a uma distância dali, parada em um campo de flores amarelas, estava a garota de cabelos cor de trigo que ela vira dias atrás.

Quando a visão cessou, Willa tropeçou para trás e quase desmoronou. Puxou o ar com um espasmo violento, como se tivesse acabado de sair da água depois de ficar submersa por tempo demais. A garota respirou bem fundo para tentar entender o que acabara de ver.

Por que a Grande Montanha e a arvorezinha tinham lhe mostrado todas aquelas coisas? O que o mundo estava tentando lhe dizer?

Willa não sabia o que eram as criaturas cinzentas, mas de uma coisa sabia: a floresta estava morrendo. A magia do mundo estava desaparecendo. As árvores estavam caindo. Os animais estavam indo embora. E não havia nada que ela pudesse fazer. Ela fora àquele lugar em busca de respostas, mas ali não havia nenhuma.

O mundo todo estava estragado, e ela não podia consertá-lo.

O amor não resolveria. Nem a amizade, a paz ou o entendimento.

E era só isso que ela tinha para dar.

Não havia nenhum Faeran e nenhum humano a quem ela pudesse pedir ajuda, apenas a árvore ao seu lado.

— O que posso fazer, minha amiga? — ela perguntou, desesperada, à amiga.

Como ela poderia lutar contra tudo aquilo? As máquinas humanas eram potentes demais e as forças tremendas demais. Ela não era uma guerreira; não matava, machucava ou ameaçava ninguém. E mal conseguia fugir daquele inimigo. Com ele, Willa não podia se fundir ou se esconder. Como alguém como ela poderia defender tudo aquilo que amava?

— Será que faz alguma diferença o que estou fazendo? — ela perguntou à arvorezinha, erguendo as mãos em desespero. — Será que as minhas decisões afetam a minha vida ou a vida de alguém? Você me mostrou tudo isso, mas para onde devo ir? O que posso fazer para ajudar este mundo em colapso?

Ela olhou em volta e viu apenas o vazio estéril das ruínas escurecidas e cobertas de cinzas. Estava acabado? Aquele seria o fim? Ela e seu clã seriam os últimos Faeran e, dentro do clã, ela seria a última fada da floresta, a única que ainda levava dentro de si os vestígios da floresta e da Grande Montanha, a única que aprendera as tradições. Era assim que o mundo morreria? Era isso que a Grande Montanha estava tentando lhe dizer?

Ela passou os olhos por onde as ruínas estavam sendo tragadas pelas margens invasoras do Recôncavo Morto. Ela podia ver os vaga-lumes azuis e brilhantes, as mariposas adormecidas e todas as outras criaturas — um mundo estranho, nem morto, nem vivo.

Será esse o futuro? Será que a morte estava se aproximando? Ou esse era um vislumbre do passado?

Ela sentiu uma lembrança bem distante despertando lá no fundo de sua memória, tão apagada que nem tinha certeza se era real. Breves notas de uma antiga canção. Ela não conseguia trazer as notas à tona para poder cantar ou refazer a canção na cabeça. Era como se sentisse um vazio na memória, no lugar onde antes havia algo e agora precisava preenchê-la.

Então ela começou a ouvir mais notas em pensamento e, por fim, começou a murmurá-las, suave e vacilante no início, e ganhando mais confiança e o caloroso e lento prazer da lembrança. A sensação era a de um fio d'água escoando devagar por um pequeno córrego que, ao encontrar o curso das águas, transformava-se em um rio. Ela, enfim, resgatou a melodia completa da canção e começou a cantar. A música ficava cada vez mais clara no seu coração e na sua voz, e sua potência percorria todo o seu corpo.

Era uma canção antiga que sua avó lhe ensinara, a canção do florescer que as fadas da floresta usavam para dar vida aos galhos e às trepadeiras da floresta e trançá-los, combinando as madressilvas com os carvalhos, os louros com as heras, torcendo-os e dobrando-os cada vez mais para cima, até formarem magníficas paredes verdes e vivas.

As nuvens sobre sua cabeça começaram a se abrir, dando lugar ao brilho escuro e reluzente daquele límpido céu noturno.

E, enquanto cantava, Willa ficou de pé e começou a dançar sobre as ruínas, girando devagar na superfície plana da velha pedra desgastada, de braços abertos e com a cabeça pendurada para trás para receber a luz do céu, que caía como gotas de chuva em seu rosto. Girando, girando, girando à luz das estrelas, e dos planetas, e da lua, ela sentiu a magia do Recôncavo Morto, e da arvorezinha, e da Grande Montanha percorrendo seu corpo.

Logo, ela começou a ouvir vozes fazendo coro. Viu os fantasmas dos seus entes queridos — imagens cinzentas cobertas de névoa que pareciam ter sido tiradas das nuvens lá do céu — cantando e dançando em volta dela. Sua mãe, sua avó, sua bisavó estavam ali. Ela viu o fantasma do seu pai, do padaran e de Gredic, seu antigo rival dos jaetters. Depois os outros jaetters, os guardas e todo o povo Faeran reunidos no grande salão. Todos a observavam e dançavam com ela, cantando a antiga canção do povo Faeran.

Era estranho ver todos ali: não só os Faeran que a queriam bem, mas também aqueles que a tinham machucado. Não só os Faeran por quem ela tinha amor, mas também aqueles por quem ela sentia ódio. Todos eles lhe mostrando o caminho.

Por um breve momento enquanto dançava, Willa quase se sentiu capaz de tudo. Sentiu que podia trançar as paredes de uma nova toca, mas sabia que, para isso, precisaria das vozes orquestradas de muitas fadas da floresta: fadas de verdade, não apenas os fantasmas do passado que estavam ali no

Recôncavo. Uma fada da floresta sozinha não conseguiria cantar a canção do florescer da forma como deveria ser. *Pois não existe o eu, apenas o nós.*

Por fim, depois de um bom tempo, Willa diminuiu o ritmo e parou de girar e também de cantar. E ali ficou parada no silêncio mais profundo e solitário que já tinha sentido.

Sentou-se na base da arvorezinha, e ali ficou pensando.

Depois de um tempo, deitou-se de costas e olhou por entre os galhos da árvore. Enquanto as estrelas atravessavam o céu devagar, piscando entre as folhas, ela caiu num sono suave e, dormindo, sonhou. Não com as florestas verdejantes que tanto amava ou com as antigas tocas dos Faeran. No seu sonho, ela viu uma coisa só:

Campos de trigo ondulando ao vento.

Ao acordar pela manhã, ela já sabia aonde precisava ir e quem precisava encontrar.

27

Guiada pelo que aprendera com a jornada até o Recôncavo Morto e a arvorezinha, Willa desceu a montanha para chegar ao vale de Cades.

Ao sentir o leve cheiro da fumaça que saía das chaminés de pedra das cabanas de madeira e das casas de ripas, ela encontrou um cantinho em uma árvore alta na encosta, de onde ela esperava conseguir observar o vale dos humanos.

O calor e a luz providos pelo sol nascente causavam no seu rosto uma sensação muito diferente daquela provocada pelo lugar frio e escuro que ela tinha deixado pra trás. Mas os ramos da árvore em que ela estava eram tão grossos que bloqueavam sua visão.

— *Ehla da duin* — ela disse, tocando os galhos, e eles gentilmente se afastaram para abrir espaço.

Agora ela conseguia ver boa parte do vale que se estendia à frente. Alguns dos humanos estavam saindo de casa para trabalhar nos campos ou descendo a estrada para chegar ao trabalho com os grupos de madeireiros. Outros ficavam em casa, cuidando das hortas, ordenhando as vacas e tratando das ovelhas.

Willa olhou de um lado para o outro, procurando algum sinal da garota de cabelos cor de trigo. No sonho, a garota estava no vale de Cades, ou perto dali, mas, naquele momento, ela não estava à vista.

O que ela viu foi uma garotinha, de não mais de sete anos de idade, sair correndo da porta dos fundos da casa com uma cesta trançada para recolher os ovos das galinhas, mas as galinhas não tinham botado os ovos no galinheiro, como deveriam. Elas botaram os ovos em uma parede revestida de pedra, no celeiro dos cavalos, debaixo do estábulo e em vários outros lugares. A garotinha parecia conhecer todos os lugares onde deveria procurar e corria de um lado para o outro, enchendo a cesta depressa, para então voltar para a mamãe, que a esperava na porta de entrada da cozinha.

A poucos passos dali, Willa observou um pai que ensinava o filho a consertar a roda quebrada de uma carroça; aquilo a fez se lembrar de como a sua avó lhe ensinava as tradições da floresta.

E mesmo com tudo aquilo que ela via, ainda não havia nenhum sinal da garota de cabelos cor de trigo.

Willa desceu da árvore e começou a caminhar pelo perímetro do vale. Chegou a uma área em que diversos humanos de pele escura estavam trabalhando lado a lado com humanos de pele clara em um campo de milho. Ela pensou em como deveria ser estranha a sensação de ter a mesma cor de pele o tempo todo, nascer de um único tom — preto, branco ou marrom — e não conseguir variá-lo.

Mais adiante, ela viu várias famílias carregando cera de abelha, amoras e outros produtos da floresta nas carroças, para serem levados a Knoxville, Gatlinburg e às outras cidades sobre as quais seu pai lhe contara.

Durante uma das longas caminhadas que faziam nas margens do rio, Nathaniel lhe contou sobre uma grande guerra que havia devastado os humanos quarenta anos antes. Seus familiares, e muitas outras famílias das montanhas, eram sulistas, mas também eram sindicalistas, o que significa que eram contra a escravidão e a separação do país. Ele disse que, durante a guerra, os unionistas, que viviam naquelas montanhas, foram impiedosamente atacados pelos soldados confederados e milicianos. Por causa das matanças, das doenças e da destruição — e da pobreza devastadora que veio depois —, a comunidade do vale de Cades, que antes contava com setecentas pessoas, passou a contar com duzentas e cinquenta. Levou quarenta anos para que o vale voltasse a ter o mesmo número de habitantes de antes. De alguma forma, aquela história fazia Willa se lembrar do seu minguado clã Faeran, que hoje não passava de uma centena de indivíduos. E ela havia aprendido com Hialeah e com Iska que os Cherokee, que vivam na fronteira de Qualla, também enfrentavam o mesmo problema. Parecia que os únicos a triunfar eram os humanos recém-chegados, com suas serras enormes e máquinas a vapor.

Durante toda a manhã, Willa observou as pessoas do vale de Cades, procurando um indício dos cabelos loiros ou qualquer sinal de perigo. Ela tinha certeza de que a garota era a chave do mistério que estava tentando desvendar, mas primeiro precisava encontrá-la.

Já à tarde, Willa observou dezenas de famílias se reunirem para ajudar dois jovens humanos a erguer um celeiro. Mais adiante, viu os vizinhos de um idoso o ajudando a cuidar do seu pedaço de terra. Em todo o vale, as pessoas vendiam e trocavam coisas umas com as outras, pensando em si mesmas, mas também nos outros.

Quando se lembrou do seu próprio clã Faeran, ela sabia que eles não sobreviveriam se não se unissem. Mas como seria possível? Seu mundo estava sendo destruído à sua volta.

Ao observar os humanos do vale de Cades, Willa chegou à conclusão de que talvez o tempo dos clãs tivesse chegado ao fim: para os Faeran e os Cherokee, para os nortenhos e os sulistas, para as primeiras famílias das montanhas e os recém-chegados, até para os animais. Todos agora viviam no mesmo mundo. A era da *separação* ficara para trás. Parecia que a única forma de *todos* sobreviverem era ficando *juntos*.

Seguindo a busca, caminhando à beira do vale e depois subindo em outra árvore, ela viu alguma coisa que lhe pareceu uma mãe com meia dúzia de crianças de várias formas e tamanhos, correndo e brincando em um campo. Ela ficou chocada com o barulho que saía deles quando gritavam e com a maneira como balançavam os braços quando corriam, como se estivessem todos enlouquecidos.

Para além do bando de humanos pequenos e barulhentos, ela pôde ver uma plantação de milho que chegava à altura dos ombros dos humanos e, mais adiante, um campo de trigo que balançava suave ao vento.

E lá, caminhando em meio à relva alta, exatamente como na visão que teve, estava a garota de cabelos cor de trigo, com tranças longas balançando com a brisa.

O coração de Willa ficou apertado de medo. Ela olhou na direção daquela figura distante. Lá estava ela! Bem ali!

Willa farejou o ar e deu uma rápida olhada ao redor para garantir que nenhuma das criaturas rastejantes estava rondando. E não sentiu cheiro nem viu sinal delas por ali.

Ao voltar a olhar à frente, a garota estava sozinha, atravessando o campo, deslizando os dedos abertos pela relva alta e amarela.

Willa apertou os olhos, tentando enxergar cada detalhe.

Quem era aquela garota? O que ela estava fazendo ali?

Ela parecia tão pequena, com a pele branca e o cabelo loiro se fundindo ao trigo. Era como se a mãe e as crianças que estavam ali perto nem a enxergassem.

E onde estavam as criaturas sombrias da garota? Será que ela só as chamava quando era preciso?

Com todas aquelas perguntas na cabeça, Willa começou a sentir o corpo formigar.

Seu pai tinha avisado muitas vezes a Willa para ficar longe do vale de Cades e das outras comunidades humanas, pois ele sabia que eram lugares perigosos para ela, e aquela garota era especialmente perigosa. Ela estivera na área de exploração, onde os dois primeiros homens foram assassinados, e estivera também na ravina quando as criaturas cinzentas atacaram. Ela estava por onde a morte passava. Mesmo assim, Willa desejava muito conversar com ela, pedir respostas, entender quem ela era e por que estava fazendo aquilo tudo.

Tentando ficar quieta e parada, Willa observou a garota a distância. Mas podia sentir a pulsação do sangue passando pelas têmporas, batendo feito um relógio humano.

Do alto do tronco da árvore, olhou para o chão abaixo e, mais uma vez, para o vale. Ela sabia que não deveria, mas sua mente parecia estar tomando uma decisão sem consultá-la. De um jeito ou de outro, ela precisava descobrir quem era aquela garota.

Ela desceu da árvore.

Quando chegou ao chão, olhou para o outro lado do vale mais uma vez. Ela ainda conseguia ver o campo de trigo, mas a garota não estava mais lá, ela tinha desaparecido.

Será que ela tinha fugido? Será que estava abaixada no campo de trigo para se esconder?

Willa fitou o horizonte, procurando a garota por todos os lados, mas ela simplesmente não estava lá.

Será que isso é coisa da minha cabeça?, Willa se perguntou. *Será que ela é um fantasma?*

— Você está me espiando — disse uma voz por detrás dela.

— Você também está *me* espiando — Willa disse, virando-se devagar para encarar a garota.

Ela agora estava de pé a poucos metros de distância de Willa, aquela humana de pele branca com longos cabelos loiros, olhos azuis-claros, firmes e sérios. Havia uma dureza na voz da garota, e uma dureza equivalente na resposta de Willa.

Willa estava prestes a perguntar por que a garota usava aquelas criaturas para matar pessoas, mas ela falou primeiro:

— Qual é o seu nome?
— Willa. E o seu?
— Adelaide. Onde você mora?
— Na floresta, subindo a Grande Montanha.

Adelaide franziu as sobrancelhas loiras.

— Em Clingmans Dome, você quer dizer?
— Sim. E onde *você* mora? — Willa disse.
— Aqui no vale de Cades. Quantos anos você tem?
— Treze. E quantos anos *você* tem?
— Treze. Você fica verde quase o tempo todo.
— Como as árvores. E você é branca.
— Como a minha mãe e o meu pai — Adelaide retrucou.

Era como uma briga, um toma lá, dá cá, uma pergunta atrás da outra, cada vez mais rápido e mais ríspido, mas então Willa quebrou o ritmo e fez a pergunta que queria fazer.

— Por que você atacou aqueles homens na ravina? — Willa perguntou.

A garota parou de repente, assustada.

— Eu ataquei os homens? — ela perguntou com a voz tensa. — Eu não ataquei ninguém. Por que você está dizendo isso?

— Eu vi você com aquelas criaturas — Willa disse. — Você estava correndo com elas, correndo *na direção* dos homens na ravina. E você estava nos espiando e nos seguindo...

— Eu não tenho nada a ver com aquelas feras horríveis e pegajosas! — a garota respondeu, quase rosnando contra Willa. — Não tenho nem ideia do que elas são ou de onde vieram.

As narinas de Willa se dilataram ao fechar a boca e exalar o ar. E tentou se lembrar de todos os detalhes de onde vira a garota e o que ela fizera, mas antes de conseguir organizar os pensamentos, a garota prosseguiu:

— A primeira vez que eu te vi foi no penhasco, junto com a ursa e o filhotinho — a garota começou.

— Você fez mais do que me *ver* — Willa interrompeu. — Você me *ajudou*, não foi? — Mas Willa ainda não sabia bem o porquê.

— Eu tentei — Adelaide disse, com um aceno. — Você também teria me ajudado.

Willa fez uma careta. Que tipo de comentário era aquele vindo de uma inimiga mortal? Ela estava atacando aquela garota, acusando-a de soltar feras demoníacas e assassinar humanos, e ela diz uma coisa dessas!

— Eu vi você avançando na direção dos homens na ravina — disse Willa, tentando se manter firme nas acusações. — Eu vi! Você estava controlando aquelas criaturas!

— Não estava, não! — Adelaide disse, erguendo a voz.

— Então o que você estava fazendo?

— Eu estava tentando mandá-las embora — Adelaide respondeu.

Willa cerrou os lábios de frustração. Aquilo não fazia sentido. Se a garota não era a solução do mistério, se ela não sabia o que eram aquelas criaturas, então Willa não estava nem chegando perto de conseguir ajudar o pai.

— Por que você tentaria fazer *qualquer coisa* com aquelas criaturas? — Willa insistiu. — O que você estava fazendo lá?

— O que *você* estava fazendo lá? — Adelaide retrucou. — Onde aprendeu a se camuflar do jeito que fez quando estava lá com a mãe ursa? — Ela parecia muito mais interessada em fazer suas próprias perguntas do que responder às de Willa.

— Minha mãe e minha avó me ensinaram — Willa disse na mesma hora. — Agora responda a minha pergunta. O que você estava fazendo lá?

— Eu não pude acreditar na primeira vez que vi você fazendo aquilo — Adelaide disse. — Tenho te procurado nas árvores e nas matas desde então.

— *Você* estava *me* procurando?

— Claro — Adelaide disse.

Willa não tinha ideia do que Adelaide queria dizer com aquilo. Mas, apesar de tudo, apesar da frustração e da decepção, ela estava começando a gostar daquela garota, da sua sinceridade, da forma como ela falava e fazia perguntas. E a garota, por mais estranho que parecesse, parecia não ter medo dela.

Lá no vale, uma porta se fechou com uma batida forte. Adelaide se encolheu e olhou na direção de onde vinha aquele som distante. Então, voltou-se para Willa:

— Preciso ir agora.

— Mas por quê? — Willa disse se sentindo, de repente, chateada porque a garota precisava ir embora.

— Você quer me visitar de novo? — Adelaide perguntou, esperançosa.

— Tenho muitas perguntas para você — Willa disse.

— E eu tenho ainda mais perguntas para você — Adelaide rebateu.

— Não posso entrar no vale de Cades, mas você pode entrar na floresta comigo — Willa disse.

— Seria legal — Adelaide disse, sorrindo e concordando com a cabeça.

— Eu não sou malvada, você vai ver.

— Amanhã de manhã — Willa disse. — Vou esperar você aqui.

— Estarei aqui — Adelaide concordou e pôs-se a correr, com os longos cabelos loiros balançando nas costas.

Willa ficou na floresta observando Adelaide se dirigir às casas. Enquanto Adelaide se afastava cada vez mais, Willa sussurrou:

— Vire para cá só mais uma vez...

Um segundo depois, Adelaide desacelerou o passo, virou-se e ergueu a mão, acenando com gentileza para se despedir de Willa, como se soubesse que estava sendo observada.

Uma sensação gostosa de prazer tomou o corpo de Willa. Fazendo um gesto humano que nunca tinha feito antes, ela ergueu a mão e acenou de volta.

Adelaide seguiu caminhando na direção de uma casa feita de tábuas brancas, abrigada entre o campo de trigo, o caminho de terra e a orla da floresta. Ao entrar na área de trás da casa, um homem saiu mancando em direção a ela.

Ao se encontrarem, ele não a abraçou nem a envolveu nos braços, apenas parou firme diante dela, impedindo que ela entrasse em casa. Estava muito longe para Willa conseguir distinguir as palavras exatas que ele disse, mas Adelaide ficou parada, com os ombros encolhidos e a cabeça baixa. Quando o homem acabou o sermão, Adelaide entrou na casa batendo os pés.

Willa foi se dando conta de algo enquanto observava aquela cena: reconhecia o quintal, a casa e o homem; ela sabia por que ele estava mancando.

E levou alguns segundos para que a garota entendesse o que aquilo tudo significava.

29

Naquela noite, Willa subiu em um dos grandes carvalhos da floresta, aninhou-se em um galho e dormiu, sentindo falta do corpo quente de Charka aconchegado junto ao seu.

Durante a noite toda, ela sonhou com o pai e a irmã, com os madeireiros cortando as árvores e com a garota de cabelo dourado.

Ao acordar pela manhã, uma pontada de preocupação a abalou. E se a garota não voltasse? Willa se apressou para chegar ao lugar onde tinham combinado de se encontrar, com a respiração curta e nervosa.

Enquanto o sol despontava na montanha e enchia o vale de Cades de luz, ela observava os fundos da casa de longe. Ao esperá-la, Willa só tentava manter a calma.

Por fim, a porta se abriu com um empurrão, e a garota escapuliu. Atravessou o quintal pé ante pé e correu até a encosta onde Willa a esperava.

— Que alívio ver você aqui — Adelaide disse ao chegar ofegante. — Achei que pudesse ter sido um sonho.

Willa sorriu.

— Eu também.

— Onde você dormiu? — Adelaide perguntou.

— Nesta árvore — disse Willa, tocando o tronco com a mão.

— Sério? Não é perigoso?

— Os humanos não podem me ver dormindo nas árvores — Willa explicou.

— Quer dizer, e se você cair?

— A árvore me segura.

— Como assim?

— Os galhos já costumam fazer isso sem eu ter que pedir, mas se por algum motivo não fizerem, eu peço para eles me segurarem.

— Você pede…? Que incrível.

Enquanto conversavam, Willa observava o vale lá embaixo, de olho na casa.

— Você está pensando no meu pai — Adelaide comentou, parecendo ler seus pensamentos.

— Ele é o chefe dos madeireiros — Willa disse.

— Sim. E, mesmo assim, você o trouxe pra casa. Obrigada — Adelaide disse.

— Por que você estava lá observando? — Willa perguntou. — E, depois de tudo o que aconteceu com o seu pai, por que ficou escondida?

— Quando eu termino as minhas tarefas de casa, vou atrás do meu pai nos locais onde ele corta madeira.

— Mas por quê? Para que ir naqueles lugares horríveis? — Willa perguntou.

— Meu pai é muito bravo, ele não me deixa ir para a floresta sozinha. Tem medo de que eu seja devorada por um lobo. Ele odeia os lobos. Mas eu quero ver coisas diferentes, e principalmente os animais! — disse Adelaide.

— Ursos, quem sabe… — Willa disse.

— Sim! — Adelaide respondeu, animada. — Tipo o filhotinho de urso no penhasco. Eu fiquei tão preocupada com o que poderia acontecer com ele, e então te vi descendo para ajudar.

— Seu pai não ficaria bravo se soubesse que você o segue? Ele tem razão, aquelas áreas de exploração são muito perigosas. Você não ficaria encrencada?

— Ah, sim, uma grande encrenca! — Adelaide disse, concordando, enérgica. — Ele ficaria muito bravo e me trancaria no celeiro para me dar uma lição.

Willa tentou entender as expressões de Adelaide, mas ela não parecia estar brincando. Nathaniel nunca faria algo assim, mas talvez Jim McClaren fizesse.

— Então você estava atrás do seu pai no dia em que os homens entraram no desfiladeiro e viu as criaturas atacando… — Willa disse.

— Nunca senti tanto medo na vida — Adelaide disse, com a voz dura.

— Nem eu — Willa concordou, tremendo só de lembrar das feras sibilantes derrubando os homens no chão.

— Corri para ajudar o meu pai, mas ele caiu da beira do penhasco antes de eu chegar. Não sabia o que fazer. Por sorte, você estava lá.

Willa se lembrou do longo caminho de volta pelo bosque junto com McClaren, manco.

— Uma ajudinha teria caído bem...

— Eu fiquei observando por um tempo, para ter certeza de que ele estava bem com você, e depois corri pra casa para pedir ajuda — ela disse. — Mas o que eram aquelas coisas?

— Não sei o que eram aquelas criaturas, mas acho que sei de onde elas vieram: de um lugar chamado Recôncavo Sombrio. Parece que há muitas coisas esquisitas por lá — Willa disse.

Adelaide a encarou, absorvendo aquela novidade.

— Mas o que é isso? O que é esse Recôncavo Sombrio?

— Não sei bem — Willa disse, balançando a cabeça. — Mas eu preciso descobrir. Preciso entender o que são aquelas criaturas e descobrir se elas tiveram alguma coisa a ver com a morte dos dois madeireiros.

— Para ajudar o seu pai... — Adelaide concluiu.

Willa ficou surpresa ao ver que a garota sabia o que tinha acontecido. Ela deve ter ficado por perto quase o tempo todo, observando e escutando o que ela e McClaren faziam e diziam.

— Isso mesmo. Mas eu também tenho outro motivo: aquelas criaturas estão matando tudo o que cruza o caminho delas — Willa disse.

— Eu vou te ajudar — Adelaide disse, de repente, dando um passo na direção de Willa.

— Como assim?

— Vamos fazer isso juntas. Vamos salvar o seu pai, como você salvou o meu.

Willa olhou para a menina, sentindo que Adelaide não entendia muito bem no que estava se metendo.

— Vai ser perigoso — Willa alertou.

— Eu sei — ela disse. — Vi o que aconteceu com os homens lá no desfiladeiro, mas nós temos que impedir que isso aconteça de novo, não é? Não temos outra opção.

Willa olhou com espanto para Adelaide, algo naquela garota despertava sua esperança.

Enquanto conversavam, Willa teve muita vontade de perguntar como era ser filha de um assassino de árvores. Mas, por algum motivo, ela se segurou. E se Adelaide começasse a fazer esse tipo de pergunta para ela? *Como é ser sobrinha do tirano assassino do povo Faeran? Como é ser a causa da destruição do seu próprio povo?*

Adelaide estava sendo gentil com ela, ainda mais ao oferecer ajuda, e Willa tentava fazer o mesmo.

— E o *seu* pai está bem? A perna dele está melhorando?

— Dá para ver que ainda sente dor, mas ele tenta não demonstrar — Adelaide disse. — Ele é assim: não gosta que a gente o veja doente, machucado, com medo ou qualquer coisa parecida. Ele contou para a mamãe que teve que lutar contra um grupo de lobos para chegar em casa.

Willa se deu conta que vira o pai de Adelaide em seus momentos de dor e medo.

— Não, nós não lutamos contra os lobos — ela disse. — Só pedimos para eles nos deixarem em paz, e foi o que eles fizeram.

— Quer dizer, *você* pediu — Adelaide disse. — Como você pede para as árvores. Meu pai não fala com os lobos, só atira neles. Eu já vi. E o observo há bastante tempo, sei que ele já mentiu muito. Para a minha mãe, para os madeireiros... para mim também.

— Sinto muito — Willa disse, ouvindo a tristeza na voz dela.

— Está tudo bem — Adelaide disse, enchendo-se de coragem ao olhar rápido para Willa, antes de voltar a desviar o olhar. — Vamos lá para a área de exploração.

— Por que para lá? — Willa perguntou.

Adelaide ergueu os olhos e ficou olhando firme para Willa.

— Porque temos que resolver um mistério e é lá que fica a cena do crime. Talvez lá a gente encontre alguma pista. Vamos descobrir o que aconteceu.

Willa concordou com a cabeça, gostando cada vez mais daquela garota.

— Vem comigo — Willa disse, tocando o braço dela. — Nossa viagem vai ser rápida, então fique perto de mim.

Rasgando a floresta a toda velocidade, Willa esperava que Adelaide ficasse para trás, mas a garota se manteve firme, correndo ao lado dela.

— Não pare! — Adelaide gritou, abrindo um sorriso. Sua pele era tão clara que parecia brilhar; e seus olhos azuis reluziam ao absorver tudo ao redor, como se o mundo tivesse sido feito apenas para ser visto por eles.

Elas andaram pela encosta do vale e, então, cortaram caminho por uma passagem estreita entre dois cumes arredondados. Dali, pegaram uma descida íngreme que levava a uma enseada entre dois esporões da Grande

Montanha, depois subiram para chegar ao outro lado. Quando alcançaram o topo da outra cumeeira, conseguiram ver as montanhas se estendendo à frente e desaparecendo na névoa azul até virar parte do céu. A terra nunca era reta ou plana naquelas montanhas, era sempre inclinada e cheia de curvas, coberta de pedras quebradas dos velhos tempos.

— Quase lá — Willa disse ao passarem por um bosque de pinheiros, antes de chegarem ao penhasco onde ela resgatara Charka.

Ela e Adelaide desceram, escalando até a nascente do córrego lá embaixo, e atravessaram a passos sofridos a água agitada, depois subiram o paredão distante, uma ajudando a outra em todo o percurso.

Quando, enfim, chegaram ao outro lado, pararam em silêncio, lado a lado, e contemplaram a devastação: não havia mais uma árvore sequer. Os homens e as máquinas não deixaram nada além de lama e cepos cortados. Willa engoliu a bile que sentiu subir pela garganta.

— Odeio o que eles estão fazendo — Adelaide comentou com a voz grave e rouca.

— Os dois madeireiros foram mortos em algum lugar por aqui — Willa disse.

— A base de acampamento do grupo de Elkmont era por ali, do outro lado do campo de onde eles cortavam a madeira — Adelaide disse, acenando para que Willa a seguisse. — Venha.

Elas encontraram o local onde os madeireiros guardavam os equipamentos, prendiam as mulas, armavam as barracas, construíam trilhos e faziam tudo o que era de costume quando assumiam o controle de uma área, mas ela e Adelaide não descobriram muita coisa. Procuraram sinais de luta corporal, tecidos rasgados ou cartuchos de balas vazios, mas a terra estava tão pisoteada e destruída que elas não conseguiram encontrar pista alguma.

— Parece uma área de exploração como qualquer outra — Adelaide disse, erguendo o canto da boca em sinal de desânimo.

Willa estava quase concordando, mas, enquanto conversavam, viu algo de longe que não fazia sentido.

— O que foi? — Adelaide perguntou, nitidamente assustada com a mudança repentina na sua expressão.

— Olha lá — Willa disse, apontando para o outro lado do campo de matança, na outra ponta da floresta.

Willa não conseguia entender muito bem o que era, parecia uma nuvem escura saindo das árvores.

— Será que é um bando de pássaros? — Adelaide perguntou.

Quanto mais perto aquela forma chegava, mais nítida se mostrava como uma longa corrente de borboletas, parecendo um rio no céu. As belezinhas voadoras eram de um preto brilhante, com riscos azuis iridescentes e pontinhos amarelos, e havia milhares e milhares delas, esvoaçando sobre o campo arrasado.

Entre risos e sorrisos, Adelaide disse:

— Olha só para elas, Willa! Olha só! São maravilhosas!

Willa contemplou, admirada. Era mesmo uma visão encantadora.

Mas, então, o fluxo de borboletas mudou de direção de repente, e Willa apertou os olhos ao ver aquilo.

Não parecia um movimento aleatório, as borboletas pareciam ter se virado de propósito... na direção das duas.

— Elas estão vindo pra cá! — Adelaide exclamou, animada.

O coração de Willa começou a bater mais forte.

— Olha só pra elas! Tão maravilhosas! — Adelaide disse.

Mas Willa balançou a cabeça e puxou Adelaide pela mão.

— Tem alguma coisa estranha...

A nuvem escura de borboletas ainda estava vindo de encontro a elas, Willa sentiu a pele transpirar e os músculos se enrijecerem, não suportando mais, deu um passo à frente e gritou:

— *Dee an-tra dee-say-ich!* — *Não cheguem perto!*

— O que foi? Qual é o problema? — Adelaide perguntou, agarrando-se com medo ao braço de Willa. — O que está acontecendo?

Mas as borboletas não mudaram o curso, estavam cada vez mais perto e eram tantas que tapavam o sol como uma corrente de escuridão.

— *Dee an-tra dee-say-ich!* — Willa gritou de novo, o mais alto que pôde, vociferando na direção da nuvem, mas as borboletas não se viraram.

— Willa, por favor... — Adelaide pediu, puxando Willa pelo braço.

— *Dee-sa!* — Willa gritou com a nuvem. — *Pare!*

Mas as aladas criaturas pretas não obedeceram, e Willa sabia que não era só porque insetos não costumavam ser amigos muito cooperativos.

— Não são borboletas normais — ela disse. — Elas vêm do Recôncavo Sombrio.

Agora, sua mente e corpo estavam se abastecendo às pressas de puro instinto: Willa bateu os olhos na árvore mais próxima.

— Precisamos correr, Adelaide — ela disse, empurrando a amiga na direção da floresta, de onde as borboletas tinham saído voando. — Aconteça o que acontecer, não deixe elas te tocarem.

30

Willa e Adelaide atravessaram correndo o campo da matança, passando por um cepo atrás do outro, com a nuvem preta de borboletas vindo logo atrás. Assim que chegaram à entrada da floresta, Willa derrubou Adelaide no chão e gritou:

— *Florena!*

Ela segurou Adelaide contra a grama e, num instante, as trepadeiras cresceram em volta do corpo das duas, cobrindo com um manto verde os braços, pernas e troncos das garotas. A luz ao redor ficou cinza, como em um eclipse solar, quando as milhares de borboletas avançaram contra elas.

— Te peguei — Willa disse, envolvendo a amiga nos braços.

Adelaide suspirou ao sentir a grama se espalhar pelo rosto e tudo ficar escuro.

— Estou com medo, Willa!

— Aguenta firme — Willa sussurrou. — Respire fundo e devagar...

Ao abraçá-la, Willa sentiu o coração de Adelaide batendo rápido, como o de um pardalzinho assustado.

— Fundo e devagar — Willa sussurrou, tentando passar tranquilidade para Adelaide como as árvores fazem passar água pelas raízes para levar a uma árvore vizinha que precisa de ajuda.

De dentro do casulo que as plantas criaram em volta das duas, Willa já não conseguia ver as borboletas, mas quando os insetos se aproximavam, era perceptível que o ar ficava mais frio.

Quando sentiu o frio ir embora, Willa esperou alguns instantes para poder se afastar um pouco da grama e espiar o lado de fora: parecia não haver nada além da floresta de sempre ao redor.

— O que você está vendo? — Adelaide sussurrou.

— Acho que não há mais perigo — Willa disse, afastando com cuidado a grama e as trepadeiras.

Mas, assim que elas levantaram, Adelaide apertou o braço de Willa e apontou:

— Olha lá!

Ao girar, Willa viu três formas pretas vindo em disparada na direção delas. E não eram nuvens de borboletas, e também não eram humanos, nem Faeran, nem qualquer outro tipo de animal natural. A garota sabia que era impossível, mas as criaturas que vinham na sua direção pareciam estar ardendo em chamas negras. Aquelas feras eram gigantes, os corpos grossos como tronco de árvores, e se moviam curvados e cambaleando, arrastando seus membros superiores carbonizados, enquanto um barulho de galhos sendo quebrados dominava o ar.

Willa não tinha ideia do que eram aquelas criaturas e, naquele momento, nem queria descobrir. Segurou a mão de Adelaide e saiu correndo na direção oposta.

A terra tremia com as feras correndo para alcançá-las.

O pé veloz de Willa batia contra o chão, seu coração estava disparado e ela sentia que todos os músculos do seu corpo estavam se rasgando em uma descarga do mais puro medo.

Adelaide ficou junto dela, acompanhando seus passos.

Willa olhou rápido para trás enquanto corriam; apesar do tamanho enorme das criaturas, elas se moviam com uma velocidade incrível e estavam cada vez mais perto. O barulho estridente dos galhos se quebrando estava virando uma grande tempestade em volta delas, e o cheiro de podridão no ar sufocava. Além do frio que as atingia em cheio, como uma parede.

Em pânico, Willa procurou algum lugar para se esconderem, mas uma das feras já estava colada nelas. A terra tremia debaixo dos seus pés, e um vento forte sugava o ar dos seus pulmões. Então uma onda de escuridão as engoliu.

A lembrança dos homens na ravina passou na sua mente. O frio, a dor agonizante e paralisante que eles suportaram.

Era a hora, ela sabia que estava prestes a morrer.

Mas, de repente, sem qualquer explicação, a fera mudou de direção.

Ela sentiu passar raspando ao seu lado uma rajada intensa de vento gelado, que deixou um redemoinho de ar agitado pelo caminho.

Quando Willa se virou, espantada, viu as três feras entrando rápido na floresta, afastando-se dela e de Adelaide em alta velocidade.

Willa parou, exausta, aos tropeços, e Adelaide também parou. As duas tentavam recuperar o fôlego, chocadas com o que acabara de acontecer.

Enquanto as feras das trevas desapareciam, a tempestade de galhos se quebrando ia se dissipando, o cheiro de podridão diminuindo e o chão, antes tremendo, retomava a estabilidade.

— Elas passaram pela gente... — Willa disse, com a voz trêmula.

— O que você fez? — Adelaide perguntou, olhando na direção que as criaturas tinham ido.

— Nada — Willa respondeu, tão confusa quanto ela.

— Eu tinha certeza de que elas iam nos matar — Adelaide disse.

— Uma delas veio para cima da gente, mas, no último segundo, mudou de direção. Ela desviou da gente de propósito.

— Parecia que elas estavam em uma missão ou coisa assim — Adelaide disse. — Que bichos imensos! Você viu o tamanho deles?

— E ficou tão frio quando elas chegaram perto, como aconteceu com aquelas coisas que pareciam cobras...

— Então você acha que eles eram do Recôncavo Sombrio... — Adelaide disse.

— Acho que sim.

— Mas o que isso quer dizer? O que são aquelas coisas?

— Não sei — Willa admitiu, negando com a cabeça. Ela não tinha ideia do que eram aquelas criaturas ou por que estavam vindo.

Adelaide olhou em volta, cautelosa, espiando, em meio às árvores, para todas as direções, como se esperasse que outra criatura do Recôncavo Sombrio as atacasse a qualquer momento.

— Não sei o que está acontecendo, Willa — Adelaide disse, hesitante. — Mas acho que a gente deveria dar o fora daqui.

Willa concordou, sabia que ela estava certa.

— Vamos lá — ela disse, tocando o ombro da amiga. — Conheço um lugar que tenho certeza de que você vai gostar.

31

$\mathcal{E}$nquanto andavam pela floresta, Adelaide olhava para Willa, que percebeu como a amiga confiava nela, vindo até as montanhas, seguindo-a sem questionar e continuando mesmo depois de o sol começar a se pôr.

Quando chegaram ao local que Willa queria mostrar à amiga, a floresta estava toda escura, exceto pelos raios do luar que penetravam por entre as folhas.

— Por aqui… — Willa disse, pegando Adelaide pela mão, desviando e conduzindo a amiga por uma parede feita de vegetação rasteira toda emaranhada.

Elas chegaram a um pequeno vale escondido na floresta, um lugar calmo e agradável, onde a terra afundava suavemente até se tornar um campo no formato de uma bacia rasa, com flores e samambaias crescendo em abundância e galhos de árvores criando um teto verde acima.

— Este vale é um dos meus lugares preferidos no mundo — Willa comentou baixinho.

— É lindo… — Adelaide disse, olhando tudo ao redor. — Não poderia ser mais perfeito…

— Vamos nos sentar aqui — Willa disse, sugerindo um ponto na beirada do vale, para que as duas pudessem ficar admirando tudo lá embaixo.

Sentadas uma ao lado da outra no ar gelado da noite, Willa sentiu o calor do ombro de Adelaide ao lado do seu e ouviu o som da sua respiração.

Willa já estivera ali muitas vezes. Era o lugar em que ia para meditar, sonhar e até dormir. Adelaide era a primeira pessoa para quem ela o mostrava.

E a menina não perguntou por que Willa a tinha levado até aquele lugar, parecia entender que havia um motivo.

— Se tivermos sorte, dentro de alguns minutos vai acontecer uma coisa bem no meio do campo... — Willa disse baixinho.

— Ali! — Adelaide arfou, apontando na direção de uma infinidade de pontos de luzes verdes e amarelas brilhando na escuridão diante delas.

— Parece que eles chegaram... — Willa sussurrou.

— São vaga-lumes! — Adelaide disse, encantada.

Outros se acenderam, seguidos por muitos mais. Logo, o vale estava tomado por milhares de vaga-lumes verdes, piscando e brilhando. Não eram aqueles vaga-lumes esquisitos e anormais do Recôncavo Sombrio, mas o tipo de vaga-lume que Willa bem conhecia.

— Eles são tão lindos! — Adelaide exclamou, segurando a mão de Willa, enquanto assistiam ao show de luzes.

— Tem mais vindo por aí... — Willa sussurrou.

— O que vai acontecer? — Adelaide perguntou, com a voz mais baixa do que o bater de asas de uma mariposa.

— Fique olhando... — Willa sussurrou.

Naquele instante, o espetáculo cintilante dos vaga-lumes ficou todo escuro. E, de repente, ela e Adelaide estavam olhando para nada mais do que um muro de escuridão. Todos os vaga-lumes do vale e da floresta ao redor apagaram as luzes no mesmo momento.

— Opa, o que aconteceu? — Adelaide disse. — Aonde eles foram?

— Só fique olhando... — Willa sussurrou.

De uma só vez, todos os vaga-lumes despertaram e começaram a piscar, enchendo o vale e a floresta ao redor com uma exibição fascinante e surpreendente de luzes brilhantes. Pairando sob as samambaias e as flores, subindo até as árvores, eles estavam por *toda parte*.

— Que fantástico! — Adelaide disse.

E, mesmo antes de ela terminar de falar, a luz dos vaga-lumes apagou, e elas ficaram imersas na escuridão mais uma vez.

Adelaide arfou.

— O que está acontecendo? O que eles estão fazendo?

Willa começou a contar:

— Um, dois, três, quatro, cinco, seis, sete, oito.

E, ao chegar ao oito, todos os vaga-lumes se acenderam de novo. Eles piscavam, e brilhavam, e cintilavam por oito batidas do coração, revelando sua gloriosa habilidade de perfurar a escuridão. E depois tudo se apagava por mais oito batidas.

Quando os vaga-lumes chegaram, todos piscavam à própria maneira, mas, agora, todos estavam conectados, sincronizados, trabalhando juntos, como um único organismo gigante de luz cintilante.

— Eu já vi vaga-lumes no vale de Cades, mas não é nada parecido com isso — Adelaide disse, com a voz trêmula de admiração.

— Até hoje eu já contei vinte espécies diferentes de vaga-lumes nessas montanhas — Willa disse. — Há de vários tons de verde, branco, amarelo, azul. Alguns grandes, outros pequenos. Alguns piscam rápido, outros devagar. Naquele lugar onde o seu pai corta as árvores, perto do campo de Elkmont, existe um vaga-lume amarelo-esverdeado sincronizado que só pode ser visto em algumas noites do início do verão. Às vezes eu vejo os vaga-lumes fantasmas azuis, umas criaturinhas bem pequenas que reluzem uma luz azul constante enquanto planam próximo ao chão.

— Eu gosto desse nome, "vaga-lumes fantasmas azuis" — Adelaide disse. — E como é o nome desses vaga-lumes daqui? — ela perguntou, fazendo um gesto na direção do campo.

— Esses aqui eu só vi neste campo, vivendo entre essa espécie específica de samambaia. Eles devem ser os últimos vivos. Mas não sei se eles têm algum nome, ou se alguém mais já os viu, além de mim e de você.

— É maravilhoso. — Adelaide disse. — Estamos vendo uma rara manifestação do famoso vaga-lume Adelaide-Willa.

Willa riu e consentiu:

— Justo!

— Muito obrigada por ter me mostrado isso.

— Não precisa me agradecer... — Willa disse, sorrindo na escuridão.

Mas, então, a voz de Adelaide ficou mais séria.

— Se os madeireiros acabarem com essas samambaias, ou se as criaturas sombrias chegarem aqui...

— A magia dos vaga-lumes vai se perder. As pessoas do futuro nem saberão que eles existiram.

— Meu pai diz que a magia não existe — Adelaide disse, não como objeção, mas com tristeza e resignação.

— E você acredita nisso?

— Não sei. Não consigo lembrar.

Willa olhou para Adelaide. O que ela queria dizer com aquilo?

— Mas estou falando de você. No que *você* acredita? — Adelaide perguntou.

— Os vaga-lumes brilhando na escuridão, os lobos uivando à noite e uma árvore de trezentos anos. Isso tudo é magia, não é?

Adelaide sorriu, parecendo gostar da resposta da amiga.

— Acho que *você* é feita de magia, Willa.

— Sou só uma pessoa, como você — Willa disse, gentil.

— Eu te vi com o seu pai e a sua irmã. Você tem alguma outra família?

— Meu irmão mais novo, Iska, foi viver com os primos por um tempo, e eu tinha outro irmão, que se chamava Inali, mas ele morreu.

— Sinto muito — Adelaide disse. Ela fez uma pausa, e houve um silêncio entre as duas por um momento. E então ela perguntou com delicadeza: — E antes disso? E a sua mãe?

— Anos atrás, eu tinha outra família. Mas todos morreram.

— Sinto muito, de verdade — Adelaide disse. — Imagino a sua tristeza.

— Acho que sou como esses vaga-lumes: a última da minha espécie — Willa disse.

— Talvez eles tenham percebido isso — Adelaide disse.

— E a sua casa, a sua família? — Willa perguntou.

— Você conhece o meu pai, há também a minha mãe, quatro irmãos e seis irmãs. Somos muito diferentes, mas sempre fazemos as refeições e as tarefas juntos. Odeio ficar com a parte de queimar e capinar o mato, mas gosto de dar comida para as cabras e os cachorros, e cuidar das galinhas.

— E você também gosta de andar pelos campos de trigo — Willa comentou.

Os olhos de Adelaide brilharam de leve na luz do luar e ela assentiu:

— Sim, amo sair para passear nos campos. É muito tranquilo.

Ouvindo Adelaide falar, Willa se deu conta de como suas vidas eram diferentes e, mesmo assim, ela se sentia próxima da amiga naquele instante.

Agora, em silêncio absoluto, elas ficaram sentadas na beira do vale para assistir aos vaga-lumes ao longe, no céu da noite, as duas tão felizes que nem se mexiam.

Willa sabia que a mãe de Adelaide estaria preocupada com ela. E que McClaren ficaria zangado com a filha de novo, e, desta vez, poderia ser ainda pior. Mas a ideia de se separar da amiga encheu o coração de Willa de uma tristeza que ela achou que não conseguiria suportar.

Enquanto o espetáculo ia se encerrando, cada vez menos vaga-lumes piscavam, até que não restou nada além do manto da noite. Adelaide então se aconchegou perto de Willa e um calor se fez presente no frio ar da montanha.

Willa pensou em como era estranho que, mesmo depois de os vaga-lumes terem se apagado, ainda haver algo de mágico acontecendo ali.

Por fim, ela se virou e olhou para a escuridão, na direção de onde elas vieram. Willa nunca sentia medo da floresta à noite, mas, naquele instante, lá no fundo de sua alma, sentiu algo se infiltrando em seu corpo. Não uma sensação de ameaça imediata, mas o sentimento de que os perigos do mundo a cercavam e logo destruiriam tudo o que elas amavam.

Havia forças do mal se espalhando pela floresta e parecia que os novos perigos poderiam atingi-las a qualquer momento, em qualquer lugar. Ela não queria dizer em voz alta, mas sabia que precisava levar Adelaide para casa.

32

Ao ver o vale de Cades iluminado pelo luar, Willa sentiu uma onda de terror lhe atravessar o corpo, não por causa do caos do mundo, mas por um motivo bem simples: ela não queria dizer adeus à nova amiga.

Adelaide foi parando devagar e se virou na direção de Willa com uma expressão sombria no rosto.

— Odeio ter que te deixar sozinha aqui na floresta, Willa — ela disse, baixinho.

— Vai ficar tudo bem — Willa garantiu, então olhou para a casa de Adelaide lá longe. — Na verdade, é com você que eu me preocupo. Espero que você não fique encrencada por ter voltado para casa tão tarde.

— Vai ficar tudo bem comigo também — Adelaide disse, repetindo suas palavras e o seu tom.

E, então, num movimento brusco e repentino, Adelaide envolveu Willa em seus braços e a puxou para perto de si.

— Não sei o que o meu pai vai fazer quando eu chegar em casa, mas seja o que for, valeu a pena ter passado esse tempo com você. — Ela se soltou do abraço e olhou para Willa com uma determinação ferrenha. — Vou voltar para cá assim que puder.

Willa sabia que precisava se concentrar em ajudar Nathaniel e Hialeah, e que não podia se dar ao luxo de fazer amigos ou de seguir os caprichos do seu coração, mas algo dentro dela lhe dizia que suas chances de conseguir o que queria eram maiores com Adelaide ao seu lado.

— Eu venho te encontrar assim que você conseguir escapar — Willa disse.

Adelaide a puxou para junto de si mais uma vez, soltou-a e começou a correr.

Parada em frente às árvores, Willa viu Adelaide disparar ladeira abaixo na direção de casa. Assim que abriu a porta dos fundos, ela se virou e olhou para cima, para onde deixara Willa. Adelaide parou por um momento e, então, entrou de fininho em casa.

Assim que ela sumiu, Willa sentiu o baque. Um baque forte. Um nó na garganta. Uma sensação de silêncio, de apatia. Uma sensação de *vazio*. Quando entrou na casa, *naquele lugar humano*, foi como se a alma de Adelaide tivesse sido encoberta para então desaparecer.

O coração de Willa bateu dez, vinte, trinta vezes; sua mente concentrada apenas em esperar e observar, orando para que estivesse tudo bem com Adelaide, mas havia um peso em seu peito que não queria ir embora. Por fim, ela se afastou das árvores e desceu até o vale. Em silêncio e de fininho, caminhou na direção da casa.

Ao chegar ao quintal, uma torrente assustadora de barulho vinda de dentro da casa explodiu — gritos, berros e vidro se quebrando contra a parede. O coração de Willa se apertou de angústia. Pelas janelas que deixavam escapar a luz das velas, ela via a silhueta das pessoas indo para frente e para trás.

— Você tem ideia de que horas são? — o pai de Adelaide berrou. — Onde você estava? Sua mãe ficou desesperada!

Ainda que Adelaide estivesse respondendo, ela falava tão baixinho que Willa não conseguia escutar, tudo o que ela conseguia ouvir eram os irmãos de Adelaide cochichando, agrupados no quarto dos fundos da casa.

— Seus irmãos não fazem coisas desse tipo! — o pai de Adelaide gritou. — Eles são bons filhos. Eles fazem as tarefas, vêm pra casa na hora que têm de vir. Agora não é um bom momento para a sua desobediência e as suas brincadeirinhas bobas, Adelaide. Há gente morrendo no trabalho, os Cherokee estão bloqueando as estradas que levam às florestas e uma garota da montanha está fazendo uma confusão lá em Gatlinburg! Não quero chegar em casa e encontrar a sua mãe chorando porque não sabe onde você está!

O coração de Willa se agitou ao ouvir as palavras de Jim McClaren. Será que ele estava falando de Hialeah? E Nathaniel? Desesperada para continuar ouvindo, ela se esgueirou pelo quintal até chegar à parede dos fundos, com o coração batendo tão forte que parecia que ia explodir.

— Me desculpa, pai, de verdade — Adelaide disse. — Eu não queria causar essa confusão.

Willa ouviu uma voz que parecia ser da mãe de Adelaide, os três agora discutiam, as vozes cada vez mais altas. De repente, Jim McClaren gritou:

— Você precisa parar com essas historinhas, Adelaide! Pare de mentir!

— Estou dizendo a verdade! — Adelaide retrucou. — Estou tentando te ajudar! Não volte àquele lugar, pai. É perigoso demais.

— Quando eu saí, disse para você ficar perto de casa, mas você me desobedeceu — o pai continuou. — E agora vem me dizer para não ir trabalhar? Isso eu não vou tolerar!

Willa ouviu os sons dos passos pesados de McClaren atravessando a sala, e Adelaide tentando fugir dele, aos berros.

— Pai, não! Por favor!

A porta dos fundos se abriu com tudo, e Willa deu um pulo, surpresa. Jim McClaren saiu da casa a passos largos e puxava Adelaide pelo braço, com força, atravessando o quintal. Adelaide esperneava e gritava, tentando se livrar, com o cabelo esvoaçando, mas ele era muito maior e mais forte. Quando chegou a um pequeno celeiro no fundo do quintal, ele a empurrou para dentro, bateu a porta e a trancou com um cadeado de ferro.

— Isso é para o seu próprio bem! — ele gritou para o celeiro. — De um jeito ou de outro, você vai aprender a me obedecer!

Jim McClaren voltou para casa com seus passos pesados, bateu a porta e empurrou o trinco, fazendo um alto *bam*.

Deixada à quietude repentina da noite, Willa olhou para o galpão silencioso e de paredes tenebrosas, com o coração aos pedaços, enquanto esperava, tentando ouvir qualquer som lá dentro, uma palavra, um choro, um suspiro que fosse.

33

Quando Willa viu que as luzes da casa haviam se apagado, e ouviu os últimos murmúrios dos irmãos e irmãs de Adelaide antes de caírem no sono, foi de fininho até o celeiro no quintal e se apertou contra a porta.

— Adelaide… — ela sussurrou por entre as fendas das tábuas.

Sem resposta.

— Adelaide, sou eu…

Willa inspirou fundo e expirou, esperando.

— Sou eu, Willa…

— Ele não me machucou — Adelaide sussurrou.

— Me desculpa por tudo isso — Willa disse baixinho.

— Não, por favor, não precisa — Adelaide disse. — Eu sabia que estaria encrencada. Meu pai só está tentando me proteger. Ele só está pensando na nossa segurança.

Willa olhou para o cadeado de ferro na porta.

— Quer que eu tente tirar você daí?

— Não, é aqui que eu devo ficar — Adelaide disse.

Sentindo o coração afundar, Willa apoiou os ombros e a testa na porta, e ouviu Adelaide fazer o mesmo do outro lado.

Willa tentou colocar os dedos entre as ripas da porta, mas os espaços eram muito estreitos e ela não conseguiu fazê-los entrar por inteiro. Adelaide colocou os seus no vão do outro lado. E, no meio do caminho, a ponta dos dedos das duas se tocaram. Os dedos de Adelaide eram quentes e macios, e Willa conseguiu sentir que eles tremiam.

 Naquela noite, Willa não dormiu em uma casa, em uma toca ou em uma árvore. Ela dormiu no chão, encostada à porta de um galpão. E Adelaide se apoiou do outro lado, as duas tocando a pontinha dos dedos pelas frestas.

 Sentindo aquele toque singelo, naquela noite, Willa dormiu em paz como há muito tempo não dormia.

34

Pela manhã, quando a porta dos fundos da casa se abriu, Willa despertou, assustada e se apressou para sair de perto do galpão, deitou-se no chão e se fundiu à grama e à terra.

Uma mulher humana de pele branca, cheia de rugas e longos cabelos loiros saiu da casa e se dirigiu ao galpão; ela usou uma chave de ferro para abrir o cadeado e empurrou a porta devagar.

— Querida, você está acordada? — ela perguntou com uma voz carinhosa e hesitante.

Ao sair do galpão, Adelaide cobriu os olhos com as mãos para evitar a luz do sol.

— Você já deveria ter entendido que precisa fazer o que o seu pai diz — a mãe disse com um suspiro, entregando-lhe um biscoito e um copo d'água.

— Sim, mamãe — Adelaide respondeu, desanimada.

— Ele está com muitos problemas no trabalho e não precisa de mais preocupações com você.

— Eu sei. Me desculpa. — Adelaide disse. — Vou tomar mais cuidado.

— E chega dessas historinhas de espíritos das trevas assombrando a floresta. Dizer para um homem, como o seu pai, que ele não pode trabalhar é o mesmo que dizer para ele se entregar e morrer de uma vez. Você já deveria saber, esse é o jeito dele. Ele quer fazer um bom trabalho na companhia.

— Chega de historinhas — Adelaide concordou, de cabeça baixa. — Mas o papai *viu* algumas dessas criaturas de que estou falando, aquelas que pareciam cobras. Ele sabe que pelo menos parte do que eu falei é verdade.

— Seja lá o que forem essas coisas, um animal raivoso, imagino, ele vai dar um jeito; ele sempre dá.

Willa fez uma cara feia ao ouvir a teoria da mulher e teve certeza de que Adelaide também se sentia assim.

— E a perna dele? Já está melhor? — Adelaide perguntou.

— Agora, com a tala, está melhor, mas ele vai sofrer até se recuperar. E não pode se afastar do trabalho neste momento.

— Por que não? — Adelaide perguntou.

— O senhor Sutton está fazendo mudanças importantes na empresa: está aumentando a fábrica, colocando mais trens nas linhas e trazendo mais equipes de madeireiros. Seu pai vai passar mais tempo no trabalho, ele até já saiu.

Ao ouvir aquelas palavras, o coração de Willa ficou apertado: a floresta, seu pai... eles estavam correndo contra o tempo.

— Mas chega de perguntas — a mãe de Adelaide encerrou a conversa. — Agora vá fazer as suas tarefas e, depois, você está livre.

— Pode deixar. Obrigada, mamãe — Adelaide disse, correndo na direção do galinheiro.

Ao ver a mãe de Adelaide voltando para casa, Willa se esgueirou para dentro da floresta e esperou.

Ela observou Adelaide correr, de tarefa em tarefa, juntando os ovos das galinhas e levando-os para a cozinha, alimentando e tirando leite das cabras, limpando o curral dos porcos e fazendo várias outras coisas que Willa não entendia.

Por fim, Adelaide lavou as mãos e o rosto na tina de água ao lado da porta dos fundos, secou-as em um trapo e subiu correndo a encosta da montanha, como um cervo capturado que acabara de ser libertado.

Quando se encontraram ao lado da árvore, que agora era o ponto de encontro delas, Adelaide a abraçou.

— Que bom que você está aqui — Adelaide disse num suspiro.

— Me desculpa pelo que aconteceu.

— Está tudo bem. — A forma como ela falou era cuidadosa e atenciosa. E Willa percebeu que Adelaide sabia que não deveria ter ficado fora de casa por tanto tempo. — Mas precisamos esquecer isso e ajudar o seu pai — ela prosseguiu.

Willa podia ver a determinação nos olhos de Adelaide, a menina não desistiria.

— Tenho pensado cada vez mais naquelas criaturas sinistras que vimos ontem — Willa disse. — Você conseguiu vê-las de perto?

— Não dava para ver direito — Adelaide respondeu. — Era como se elas não estivessem ali de verdade, ou como se fossem feitas de fumaça ou algo assim.

— E ficou muito frio quando elas apareceram... — Willa disse.

— Me faz lembrar das histórias que os mais velhos contam em volta da fogueira para assustar as crianças — Adelaide comentou.

Willa olhou para ela.

— Como assim? Que histórias?

— Sabe, aquelas histórias assustadoras que as pessoas contam sobre algum coitado que é assassinado de um jeito horrível, com um machado ou coisa parecida, e o fantasma da vítima volta para assombrar quem a matou.

— Mas aquelas... As criaturas... Aquilo que a gente viu não poderia ser humano.

— Talvez os humanos não sejam os únicos que se tornem fantasmas... — Adelaide disse, hesitante.

Os espinhos na nuca de Willa se eriçaram ao pensar no que a amiga acabara de dizer. E, nesse momento, um pensamento ainda mais sombrio e desagradável lhe veio à mente.

— Talvez não... Acho que foram as criaturas rastejantes ou aquelas que vimos ontem à noite que atacaram os dois homens, os mesmos homens que o meu pai foi acusado de matar.

— E temos *certeza* de que elas atacaram os homens na ravina — Adelaide disse.

Willa concordou com a cabeça, lembrando-se da visão terrível dos homens sendo abatidos no chão.

— Não consigo parar de pensar no jeito como aquelas coisas vieram na nossa direção ontem e depois simplesmente *passaram* por nós — ela disse.

— A sua camuflagem deve tê-las confundido — Adelaide observou.

— É possível — Willa disse. — Mas elas vieram em disparada na nossa direção e, no último segundo, se viraram. Não erraram o alvo por acaso, nem foi porque não conseguiam nos ver. Elas desviaram de nós de propósito.

— Mas por que elas fariam isso? — Adelaide perguntou.

Willa olhou para ela e balançou a cabeça.

— Acho que aí está a solução do mistério...

35

— Venha, vamos dar uma volta — Willa disse, levando Adelaide para dentro da floresta. — Fiquei pensando naquilo que você disse, de que talvez os humanos não sejam os únicos que se tornem fantasmas.

— Mas as criaturas que atacaram os homens na ravina não se pareciam com nenhum tipo de fantasma de que eu já tenha ouvido falar — Adelaide disse.

— Eu não vi olhos neles, você viu? — Willa perguntou.

— Não vi olhos, nem boca, nem nada disso — Adelaide respondeu.

— E cabeça, será que eles tinham?

Adelaide olhou para baixo, tentando se lembrar.

— Difícil dizer, mas acho que eles eram achatados nas pontas.

— Como se tivessem sido cortados...

— Cortados? Como assim? — Adelaide disse, surpresa.

— Talvez não fossem cobras.

— Tudo bem, mas o que seriam então?

— Elas eram compridas e cinzentas, molhadas e escorregadias, e tinham as pontas cortadas...

— Minhocas? — Adelaide perguntou.

— Talvez a gente esteja entendendo tudo errado e elas não sejam cobras, nem minhocas, nem algum outro tipo de animal. Talvez sejam... *raízes*.

— Não estou entendendo — Adelaide disse.

— Talvez suas pontas tenham sido cortadas com machados.

— Mas e aquelas criaturas enormes que vimos ontem à noite? — Adelaide perguntou. — Se você pensar bem, eram como troncos, com galhos cortados, se arrastando no chão. Você ouviu o som que faziam ao se mover? Era como galhos se quebrando.

— Eu ouvi — Willa disse, assentindo.

— E eu senti cheiro de madeira podre...

— Não acho que elas sejam fantasmas de humanos ou de Faeran. Acho que as criaturas do Recôncavo Sombrio são fantasmas de árvores assassinadas — Willa afirmou.

— Os espíritos das árvores que foram cortadas! — Adelaide exclamou, espantada. — Meu pai não quer me ouvir falar de coisas assim, mas é bem isso que elas são: fantasmas das árvores!

— E isso significa... — Willa disse, tentando encaixar as peças do quebra-cabeça — ... que o Recôncavo Sombrio é o cemitério das almas perturbadas da floresta.

Adelaide olhou para ela.

— Como você disse, essa é a solução de todo o mistério...

— Sim, é isso. E elas não estão atrás de mim, nem de você — Willa disse.

— Elas estão atrás dos madeireiros! — Adelaide exclamou, segurando-a pelo braço.

A floresta ainda guardava muitos mistérios, mas Willa tinha certeza de que o grande pinheiro que vivia do lado do rio e todas as outras árvores estavam *vivas*. Seus espíritos permaneciam vivos. Quantas árvores os madeireiros tinham cortado? E aonde iam os espíritos daquelas enormes árvores depois que seus corpos tombavam no chão da floresta? Ficavam vagando pela floresta até vingar a própria morte, como os fantasmas nas histórias de Adelaide.

— Mas por que agora? — Adelaide perguntou. — De onde surgiu o Recôncavo Sombrio?

— Sente-se aqui um pouquinho — Willa disse, detendo-se e se abaixando devagar até chegar ao chão, ao lado do tronco de um enorme tulipeiro.

Seus pensamentos se voltaram a algo que acontecera mais de um ano atrás. Ela, encurralada nos corredores subterrâneos da antiga toca dos Faeran, tentando ajudar Hialeah, Iska e outras crianças aprisionadas a fugir dos guardas do padaran. Não havia qualquer planta ou animal vivo por perto para quem ela pudesse pedir ajuda. Por desespero, ela recorreu ao poder mais macabro que sua avó lhe ensinara, um poder que só deveria ser usado nas circunstâncias mais desesperadoras. *E ela usou*. Colocou as mãos nos galhos secos trançados nas paredes da toca e ressuscitou os mortos, libertando aqueles retorcidos galhos mortos-vivos para atacar os guardas Faeran.

O que aconteceu com aqueles espíritos? Será que tinham se embrenhado na terra? Será que apodreceram e se espalharam como mofo preto, alimentando-se da podridão da toca incendiada?

— Fui eu que causei tudo isso… — Willa disse num sussurro horrorizado, tanto para si mesma quanto para Adelaide. — Quando eu trouxe aqueles galhos de volta da morte, plantei as sementes para o Recôncavo Sombrio crescer.

— Que galhos? Do que você está falando? Não foi você que fez isso, Willa — Adelaide disse, incisiva, quase com raiva. — Você não é responsável por aquelas criaturas malignas.

Enquanto Adelaide falava, a mente de Willa foi mergulhando cada vez mais fundo no mundo ao redor. Ela sabia que não fora apenas a ressurreição dos galhos mortos que causara aquilo tudo. Os madeireiros, a destruição da floresta, a morte do grande pinheiro ao lado do rio… aquilo tudo servia de combustível. Quanto mais árvores os humanos matavam, mais o Recôncavo Sombrio crescia, transbordando da terra, espalhando os tentáculos negros para dentro da floresta, sugando a vida de todos os humanos cortadores de árvores que lhes cruzassem o caminho, como raízes negras se espalhando até a parte baixa da encosta da Grande Montanha. Quanto tempo levaria até chegarem ao vale de Cades?

Adelaide chacoalhou Willa pelos ombros, tirando-a do seu transe obscuro.

— Willa, o que está acontecendo com você?

— Os fantasmas do Recôncavo Sombrio não vão parar — Willa disse, categórica. — Eles vão matar os madeireiros.

— Mas e o meu pai? — Adelaide perguntou. — E os outros homens do grupo de Elkmont? A gente precisa avisá-los!

— Você já tentou avisar o seu pai para ficar longe da floresta, mas ele não te ouviu — Willa respondeu.

— Precisamos continuar tentando! Precisamos fazer alguma coisa! — Adelaide exclamou.

Sentada na floresta, ao lado da árvore e da amiga humana, Willa chegou a uma vasta e aterrorizante conclusão: os espíritos do Recôncavo Sombrio podiam ser a resposta que ela estava buscando. Eles poderiam acabar com os madeireiros e parar a matança de árvores, o que era exatamente o que ela sempre quis. Era por isso que ela, Nathaniel, Hialeah e Iska estavam lutando.

Willa sabia que não tinha a força física nem as armas necessárias para proteger a floresta sozinha, ela não era uma guerreira. Mas, desde o começo, a garota quis combater aquele mal, quis proteger as árvores. Talvez fosse exatamente isso que a floresta precisasse para se proteger, talvez ela não tenha libertado os espíritos perturbados do mundo dos mortos-vivos por acaso, mas, na verdade, os tenha *invocado*, dado-lhes poder.

Adelaide se agarrou a ela, implorando:

— No que você está pensando agora, Willa? O que você vai fazer?

— Eu não sei... — Willa disse, mas, na verdade, sabia exatamente no que estava pensando. Era apenas horrível demais para dizer em voz alta.

Tudo o que ela precisava fazer era não fazer nada, tudo que ela precisava fazer era deixar os fantasmas do Recôncavo Sombrio cumprirem seu propósito.

— Willa, por favor! — Adelaide pressionou.

— Estou tentando entender as coisas... — Willa respondeu, com os olhos fixos na floresta.

— Precisamos ir agora mesmo para a área de exploração e avisar o meu pai e todos os outros — Adelaide disse.

Willa olhou para ela, pega de surpresa pela ideia.

Jim McClaren era um matador de árvores, exatamente o tipo de humano que ela queria impedir de destruir a floresta, e exatamente o tipo de humano que os espíritos do Recôncavo Sombrio arrasariam.

Mas quando ela olhou para Adelaide e viu a expressão em seus olhos, Willa se lembrou de que ele era mais do que um matador de árvores: era um ser humano, e era o pai de Adelaide. Willa sabia que Adelaide não poderia ir contra os próprios sentimentos, essa não era uma opção, pois estava *dentro dela*, ela amava o pai e queria protegê-lo. Willa não sentia o mesmo por Nathaniel?

— Preciso da sua ajuda, Willa — Adelaide implorou com a voz trêmula.

Naquele instante, sentada, olhando para a amiga, Willa não conseguia deixar de pensar na alternativa: *não* ajudar, *não* avisar Jim McClaren, deixar que os espíritos do Recôncavo Sombrio cumprissem sua missão. E se *essa* fosse a sua decisão?

Ela tentou imaginar o que aconteceria se escolhesse ir com Adelaide ou se escolhesse outro caminho. Tentou ver aquilo como uma escolha, como uma *decisão*. Mas a verdade era que ela sabia que não abandonaria Adelaide, não a deixaria ir até a área de exploração sozinha. No final das contas, Willa só poderia seguir o caminho do seu coração.

Ela ficou em pé e puxou Adelaide pela mão.

— Vamos — Willa disse. — Conheço um atalho.

E liderou o caminho.

36

Elas se moveram depressa pela floresta, quilômetro após quilômetro. Willa conseguia ver no caminhar rápido e determinado de Adelaide que ela não conseguia pensar em nada além do pai.

Ao se aproximarem da área de exploração, Willa se preparou para ouvir os já familiares golpes de machado talhando os troncos das árvores, mas um som bem diferente veio pairando no ar da floresta até chegar a elas: o som de gritos humanos.

Willa sentiu um calafrio e, por reflexo, abaixou-se no chão da floresta e se fundiu à vegetação rasteira.

Mas Adelaide gritou:

— São os madeireiros!

E saiu correndo na direção dos gritos.

Willa correu atrás dela, com o coração disparado. Segurou o braço de Adelaide e tentou fazê-la parar; mas, ao saírem juntas da vegetação rasteira, uma visão completa da área de exploração se abriu bem diante delas.

Dezenas de madeireiros, que antes estavam trabalhando com seus machados e serras, agora estavam em meio a um caos de gritos e correria. Um bando de criaturas escuras e fumegantes se enfiava entre eles, passando de grupo em grupo, parecia que havia ao menos uma dúzia de fantasmas do Recôncavo Sombrio correndo em velocidade desenfreada, arrastando pelo chão os homens que não paravam de se debater e gritar. Ela via as criaturas compridas, parecidas com cobras, e as feras enormes, feito tronco de árvores, mas havia tantas outras formas sombrias atacando os homens que o cérebro de Willa mal conseguia acompanhar. As criaturas estavam por todos os lados.

— Willa! — Adelaide arfou, apontando para uma assombração sinistra de um urso enorme que corria em disparada na direção delas. Willa tirou Adelaide do caminho da criatura e uma onda estrondosa de frio as invadiu. E um forte sopro de vento passou sussurrando por elas quando a fera, rugindo, colidiu com um madeireiro, que estava a poucos passos de distância. O homem se contorceu e, ao cair no chão, sua pele foi ficando cinza.

Willa tropeçou para trás, puxando Adelaide consigo. Um fantasma escuro de raposa passou em disparada, arranhando seu calcanhar com uma sensação intensa de frio ardente. Um búfalo montanhês enorme, preto como carvão, veio arrasando a vegetação rasteira e bateu de frente com um grupo de madeireiros fugitivos. Um alce imenso, com longos chifres em chamas, espetou um homem contra uma árvore e o envolveu com as chamas negras. Eram os espíritos do Recôncavo Sombrio, do passado e do presente, todos igualmente mortos e mortais.

Bem na base da encosta da montanha, quatro madeireiros em cima de uma plataforma de corte passavam a serra de aço para lá e para cá no tronco de um grande carvalho.

— Cuidado! — Adelaide gritou para os homens, dando um pulo enquanto apontava para a forma de um lobo preto e fumegante que vinha correndo na direção deles. Os homens assustados se viraram e viram a criatura em pleno ataque. Largando os equipamentos, saltaram da plataforma em pânico. Três pularam no chão, levantaram-se e fugiram. Mas o quarto caiu com tudo. Willa ouviu um *crack* como o de um osso da perna se quebrando. Ele gritou de dor e desabou, berrando, frenético, enquanto tentava rastejar para longe da criatura preta que rosnava.

Adelaide avançou, tentando correr na direção dos madeireiros, mas Willa a segurou pelo braço.

— Não, Adelaide! Chega! Se os espíritos te tocarem, você vai morrer!

Perto dali, um grupo de vaqueiros, usando chapéus de couro de abas largas e casacos compridos e enlameados, estava chicoteando um bando de mulas, que puxava um tronco imenso por uma rampa deslizante que levava aos trilhos da rodovia. Ao ver as criaturas vindo na direção deles, alguns dos homens tentaram fugir, deslizando pela lama da encosta íngreme. Outro tentou se defender com o machado. Mas tudo aquilo era inútil contra os mortos. Os fantasmas do Recôncavo Sombrio derrubavam um homem atrás do outro. Quando o cheiro das criaturas chegou às narinas das mulas assustadas, os animais relincharam em pânico e se debateram em seus arreios, desesperados para escapar.

Olhando para aquele pandemônio, Willa viu pelo menos dez fantasmas atacando humanos em toda a área de exploração.

— Você não entende o que está acontecendo? — Willa gritou para Adelaide. — Não dá nem para chegar perto dessas coisas!

— Lá! Lá está ele! — Adelaide gritou, apontando para o pai, parado no meio daquele caos, lutando para conseguir controlar seu cavalo em pânico. Quando McClaren o segurou pelas rédeas, o animal pisoteou com o casco e jogou a cabeça com força para frente e para trás, soltando um relincho agudo, com os olhos brancos de terror. — Precisamos ajudá-lo! — Adelaide voltou a gritar, tentando se soltar e correr na direção dele.

— Adelaide, não! — Willa gritou mais uma vez, segurando-a firme.

E, então, Adelaide se virou e encarou Willa com firmeza:

— Você precisa ajudar esses homens, Willa — ela disse, apontando para os grupos de madeireiros. — É o meu pai que está ali! Meu *pai*! Por favor! Você precisa ajudá-los!

Willa sentia as têmporas pulsarem com força na cabeça enquanto seus olhos passavam de uma tragédia violenta a outra, homens gritando e correndo por toda a parte. Adelaide queria que, de alguma forma, ela *salvasse* aqueles homens. Mas como? O que ela poderia fazer contra os fantasmas do Recôncavo Sombrio?

A sensação era como se aquele momento fosse o ápice de tudo que ela vivera no último ano: a morte da floresta, a fuga dos animais. Se ela simplesmente se afastasse e deixasse os fantasmas do Recôncavo Sombrio fazer o que pretendiam, os madeireiros seriam detidos e seu mundo estaria a salvo!

Ou ela poderia tentar ajudar os humanos de alguma forma. Mas por que, em nome de todas as coisas boas, ela salvaria os madeireiros? Eles eram os destruidores, os assassinos das árvores!

Ela já sabia a resposta. Quando o xerife e os outros homens vieram para prender seu pai, ele poderia ter dado um tiro e matado todos eles, mas seu pai decidira não lutar. E quando ela estava na ravina, não pensou duas vezes antes de tentar salvar o filhotinho de urso. Um ano atrás, ela tivera a *honra* de ajudar Luthien, a líder dos lobos. E ela arriscara a própria vida para ajudar as crianças humanas a escapar da prisão do padaran. Ela não matava animais, e também não matava pessoas. Ela os *ajudava*. Ela *cuidava* deles. Ela lutava pela vida, e não pela morte. Aqueles homens tinham vidas de verdade, tinham filhos de verdade. Ela odiava o fato de que os madeireiros estavam matando árvores, mas eles eram seres humanos, que viviam e respiravam. Ela não tinha a menor ideia de como fazer, mas sabia que precisava salvá-los.

Willa segurou Adelaide pelos ombros e a sacudiu:

— Não importa o que aconteça, não saia daqui!

Adelaide implorou:

— Não vou sair, eu juro. Faço o que você quiser, mas ajuda eles, por favor!

Deixando a amiga pra trás, Willa se virou e, descendo a colina, correu na direção dos homens à beira da morte.

37

*O*s pés de Willa batiam na terra e seu peito arfava enquanto ela corria na direção do grupo mais próximo de madeireiros. Frenéticos, eles lutavam para subir a encosta da montanha, na tentativa de fugir de uma matilha de lobos pretos e fumegantes que corria em disparada na direção deles. Para o espanto de Willa, ela chegou a reconhecer alguns dos lobos, eram membros da alcateia de Luthien, mortos há muito tempo pela fome, envenenamento ou pelos tiros dos humanos. O Recôncavo Sombrio os transformara em feras malignas, negras e barulhentas, prontas para atacar, e seus belos olhos âmbar agora ardiam como um fogo escuro.

Willa respirou fundo e correu para onde eles estavam. Ela estava determinada a bloquear o caminho dos lobos para que os homens conseguissem fugir.

Os madeireiros que escalavam a encosta gritavam uns com os outros e olhavam para trás, com os olhos cheios de terror. Quando um dos homens tropeçou e caiu, seus amigos o seguraram e o puxaram para junto deles.

— Aí vem eles! — um dos homens gritou ao ver a onda de lobos pretos se aproximar.

Willa arremessou o corpo na frente dos lobos, ordenando:

— *Dee-sa!*

Mas os lobos não pararam, continuaram correndo na direção dela. Uma onda de frio a atingiu, e Willa engasgou com o fedor de podridão. Tudo ficou preto. Por reflexo, ergueu os braços para se proteger, mesmo sabendo que não adiantaria de nada: ela iria morrer.

Mas, então, o céu azul se abriu diante dela, e o barulho da correria passou varrendo tudo que estava ao seu lado.

Gritos explodiam atrás dela enquanto ela se virava, a mandíbula dos espíritos das trevas agarrou o corredor mais lento do grupo e o puxou para baixo.

Willa correu na direção dele, com uma energia que lhe rasgava os músculos. A garota correu para um lado e para o outro, tentando desesperadamente se colocar na frente dos lobos, mas eles se moviam rápido demais. Todos estavam ao redor dela, pulando por cima de Willa, correndo, disparando e mordendo os homens. Três lobos abocanharam outro madeireiro com seus dentes pretos e ardentes e sugaram toda a vida de dentro dele. Os lobos-fantasmas derrubaram um homem após o outro, bem na frente da garota, até acabarem com o último homem do grupo que ela tentava salvar. Um fosso se abriu no estômago de Willa quando ela olhou para o outro lado do caos, outros grupos de homens gritavam e corriam, dezenas de espíritos de todos os tipos pulavam e atacavam.

Ela estava decidida a ajudar os madeireiros, mas qualquer coisa que fizesse seria inútil. Os fantasmas do Recôncavo Sombrio eram rápidos demais e não ouviam suas palavras em Faeran.

Baixando a cabeça em um gesto de determinação, Willa correu na direção do centro da batalha, mesmo se não pudesse fazer mais nada, ela precisava proteger o pai de Adelaide.

Desviou-se de duas feras assassinas e passou correndo por um grupo de homens em fuga. O relincho de um cavalo histérico chamou sua atenção e ela se virou.

Cercado pela confusão da batalha, o cavalo de Jim McClaren pisoteava de um lado para o outro, com os olhos arregalados de medo.

— Opa! Opa! Calma! — McClaren gritou, tentando puxar as rédeas do cavalo para trás, esforçando-se para mantê-lo sob controle. O corcel, girando para todos os lados, bateu o ombro no tronco de uma árvore e se lançou para frente, quase arremessando-o da sela.

— *Willa, atrás de você!* — Adelaide gritou do alto da encosta.

Willa se virou bem na hora e viu a forma preta e enorme de um urso disparando na direção do pai de Adelaide.

A garota caiu para trás, assustada com o tamanho da criatura. O urso-preto e fumegante rugiu enquanto investia. E uma onda de frio fustigou a floresta, o pai de Adelaide encontraria a morte em poucos segundos.

38

Enquanto o urso disparava, o cavalo se ergueu nas patas traseiras, batendo furiosamente os cascos no ar, tentando espantar o gigantesco espírito das trevas com nada mais do que sua coragem. Mas, assim que os cascos tocaram no fantasma do Recôncavo Sombrio, o couro marrom do cavalo começou a ficar cinza-escuro e suas patas de trás cambalearam. Então a cabeça e o corpo enorme e comprido desabaram no chão, e Jim McClaren foi arremessado da sela, seu corpo bateu contra o tronco de uma grande árvore e foi escorregando até as raízes.

Enquanto a gigantesca aparição sombria se movia na direção dele, Willa se jogou na frente, bloqueando o caminho. Então ela cambaleou para frente e pressionou as mãos na árvore, impregnando-a com a própria vida e energia. Apertando ainda mais forte, forçou-se para dentro do tronco, espalhando-se para os galhos e gritando as palavras de ordem dos Faeran. Os galhos balançaram até o chão, girando e torcendo como enormes tentáculos de uma fera anormal, bem no meio do caminho do urso em disparada. Os dois colidiram em uma explosão de escuridão. Galhos quebrados e uma onda de fumaça preta se espalhou em todas as direções.

Vindo pela direita, dois cervos pretos e ardentes dispararam na direção dela e de Jim McClaren, abaixando seus chifres imensos ao se aproximarem. E o fantasma daquilo que em algum momento fora um búfalo da montanha retumbou contra eles pela esquerda. Atrás dela, Jim McClaren se esforçou para ficar de pé, mas acabou se curvando, segurando as costelas, incapaz de se defender do ataque iminente.

Ainda agarrada ao tronco, Willa ordenou que os galhos de cima se estendessem para alcançar as árvores ao redor. Ela sentiu a alma das árvores pulsando pelo seu corpo e sentiu a própria vida se esvair para dentro delas, jorrar para fora das árvores e tocar todos os espíritos das trevas que estavam em volta. As árvores vivas ao redor ficaram escuras, como se a morte jorrasse para dentro da vida, e os fantasmas do Recôncavo Sombrio ficaram verdes reluzentes, como se a vida jorrasse para dentro da morte.

Com seu toque, suas palavras e sua mente, ela foi tocando cada vez mais árvores, chegando a todas as árvores da floresta e ordenando que elas lutassem contra os fantasmas, que lutassem contra a morte usando a vida.

Uma dor pulsava pelo seu corpo, seu pescoço pendeu com o peso, as mãos ainda agarradas ao tronco da árvore pela qual sua energia fluía.

— *Movam-se e ataquem!* — ela ordenou às árvores ao redor. — *Girem e se contorçam! Precisamos lutar juntas contra a morte!*

O carvalho e a nogueira, a halésia e a bétula, ligadas umas às outras, galho a galho, folha a folha. Uma faia alta, que havia poucos instantes estava viva, caiu no chão, fazendo uma explosão de cinzas escuras. Uma árvore de bordo estourou em chamas escuras. Ao mesmo tempo, ao redor, os fantasmas do Recôncavo Sombrio estavam se desintegrando e se tornando pilhas de folhas verdes.

Willa desmoronou, ela já não conseguia erguer a cabeça, já não conseguia mexer os braços e as pernas, tornara-se tronco e raiz, água correndo debaixo da terra.

Ela penetrara tão fundo nas árvores que se tornara uma delas, tocando-as, ordenando-as a lutar, conduzindo-as na direção dos fantasmas do Recôncavo Sombrio, arrancando-os e preenchendo-os com a vida delas.

Com a vida *dela*.

39

Ela sentiu o pulsar da água a atravessando.
    Ela sentiu a luz do sol a tocando.
Ela sentiu o balanço do vento nos seus galhos.
Ela inalou e exalou o ar e o sentiu se transformando dentro dela.
Ela sentiu as raízes no solo úmido.
Ela sentia os nutrientes fluírem por seu corpo.
Ela sentiu as folhas no céu.
E sentiu todas as outras árvores ao redor, seus galhos a tocando, as raízes se trançando com as suas.
Agora, ela era o mundo.

Bem devagar, Willa começou a sentir o movimento abafado do seu coração, o sangue pulsando nas veias, como seiva correndo pelos galhos de uma árvore.

Ela começou a sentir o calor da luz do sol na pele e o frio do solo em volta, penetrando em seu corpo Faeran; sentiu o cheiro da terra e das plantas, e sentiu a umidade no rosto e no pescoço, nos dedos e nos braços.

E, devagar, Willa abriu os olhos.

Ela estava deitada no chão, com o rosto colado ao solo, os braços abertos, os dedos presos à terra como raízes. Cipós se entrelaçavam aos seus cabelos. Sua cabeça e ombros estavam cobertos pelas mesmas trepadeiras folhosas e outras plantas que haviam crescido rápido por cima de todo o resto do seu corpo.

Ao erguer a cabeça devagar, a garota sentiu algo sendo arrancado suavemente do seu rosto e de outras partes do seu corpo. As gavinhas finas das plantas que haviam se prendido como pequenas ventosas ao seu rosto, pescoço e mãos agora estavam se soltando. Era através dessas gavinhas que as árvores e outras plantas da floresta haviam se conectado a ela. E era através delas que Willa havia conseguido acessar a vasta rede de vida interconectada que ligava uma planta à outra.

Sua avó lhe ensinara aquilo de muitas maneiras, algo que Willa já sentia havia muitos anos, mas agora se dava conta, mais do que nunca, de que cada árvore da floresta não estava sozinha. Elas se tocavam, se apoiavam e enviavam nutrientes umas às outras, alertavam-se sobre qualquer perigo e ajudavam a cultivar as mais jovens. Entre as árvores da floresta, não havia eu, apenas nós.

Por fim, erguendo a cabeça, Willa conseguiu olhar ao redor e ver o que havia acontecido com o mundo.

Centenas de árvores ao redor estavam pretas, como se um incêndio tivesse consumido a floresta. Muitas das árvores mortas ainda estavam de pé, com os troncos queimados, os galhos descobertos, não passavam de esqueletos daquilo que foram um dia. Algumas das outras estavam derrubadas no chão da floresta, estiradas e partidas como ossos escurecidos de feras ancestrais. E tudo o que restava da árvore mais próxima dela, aquela que ela tocara com as mãos, era um monte de cinzas escuras. Ela não havia apenas danificado a floresta, ela a havia destruído *por inteiro*.

Seus olhos embaçaram e uma onda de náusea invadiu o seu corpo. E, de uma só vez, ela puxou o fôlego.

Ela fizera uma escolha que havia *matado* aquelas árvores, o choque daquela constatação parecia uma rocha sobre seu peito.

Mas ela também viu, ao olhar ao redor, que em muitos pontos entre as árvores mortas havia plantas recém-nascidas. Nos lugares onde antes estavam os fantasmas do Recôncavo Sombrio, fosse o lobo, o urso ou uma das raízes rastejantes que lembravam cobras, agora havia uma touceira de vegetação verde. Em outros locais, árvores inteiras estavam brotando.

Do verde ao preto e do preto ao verde.

Willa percebeu, espantada, que havia conseguido:

Ela tinha destruído os fantasmas do Recôncavo Sombrio, os havia enchido de vida.

Quando a luz do sol tocava sua pele verde, ela sentia que não estava inalando e exalando como de costume. Apesar de não saber como era possível, sentia como se, de alguma forma, o ar que respirava vinha de *dentro* dela.

Willa ouviu algo vindo em sua direção, se virou e viu Adelaide descendo a encosta da montanha.

— Willa! — ela gritou, caindo de joelhos ao seu lado, com lágrimas escorrendo pelas bochechas. — Achei que você estava morta!

A fala humana soava estranha aos seus ouvidos, tão deslocada, como o som agudo do metal.

Ao responder, ela achou que seus lábios estariam ressecados, mas percebeu que estavam úmidos, com gosto de plantas.

— Eu não morri, eu só estou... *diferente*. — ela disse baixinho a Adelaide. Ficou surpresa ao ver que sua voz não tinha a dureza e a aspereza que ela esperava que teria, depois de tudo o que aconteceu; na verdade, estava doce e suave, como os arcos formados por um salgueiro.

— Está tudo bem agora.

— Mas o que aconteceu com você? — Adelaide perguntou. — Por que você ficou assim, presa no chão como aquelas plantas?

Willa olhou para baixo, tentando pensar em uma forma de explicar.

— Há muito tempo a minha avó me contou que as fadas da floresta mais poderosas se conectavam tão profundamente à floresta que podiam até *se transformar* em uma árvore e depois voltar à forma Faeran. Acho que quanto mais eu penetro nos corpos e nas almas das árvores, mais as árvores penetram em mim, como se estivessem tentando me levar, me chamar para ser parte da floresta.

— Não deixe que elas façam isso de novo! — Adelaide disse, furiosa. — Eu não quero te perder!

— Eu não quero ficar perdida — Willa disse, segurando a mão dela.

Mas a verdade era que, a cada dia, ela tinha menos certeza sobre o caminho que estava tomando. Olhou em volta, para todas as árvores mortas.

— Eu as matei... — ela disse, com a voz trêmula.

— Mas você salvou todos aqueles homens, Willa. E também salvou o meu pai! — Adelaide exclamou.

Willa se virou e viu a carcaça cinzenta e murcha do cavalo morto estirado no chão. E, mais adiante, um homem também no chão, com o corpo todo trêmulo.

Willa viu Jim McClaren se levantar devagar e olhar para toda aquela morte e destruição que o cercava. Os corpos dos homens mortos estavam estirados no chão, mas muitos outros madeireiros se reuniam para ajudar uns aos outros.

Uma sensação de enjoo revirou o estômago de Willa.

O que foi que eu fiz?, ela pensou, desviando o olhar e passando a mão no rosto.

O que foi que eu fiz?, aquele pensamento ficava martelando na sua cabeça, enquanto Adelaide colocava a mão sobre seus ombros.

O que foi que eu fiz?

41

— Pai, você se machucou? — Adelaide perguntou, indo na direção dele. — Que bom que o senhor está bem! — Ela tentou abraçá-lo, mas ele a segurou na altura dos braços.

— O que você está fazendo aqui, Adelaide? — ele perguntou, com uma carranca confusa. Então se virou e olhou para Willa. — E o que você está fazendo com *ela*?

Willa sentiu um frio na barriga e o encarou de volta, mas não disse nada.

O humano olhou bem nos olhos de Willa.

— Pelo amor de Deus, garota, diga alguma coisa — ele disse para Willa. — O que eram aquelas coisas? O que está acontecendo?

— Eu já disse isso antes, vocês estão matando a floresta e esses eram os fantasmas das criaturas que vocês mataram — Willa respondeu e olhou de relance para Adelaide, querendo ficar com uma última imagem dela na mente.

E, de repente, antes que Adelaide ou qualquer outro pudesse impedi-la, ela se virou e entrou na floresta. Três passos depois, e já havia desaparecido.

Willa não queria ver o reencontro de Adelaide com o pai; não queria ver os madeireiros se ajudando nem nada daquilo. O que ela fizera só lhe causava vergonha.

A garota caminhou por entre as árvores mortas e escurecidas, tocando algumas por onde passava, e seu cabelo e pele foram ficando pretos como carvão.

— Me desculpem, amiguinhas — ela disse, com lágrimas enchendo seus olhos e começando a soluçar.

— Willa, volte aqui! — Ela ouviu Adelaide gritar de longe, mas logo a batida do próprio coração abafou o som.

Quando finalmente chegou às árvores verdes da floresta viva, Willa continuou andando.

Deixando os humanos pra trás, ela caminhou sozinha por um bom tempo, queria silêncio e estar cercada por nada além de plantas vivas e verdejantes. Se as árvores a aceitassem, ficaria entre aquelas que ela *não* tinha matado.

Por fim, parou e se sentou no tronco de um tulipeiro de trezentos anos. Tocando a base da árvore com a palma das mãos, ela sentiu a água na terra lá no fundo, afunilando para as raízes, pulsando através da coluna do tronco e fluindo até as folhas iluminadas pelo sol, balançando com a brisa que vinha lá de cima.

Ela sempre fora próxima das árvores, sempre as *conhecera*, mas alguma coisa havia acontecido quando ela invocou a floresta para destruir os fantasmas do Recôncavo Sombrio. As plantas haviam se conectado a ela, e ela às plantas. Algo havia mudado. Ela não sabia como era possível, mas agora elas estavam *dentro* de Willa, e Willa estava dentro delas. Ela nunca sentira tanta sintonia com a pulsação vibrante daquelas vidas como agora, o que piorava ainda mais a dor dilacerante pelo que havia feito. Ela se sentiu enjoada.

Olhou para as árvores ao redor e ouviu o canto dos pássaros vindo lá de cima. O que aconteceria com as árvores vivas? Quanto tempo levaria para que os humanos que ela acabara de salvar viessem derrubá-las? Quantas árvores teriam que ser perdidas antes que os animais começassem a partir? Quantos animais morreriam antes que a floresta deixasse de existir?

E Willa não deixava de pensar no pai, preso em um lugar distante, em uma cela escura entre uma multidão de humanos. O único homem bom que ela já conhecera foi trancado por todos os outros. Como ela poderia ajudá-lo? O que poderia fazer por ele? Ela havia resolvido o mistério de quem ou o que estava matando os madeireiros, mas e agora? Ela não tinha conseguido salvar Nathaniel. Em vez disso, ela havia salvado os homens maus que eram responsáveis pela prisão dele!

Sentada na base do tulipeiro, Willa ouviu um som suave de folhas sendo esmagadas atrás dela. A garota se virou e viu Adelaide vindo em sua direção, com os cabelos loiros caídos nos ombros e o rosto branquinho coberto de tristeza. Mas como? Como Adelaide a seguira até ali? Como fora capaz de encontrá-la ou mesmo *vê-la* ali ao lado da árvore? Será que suas vidas estavam tão conectadas que nem as folhas da floresta conseguiam mais escondê-la da amiga?

Sem dizer uma palavra, Adelaide se abaixou, aconchegou-se junto a Willa e a envolveu nos braços.

Por um bom tempo, Adelaide só ficou abraçando a amiga, como se entendesse o que Willa estava enfrentando.

— Obrigada, Willa — Adelaide sussurrou. — Do fundo do meu coração, obrigada.

Willa não respondeu nada a princípio, pois a tempestade dentro dela a impedia de falar, mas, por fim, disse:

— Você não deveria me agradecer. Eu fiz uma coisa horrível.

— Não — Adelaide disse, apertando-a mais forte, como se tentasse tirar aquele pensamento da cabeça dela. — O que você fez *não* foi horrível. Já disse, você salvou aqueles homens.

— Pois é — Willa disse, olhando para o chão. — Salvei os assassinos de árvores. Se eu tivesse ido embora, os fantasmas os teriam matado e a floresta não seria mais destruída.

— Você salvou o meu pai — Adelaide disse, num abraço ainda mais apertado. — Foi isso o que você fez.

— Sim, mas eu poderia ter salvado toda a floresta em vez disso — Willa disse, com a voz abatida. — Foi um grande erro.

— Já disse, *não* foi um erro! — Adelaide insistiu.

Magoada demais para discutir, Willa aproximou os joelhos do peito e os envolveu com os braços. Tudo o que ela queria era se sentir abraçada pelo pai, ouvir sua voz. As trepadeiras e plantas folhosas do chão da floresta cresciam rápido, cobrindo boa parte do seu corpo, como se quisessem protegê-la da dor causada pelo mundo que a cercava.

— Willa, por favor, não me deixe... — Adelaide sussurrou com a voz suave, afastando com carinho as plantas que a cobriam. — E, por favor, não fique triste por isso. O que eu posso fazer para te ajudar?

— Nada. É tarde demais. Eu não vou conseguir salvar o meu pai e nem salvar a floresta — Willa disse, desalentada.

— Não estou falando da floresta — Adelaide disse, acariciando o rosto de Willa no local por onde as vinhas passavam para sugar a umidade de suas lágrimas e crescer em volta dos seus olhos. — Estou falando de *você*. O que a gente pode fazer?

— Acabou — Willa disse. — Não há mais o que fazer.

— Não desista, por favor — Adelaide implorou.

— Não estou desistindo.

— Parece que está. Vamos ver os vaga-lumes no campo hoje à noite — Adelaide ofereceu, tentando distraí-la, tentando fazê-la se sentir melhor de algum jeito. — Ou a gente pode ir para o vale de Cades para...

— Você não deveria estar aqui comigo — Willa interrompeu, com os olhos lançando faíscas para a amiga. — Vá ficar com o seu pai.

Adelaide a encarou, franzindo as sobrancelhas.

— Não — ela disse, firme. — Eu falei para ele que viria te procurar e não iria para casa enquanto não fizesse isso. Ele ficou muito bravo, mas eu saí correndo. Não quero ficar com *ele*, Willa. Quero ficar com *você*.

— Mas eu não quero mais ficar com você — Willa disse. — Me deixa em paz. Vá para casa.

— *Não!* — Adelaide repetiu, afastando as folhas e vinhas dela. — A floresta não vai ficar com você! Não vou deixar você ir embora!

— Acho que você não entende o que eu fiz — Willa disse.

— Entendo, *sim*! — Adelaide disse. — Acho que é *você* que não entende. Você salvou vidas. Como isso pode ser errado?

— É claro que foi errado — Willa disse.

— Mas você não está sempre protegendo a vida? Você acha que os fantasmas do Recôncavo Sombrio eram uma forma de vida? Eles eram a *morte*, Willa, você sabe disso. E você acabou com eles. Não é você que está sempre tentando proteger a natureza contra os perigos?

Os humanos não fazem parte da natureza!, ela quis gritar, mas desistiu. Ela sabia que não era verdade.

Tudo estava conectado. Como os lobos e os cervos. As famílias que viviam nas montanhas, os camponeses do vale de Cades, os Cherokee, os Faeran, os animais, as árvores, até os madeireiros com as suas máquinas: todos agora faziam parte do mesmo mundo. E, querendo ou não, seus galhos estavam todos conectados.

Willa pensou no que Adelaide estava dizendo. Havia menos valor em algumas daquelas vidas? Seria certo que ela deixasse algumas vidas morrerem e outras não?

Mas a verdade era que, por causa das decisões que ela havia tomado, Jim McClaren e seus homens estavam *vivos* e continuariam cortando árvores. Eles tirariam qualquer obstáculo que pudesse surgir, como o pai dela. Não havia saída, não havia como impedir o que estava acontecendo.

Foi então que uma luz se acendeu em sua mente.

Willa se lembrou do povo Faeran e da toca que havia sido queimada no ano anterior, todas as vidas Faeran que tinham passado por ali ao longo dos anos e todas as plantas que haviam sido trançadas naquelas paredes.

Agora só restam cinzas. E o Recôncavo Sombrio crescendo ali do lado... Surgindo da toca... De dentro dela.

Willa começou a se questionar sobre as conexões, não apenas entre as pessoas, os animais e as árvores que viviam nas montanhas naquele momento, mas entre o passado, o presente e o futuro. Talvez o único remédio para aquilo fosse o *tempo*, deixar que o tempo, de alguma forma, a beneficiasse. As decisões que sua avó tomara havia tanto tempo fizeram com que algumas coisas acontecessem naquele exato momento em que ela estava vivendo. E as decisões que Willa estava tomando fariam com que acontecessem outras tantas coisas no futuro. E era assim com todos os Faeran e com todos os humanos. Talvez ela estivesse entendendo o mundo de um modo muito ingênuo. Não se tratava apenas de conexão, mas de uma *teia* de conexões ao longo do tempo, tão espessa quanto a profundidade do solo. E o Recôncavo Sombrio era o caminho.

As cinzas, ela pensou outra vez.

— Willa, chega! — Adelaide gritou, chacoalhando-a pelos ombros para tirá-la do transe em que ela entrara, e foi rasgando freneticamente as plantas que se espalhavam pelo corpo de Willa. — Você está se afundando, Willa! Precisamos tirar você daqui! Me diga para onde podemos ir!

Por fim, Willa se virou e olhou para ela.

— Precisamos ir para o Recôncavo Sombrio, para as cinzas, para a arvorezinha... — Willa disse. — Para o *tempo*.

Adelaide ficou olhando para ela, sem conseguir entender o que ela dizia.

— Precisamos subir a montanha para chegar à velha toca — Willa concluiu.

— Tudo bem, vamos lá. Só me mostre o caminho — Adelaide disse, erguendo Willa do chão.

Ao ficar em pé, Willa tirou do corpo os fios das trepadeiras, vinhas e outras plantas e as afastou com cuidado. Elas não estavam tentando prendê-la, apenas confortá-la e nutri-la, trazendo-a para perto delas.

— Um dia eu vou me unir a vocês, amiguinhas. Mas ainda não é hora — ela falou às plantas.

Com o ombro de Adelaide por baixo do seu braço, ajudando-a a cada passo, Willa começou a subir a Grande Montanha para chegar às cinzas do passado do seu povo.

42

Enquanto atravessavam a floresta, subindo a encosta da Grande Montanha, Adelaide disse:

— As plantas lá embaixo pareciam tão descontroladas, crescendo em volta de você daquele jeito.

— Elas queriam que eu me tornasse uma delas — Willa respondeu.

— Mas você não é uma delas — Adelaide enfatizou. — Você é uma de *nós*. Não se esqueça disso.

Willa sorriu, encantada com a bravura da amiga e com a forma como ela dissera *uma de nós*.

— Estou bem agora — Willa disse.

— Então me fale sobre esse lugar para onde estamos indo — Adelaide pediu, enquanto subiam a encosta da montanha. — O que há lá em cima?

— Em breve, quando o seu pai e os outros homens se recuperarem do acontecido, eles vão voltar a cortar as árvores. E precisamos descobrir um jeito de pará-los.

— Tudo bem, mas como? — Adelaide perguntou.

— Por enquanto, eu e você não temos forças para impedi-los, então parece impossível resolver o problema.

— E o que mudou?

— Eu me lembrei do tempo.

— Não entendi.

— É fácil perder as esperanças e achar que um problema nunca será resolvido, mas eu tive uma ideia. Já deveria ter percebido antes. Tudo está sempre crescendo, mudando e morrendo. As coisas nem sempre foram do jeito que são hoje, e não serão assim no futuro. Eu e você não podemos vencer essa batalha *hoje*, mas talvez possamos vencê-la no futuro, antes que seja tarde demais. Acho que a minha avó entendeu tudo isso. E acho que agora eu entendo também.

— Como assim "vencer no futuro"? O que a sua avó entendeu?

— O fluxo do tempo, do passado ao presente, até chegar ao futuro.

— Mas não podemos ir para o futuro — Adelaide disse.

— Não, mas podemos tirar proveito dele.

— Mas por que estamos subindo até Clingmans Dome? O que há lá em cima?

— É lá que ficam o Recôncavo Sombrio, minha antiga toca e a arvorezinha — Willa respondeu. — São as minhas conexões com o passado.

Ao subirem a encosta da montanha, uma névoa branca flutuava, cobrindo a pele das garotas com gotículas geladas de umidade, e um teto de nuvens cinzentas pairava sobre o topo das árvores.

Poucas horas depois, com cuidado, Willa abriu caminho pelas partes mais profundas do Recôncavo Sombrio e, por fim, chegou ao local onde ficava sua antiga toca. Desde a última vez que estivera ali, o mofo lodoso e escorregadio e os estranhos abcessos escuros do Recôncavo Sombrio haviam engolido muito daquilo que um dia já fora a casa do seu povo.

Ela e Adelaide caminharam pela pedra chamuscada, em meio a cinzas e desolação, até alcançarem uma árvore gigante que crescia sozinha no centro das ruínas. A árvore era tão alta que chegava a atravessar as nuvens mais baixas, e um halo dourado de luz do sol penetrava e descia pelo topo de seus galhos de abundantes folhas verdes.

— Achei que você tinha dito que era uma *arvorezinha* — Adelaide comentou, olhando para cima, admirada. — Ela é enorme!

— Era um pouco menor quando eu era criança — Willa disse, sorrindo, feliz pelo entusiasmo da amiga.

— Então é daqui que você veio... — Adelaide disse, olhando em volta para as pedras queimadas e escurecidas e para as pilhas de cinzas.

— Toda esta área era uma toca com paredes de galhos trançados — Willa explicou enquanto caminhavam. — Havia túneis, quartos e lugares para todos os Faeran viverem.

— E, então, veio o incêndio... — Adelaide concluiu.

— Sim. A toca toda veio abaixo com o fogo e todo mundo teve que ir embora — Willa explicou.

— Sinto muito — Adelaide disse. — Deve ter sido horrível.

Quando a mão de Adelaide tocou com delicadeza o braço de Willa, ela sentiu uma energia fluindo dentro do seu corpo.

Seguindo adiante, Willa disse:

— Aqui ficava o grande salão.

Ela fez um gesto amplo, erguendo e estendendo as mãos, para dar uma ideia da dimensão da coisa.

— Tinha um teto alto, com um buraco enorme no topo com uma abertura para o céu.

Adelaide sorriu, inclinando a cabeça para cima, na direção do sol, que espreitava entre as nuvens.

— Consigo imaginar os passarinhos sobrevoando em círculos.

Willa olhou para ela, surpresa.

— Pois é. Havia *mesmo* passarinhos lá em cima. Venha cá, deixa eu te mostrar mais uma coisa.

Ela conduziu Adelaide através da superfície de uma pedra, descendo e adentrando um túnel cavernoso, grande o suficiente para as duas atravessarem. As paredes de pedra haviam sido alisadas pelo fluxo de um antigo rio.

— Aonde estamos indo? — A voz de Adelaide tinha traços de incerteza.

— Não se preocupe — Willa disse, guiando-a pela escuridão. O túnel bifurcou uma vez e depois mais uma. Ela se lembrava bem.

Por fim, chegaram a uma parte do túnel em que a luz do sol se infiltrava pela abertura no teto, que fora cavada pela água. E, naquela luz, elas conseguiam enxergar o motivo de Willa ter ido até ali.

A parede era coberta de milhares de impressões de mãos, que acompanhavam a extensão do túnel, como um rio. As primeiras impressões estavam apagadas, quase imperceptíveis, com centenas de anos. Mas um pouco mais adiante, as impressões ficavam cada vez mais nítidas, escuras, ricas em cores: marrom, e azul, e amarelo, e vermelho.

— O que é este lugar? — Adelaide perguntou, olhando, maravilhada, para as marcas das mãos.

— Este é o Rio das Almas — Willa explicou. — Esta parede representa a história do nosso povo. Cada impressão de mãos foi colocada por gêmeos Faeran de muito tempo atrás. Eu quis voltar à velha toca para ver a arvorezinha, mas também para ver isto aqui. Esta é a onda do tempo, que nos lembra que não estamos sozinhos, que o tempo sempre flui e sempre vai fluir. Somos parte de um povo antigo que existe há muitos anos, e as decisões deles são parte daquilo que nos trouxe até aqui. E as *nossas* decisões serão parte do que moldará o futuro dos nossos descendentes. Não existe eu, apenas nós. Através do tempo.

— É incrível... — Adelaide sussurrou, mantendo a voz baixa, como se os fantasmas dos antigos Faeran pudessem se incomodar se ela falasse muito alto. — Foi a sua avó que te ensinou isso tudo?

— Sim — Willa respondeu.

Uma das últimas fadas da floresta e guardiãs das antigas tradições, sua avó acabou ficando cercada de inimigos, que foram impregnados por um modo de pensar que ela sabia que levaria à destruição do seu povo. Agora, Willa percebia que a única esperança da sua avó, no fim, era aquilo que ela ensinara à neta. Sua única esperança, no fim, era o futuro. Willa queria explicar aquilo tudo à Adelaide, mas viu que a amiga estava com o olhar fixo nas impressões de mãos, tentando digerir tanta informação.

— É lindo — Adelaide murmurou. Ela parecia quase mesmerizada com o que estava vendo.

— Venha se sentar comigo — Willa disse com a voz suave, levando-a a um canto na extremidade do Rio das Almas. Willa apontou para as duas últimas marcas, vermelhas e bem pequeninas. — Minha avó me trouxe aqui com a minha irmã gêmea, Alliw, quando tínhamos cinco anos. Ela pediu para a gente mergulhar a mão em uma vasilha de tinta, que ela fazia com frutinhas da floresta, e então apertamos as mãos bem aqui, uma ao lado da outra, esquerda e direita, Willa e Alliw, como milhares de gêmeos fizeram antes de nós.

Tentando manter a respiração firme e forte, Willa colocou a mão esquerda sobre a marca que ela fizera na parede oito anos antes.

Para sua surpresa, Adelaide se inclinou devagar à frente e colocou a mão ao lado da sua. Willa pensou que Adelaide tentava mostrar que estava do lado dela, que era sua amiga e que, embora fosse uma humana e a outra, Faeran, elas eram irmãs de alguma forma.

Suas mãos ficaram posicionadas uma ao lado da outra, com os polegares quase se tocando, como se uma única garota estivesse apertando as duas mãos na parede. Por conta da forma como a luz descia pelos buracos no teto, a mão de Willa ficou sombreada, mas a de Adelaide estava iluminada.

Esquerda e direita, escuro e claro, Faeran e humana, pele verde e pele branca... Tudo deveria ser diferente nas mãos delas. Mas quanto mais Willa olhava, mais encantada ficava com o que estava vendo. Além da cor, suas mãos eram de tamanho e formato idênticos, até mesmo as dobrinhas dos dedos.

O coração de Willa começou a bater forte no peito.

Como era possível? Como as mãos delas podiam ser tão parecidas?

Ela se virou devagar e olhou para Adelaide.

Adelaide a encarou, com os olhos arregalados, tão encantada quanto ela. E, então, Adelaide olhou em volta, para as paredes da caverna e para o longo fluxo do Rio das Almas. Willa viu um sinal de medo no rosto de Adelaide.

— Willa... — Adelaide sussurrou, com a voz trêmula de perplexidade. — Acho que eu já estive aqui antes.

43

— Quando? — Willa perguntou. — Como isso é possível?
— Eu não sei — Adelaide respondeu, olhando para as paredes de pedra pintadas do túnel.
— Me conte sobre a sua família, os seus pais. De onde eles vieram?
— Minha mãe me contou que ela e o meu pai nasceram no vale de Cades — Adelaide contou. — Eles cresceram juntos, estudaram juntos e se casaram. E depois acabaram descobrindo que não podiam ter filhos.
— Mas e você, os seus irmãos? — Willa perguntou.
— Faz sete anos que o meu pai e a minha mãe acolhem crianças órfãs e criam como se fossem filhos deles — Adelaide explicou. — Sei que você acha que o meu pai é um carrasco, mas ele não é, Willa. Ele trabalha muito para dar casa e comida para todos os filhos, sem se importar de onde vieram. Ele é duro, às vezes, mas só porque cuida da gente, se preocupa com a gente.
Willa ouvia a história de Adelaide com atenção.
— E como você chegou à sua família?
— Eu era tão pequena que não me lembro, mas vou contar a história que a minha mãe me contou: certo dia, ela estava trabalhando nos campos de trigo quando ouviu alguém chorando e soluçando. Ela procurou por muito tempo, sem conseguir ver ninguém, mas continuava ouvindo os sons. Ela acabou encontrando uma menininha vagando sozinha, os cabelos com uma cor tão parecida com a do trigo que ela estava quase invisível. A garota

estava suja, exausta e faminta, então a mamãe a levou para casa e começou a cuidar dela. Ela e o marido perguntaram para todo mundo se alguém tinha perdido uma criança, mas ninguém sabia de onde tinha vindo aquela menininha perdida.

— E aquela menina era você — Willa concluiu, tocando os braços de Adelaide.

— Eu fui a primeira criança que a minha mãe e o meu pai acolheram. Mas, depois, eles começaram a adotar outros meninos e meninas que tinham perdido os pais. Eu só tinha cinco ou seis anos quando cheguei, então não me lembro de muita coisa daquela época, só que...

A voz de Adelaide foi minguando.

— Só que o quê? — Willa pressionou.

— Mesmo estando cercada de gente, até mesmo de crianças da minha idade, eu me sentia muito mal, muito sozinha, como se o meu coração estivesse partido em dois. Eu me apeguei à minha mãe e ao meu pai. Já cheguei a pensar: "Quero me encaixar. Quero ficar parecida com eles. Quero que eles me amem...".

— O seu cabelo loiro e os seus olhos azuis... como os da sua mãe... — Willa disse, admirada. — A sua pele branca, o seu jeito de falar... você se fundiu aos humanos!

— Eu *sou* humana — Adelaide disse, olhando para ela, confusa.

— Acho que você não está entendendo — Willa disse.

— Eu *sou* humana, Willa — Adelaide disse de novo, com mais ênfase dessa vez. — É só que eu era sozinha, até...

Adelaide pausou.

— O quê? Até quando? — Willa perguntou.

— Até conhecer você — Adelaide respondeu.

— Vou te contar uma coisa e quero que você ouça com bastante atenção — Willa disse, com a voz trêmula. — Minha mãe e meu pai acreditavam nas tradições dos Faeran, que o líder do nosso clã estava tentando destruir. Eles falavam a língua antiga e ensinavam as tradições aos outros. Quando eu tinha seis anos, os meus pais e a minha irmã foram atacados pelos guardas do padaran e foram mortos. Assim, sobramos apenas eu e a minha avó, como as últimas integrantes da nossa família.

Willa parou de falar e aguardou.

Adelaide estava com o olhar fixo no chão, por isso Willa não conseguia ver o rosto dela e não conseguia perceber o que ela estava sentindo, até enxergar as lágrimas caindo nas suas pernas.

Willa ergueu o queixo de Adelaide e olhou dentro dos olhos dela. Ao se aproximar devagar e tocar os cabelos loiros de Adelaide, eles começaram a escurecer, até ficarem da mesma cor castanha dos de Willa naquele momento. E, ao deslizar suavemente os dedos pelo rosto de Adelaide, a cor da pele, antes branca, agora ia ficando verde. Os olhos de Adelaide mudaram do azul para esmeralda. Seu nariz, suas bochechas, seus lábios... em poucos instantes, era como se Willa estivesse olhando para uma poça d'água e se enxergando ali.

— Eu conheço essa solidão de que você está falando, Adelaide — ela disse baixinho, mal conseguindo pronunciar as palavras. — Pois eu também me sentia assim. Você é a minha irmã. Você é a minha Alliw.

44

Willa se inclinou para frente e envolveu a irmã com os braços, e sua irmã foi envolvendo-a também. As duas aninharam a cabeça no ombro uma da outra e, por um instante, eram uma só, como duas abelhas curvadas no botão de uma flor, mantendo-se aquecidas em uma noite fria de outono.

Elas ficaram daquele jeito, ao lado do Rio das Almas, entrelaçadas uma na outra pelos braços. Para Willa, parecia que ela estivera sozinha em uma jornada longa e difícil e, agora, finalmente voltava para casa, para os braços de alguém que amava.

Quando a luz do sol começou a enfraquecer, Willa disse, baixinho:

— Vamos, precisamos ir embora.

E, ao passarem pelo túnel, Adelaide disse:

— Eu não entendo como fui parar lá.

— Você, o papai e a mamãe tinham ido para a floresta buscar plantas medicinais para a nossa avó, que estava doente. Eu fiquei em casa com ela. Quando os nossos pais estavam voltando para a toca, os guardas do padaran atacaram e os mataram com suas lanças. Disseram que você estava junto e que também estava morta.

— Mas pelo jeito eu não estava.

— Acho que há duas possibilidades — Willa disse — A mais simples é que, quando os guardas atacaram, os nossos pais jogaram você nas samambaias e lhe disseram para correr, se fundir, fugir de algum jeito.

— E quando eu corri, devo ter descido um bom trecho da montanha.

— Você estava fugindo apavorada. Talvez os guardas estivessem atrás de você, não sei, mas chegando no vale de Cades, você deve ter se perdido, assustada, confusa. E deve ter ficado vagando por dias.

— E foi então que a mamãe me achou e começou a cuidar de mim.

— Faz todo o sentido — Willa disse. — Você queria se encaixar. Você se fundiu por tanto tempo que até se esqueceu. Você se tornou a sua fusão. Na sua cabeça, você se tornou uma humana.

Adelaide estava quieta enquanto caminhavam, tentando entender aquilo tudo. Mas então perguntou:

— E qual era a outra possibilidade?

— Naquele momento, o padaran estava matando todos os Faeran que acreditavam nas tradições, ainda mais as fadas da floresta. A nossa avó odiava o padaran, ela acreditava que eu e você éramos a última esperança para o futuro do povo Faeran.

— Mas como isso explica o que aconteceu comigo?

— É possível que, quando os nossos pais foram mortos, você não tenha fugido sozinha. A nossa avó pode ter levado você até o vale de Cades e te entregado para a mulher humana que não podia ter filhos.

— Mas por que ela nos separaria? — Adelaide perguntou, decepcionada. — Isso é tão cruel!

— Pode parecer uma coisa muito errada hoje, mas talvez tenha sido a única escolha que ela teve na época. Entende? Tentamos escolher o melhor caminho, mas a nossa escolha talvez só faça sentido no momento e no lugar em que estamos. Ela pode ter pensado que, nos deixando separadas, uma entre os Faeran e outra entre os humanos, teríamos mais chances de sobreviver e nos tornarmos aquilo que ela queria que nos tornássemos.

— E o que seria isso?

— Somos nós que carregamos as tradições, fomos destinadas a derrotar o padaran e salvar o povo Faeran.

— Se foi isso mesmo que ela fez, foi um plano bem estranho e cruel — Adelaide disse.

— A vovó uma vez me contou que algumas espécies de sapo botam ovos em dois ou três lagos diferentes, para caso um deles seque ou seja invadido por predadores. Eu não entendi na época, mas talvez nós sejamos os girinos desta história. Ela estava nos escondendo do padaran. Ou talvez ela estivesse enxergando além, pensando que, em algum momento, os humanos e os Faeran poderiam se unir. Como uma Faeran criada por humanos, você poderia se tornar uma ponte entre os dois povos.

Adelaide olhou para ela.

— E você, como uma Faeran criada como uma fada da floresta, se tornaria a guardiã das tradições. De um jeito ou de outro, ela queria que a nossa família sobrevivesse.

Willa assentiu.

— Talvez não seja uma coisa ou outra. Talvez sejam as duas juntas, funcionando em conjunto.

— Passado, presente e futuro — Adelaide disse.

— Isso mesmo — Willa concordou. — Sozinha e diante de inimigos poderosos que ela não podia derrotar, ela conseguiu usar o tempo a seu favor.

Ao chegarem à superfície, a lua estava subindo por trás do pico arredondado da Grande Montanha.

Quando Willa parou, Adelaide também parou ao seu lado e as duas ficaram ali, olhando para a lua e as estrelas lá em cima.

De ombro colado com a irmã, Willa sentiu uma nova espécie de poder correndo por seu corpo e sua alma.

— O que vamos fazer agora? — Adelaide perguntou baixinho.

— Vamos ficar juntas — Willa disse. — E vamos achar um jeito de consertar este mundo arruinado.

45

Willa seguiu o caminho ao lado do córrego, com Adelaide indo um pouco à frente.

— Agora, mude de pedra para tronco, fique marrom e enrugada — Willa disse ao passar pelo tronco de uma árvore enorme, que estava crescendo para fora do chão pedregoso.

— Isso, está lindo... muito bem... — Willa incentivava a irmã. — A cobra-verde-das-árvores, a coruja-cinzenta e muitos outros animais da floresta usam camuflagem a seu favor, mas somos mais como os lagartos-a-nolis, que conseguem mudar de cor para se fundir com o que está ao redor.

— É tão estranho ficar mudando... — Adelaide comentou, enquanto se esquivava para atravessar um túnel de louro-da-montanha, fundindo-se com as folhas verdes cerosas.

— É isso mesmo, irmãzinha. Continue praticando, você está melhorando — Willa disse.

Adelaide vinha se fundindo à sociedade humana havia tanto tempo na forma de uma garota de pele branca e cabelos loiros que ela se esquecera das cores da floresta. Mas Willa via que suas habilidades Faeran estavam voltando rápido. Adelaide tinha muitas perguntas e absorvia tudo na hora, Willa a ensinava. Parecia que ela não estava aprendendo, mas *relembrando*.

Ensinar as antigas tradições Faeran para a irmã despertou uma sensação gostosa de prazer no coração de Willa, uma sensação de propósito e satisfação por fazer algo bom e importante. Ela percebeu que estava ensinando à irmã do mesmo jeito que sua avó lhe ensinara, as mesmas lições, palavras e tom de voz. Era como se a corrente do seu povo estivesse fluindo.

Ao caminharem ao lado do córrego, o som gotejante da água enchia seus ouvidos, e a umidade fria que escapava das pequenas ondas tocava seu rosto.

— Agora, para do lado da pedra com musgo, tranquiliza o seu coração e desapareça. — Willa observava Adelaide assumir uma cor verde-acinzentada. — Você precisa conhecer a palavra *ulna* — Willa disse. — É a palavra em Faeran que quer dizer *árvore*, e a frase *dunum far*, que significa *meus amigos*.

— *Dunum far* — Adelaide repetiu.

— Quando você for falar com as plantas e os animais da floresta, precisa ir até eles como amiga, com amor, gentileza e, acima de tudo, com respeito. Elas são parte de você e você é parte delas.

Elas passaram por cima de pequenos riachos que corriam sob seus pés e marchando pela parte de cima de cachoeiras que caíam espirrando água nas pedras lá embaixo. O mundo em vários tons de verde da floresta era vivo, com seus líquens, samambaias e fluxos d'água.

— Agora, ajoelhe-se aqui — Willa disse, mostrando para Adelaide um punhado de florezinhas brancas perto do córrego. — Coloque a sua mão em concha em volta da planta e use as palavras em Faeran para pedir que ela erga as folhas.

Ela e Adelaide praticaram sem parar, até a irmã conseguir erguer uma folha e dobrar um galho, até que as velhas amigas árvores voltassem a reconhecer a voz de Alliw.

Durante todo o dia, por longas horas, elas caminharam e treinaram. Quanto mais palavras Willa ensinava à Adelaide, mais rápido ela parecia aprender, assim como uma colônia de musgo cresce devagar no começo, mas depois se espalha depressa à medida que pequenas plantinhas vão se aproximando. Willa sabia que a irmã não ouvia aquelas palavras havia muito tempo, mas foram todas voltando rápido e ela as pronunciava direitinho.

No final da tarde, quando Willa viu que Adelaide estava ficando cansada, ela a convidou para subir na arvorezinha para descansar.

Adelaide, acostumada com o tamanho e a maciez das camas dos humanos, agarrou-se, hesitante, aos galhos.

— Peça para eles nos ajudarem — Willa falou.

Adelaide apoiou as mãos abertas no tronco da árvore e usou as palavras Faeran que Willa lhe havia ensinado para se concentrar. Quando os galhos começaram a se juntar em volta delas, as duas irmãs se aninharam juntas, como um par de esquilos em um ninho de folhas macio e aconchegante.

— Que gostoso... — Adelaide suspirou.

— *Ella desophin* — Willa repetiu baixinho as palavras na língua Faeran, que foram a última lição de Adelaide antes de caírem num sono doce e acolhedor.

Willa passou muito tempo sozinha, muitos dias e noites sem a irmã, mas, naquela tarde, aconchegada em uma árvore, ela pegou no sono rápido e profundamente, sonhando com uma canção da floresta.

Quando acordou, os olhos da irmã estavam abertos e olhando para ela. Willa se sentiu renovada como nunca havia se sentido, como se o poder da irmã agora estivesse dentro dela, e seu próprio poder estivesse dentro da irmã.

A noite estava caindo e a lua cheia surgia a leste no céu, pintando de prateado as ruínas da velha toca. O ar estava calmo e silencioso. Ao descerem da árvore, Willa voltou a pensar no que fizera, em como havia destruído os fantasmas que atacavam os humanos.

Ela conduziu Adelaide na direção do brilho iridescente no final das ruínas, onde elas se encontravam com as árvores pretas e reluzentes do Recôncavo Sombrio.

— Aonde você está me levando? — Adelaide perguntou com a voz trêmula de medo.

— Quero te mostrar uma coisa — Willa disse, puxando-a pela mão.

Quando chegaram à extremidade, viram algo parecido com uma luz suave e radiante.

— O que é isso? — Adelaide sussurrou.

Willa deu alguns passos para frente para que aquilo que estavam vendo ficasse mais nítido. Árvores escuras e tortas estavam adiante, com galhos torcidos e interligadas entre si. O chão do recôncavo estava recoberto por uma malha de raízes de árvore. E, do outro lado, milhares de pontinhos pulsavam uma luz.

— Isso é magia? — Adelaide perguntou.

— São pirilampos. São larvas de insetos que ficam aninhadas no solo.

— Estão crescendo... — Adelaide disse, maravilhada.

E era verdade. A luz se espalhava lentamente pelo chão, vindo na direção delas. E Willa conseguia ver que as raízes das árvores também estavam se movendo, deslizando devagar para frente. As raízes do Recôncavo Sombrio estavam engolindo as ruínas pelas extremidades.

O coração de Willa começou a bater mais forte.

— Agora a terra está se mexendo — Adelaide comentou, com a voz tensa e insegura.

— Não tenha medo — Willa disse, baixinho. — Eles não vão nos machucar.

Ao olhar para a base das árvores, Willa começou a entender algo; algo que ela de certa forma sempre soubera, mas não entendera muito bem até aquele momento.

— As raízes... — ela disse outra vez, falando sozinha, assim que a ideia lhe veio à mente.

Ela vira a base cortada do grande pinheiro que ficava do lado do rio e sentira a água fluir pelas raízes do tulipeiro. Mas, até aquele momento de sua vida, ela não tinha dado o devido valor às raízes, pois se concentrava mais naquilo que estava diante dos seus olhos: o tronco, os galhos e as folhas das árvores. Agora, ela percebia que as raízes debaixo da terra eram grandes e poderosas e tinham sua própria beleza, assim como a parte visível da árvore. As raízes eram o que mantinham as árvores em pé e o que sugava a força do solo. Mas o solo não era apenas a terra. As camadas de solo debaixo dos pés tinham se formado ao longo dos tempos. Eram os vestígios desfeitos de vidas e mortes, de escolhas e destinos, de milhares de criaturas vivas que vieram antes. E naquele solo estavam todos os nutrientes necessários para que as árvores pudessem crescer.

Ao olhar bem dentro das árvores, Willa começou a se dar conta de verdade de que o Recôncavo Sombrio era uma erupção radiante e resplandecente do passado.

Ela se virou e passou os olhos por todas as ruínas abandonadas e tocadas pela luz da lua, até avistar a arvorezinha do alto da sua magnificência lá longe.

— Acho que chegou a hora — Willa disse.

— Hora de ir embora? — Adelaide logo perguntou. — Acho que você tem razão.

— Não.

— Você está tremendo, Willa... — Adelaide comentou. — Qual é o problema? Você está me assustando.

— Não há problema — ela disse. — Agora eu entendo. Pela primeira vez na vida, sinto que todos os córregos do mundo estão se encontrando e o rio está fluindo mais forte. Posso sentir o poder e a força que ele tem. As árvores, os animais, os rios, o meu pai, o povo Faeran. Está tudo ligado. Você entende? Você também sente, Adelaide?

— Do que você está falando, Willa? Você disse que o clã Faeran não vai sobreviver a mais um inverno.

— Não vai mesmo — Willa disse. — A não ser que a gente faça alguma coisa.

— Mas o quê?

— As palavras em Faeran que eu estou te ensinando não são só palavras. São as letras de uma antiga canção. Eu e você não somos só irmãs. Somos *fadas da floresta*.

Willa parou, e então disse:

— Acho que chegou a hora de testarmos os nossos poderes.

46

Willa passou sob a luz do luar até chegar ao centro das ruínas e colocou as mãos no tronco da arvorezinha.

— Vou precisar da sua ajuda, amiguinha — ela disse na língua antiga.

Ela e Adelaide, então, dirigiram-se à extremidade das ruínas, onde a rocha queimada e o pó das cinzas se encontravam com as árvores vivas e outras plantas da floresta.

— Gostaríamos muito da sua ajuda — ela disse a um pequeno pinheiro, tocando-o com carinho. — Você pode nos emprestar um ou dois ramos? — ela pediu a uma moita de louro-da-montanha. — Vamos precisar mesmo de você — ela falou a uma grande e velha árvore de bordo.

Enquanto caminhava, conversando e tocando nas plantas, ela mostrava a Adelaide como repetir o gesto.

Pouco depois, Adelaide caminhava entre as samambaias, sussurrando palavras em Faeran, tocando a copa das árvores com a palma da mão, do mesmo jeito que fazia com o trigo no campo.

As duas passaram a noite trabalhando, até que o leve brilho azulado do nascer do sol começasse a despontar no céu por cima da montanha. Depois de ter contornado todo o entorno das ruínas, comunicando-se com as plantas da floresta, elas voltaram à extremidade do Recôncavo Sombrio.

Willa se ajoelhou na base de uma velha árvore escura do Recôncavo Antigo.

— Venha comigo — ela disse à Adelaide.

— O que você está fazendo? — Adelaide perguntou com a voz estremecida.

— Não tenha medo — Willa disse. — Já usei muitas vezes as folhas e os galhos das árvores para me envolver, me segurar ou me apoiar para cruzar um córrego. Mas agora vamos usar as raízes, o passado. Debaixo da terra, as raízes desta árvore estão tocando o solo, os fungos e as plantas em volta. E essas, por sua vez, estão tocando outras plantas ao redor. Elas estão conversando em uma língua tão silenciosa, tão calma e tão antiga que apenas fadas da floresta como eu e você conseguimos entender.

— Mostre o que eu tenho que fazer — Adelaide disse, concordando.

— Abra as mãos e coloque-as sobre as raízes, assim. Esvazie a mente, pense só neste momento, nesta árvore, neste lugar e na luz que ele emana.

Escutando cada palavra com atenção, Adelaide assentiu devagar.

Enquanto o sol se erguia no céu e lançava sua luz dourada sobre toda a extensão das ruínas e sobre a floresta ao redor, Willa começou a cantar, deixando o sentimento e as palavras fluírem através dela. Lembrando-se de quando cantava aquela antiga canção do florescer com a avó tanto tempo atrás, as raízes das árvores começaram a pulsar debaixo de suas mãos. As folhas, e as trepadeiras, e os musgos do chão da floresta foram se espalhando pelo solo pedregoso das ruínas.

Adelaide começou a cantar junto, com a voz baixa e hesitante no começo, como a copa de uma samambaia jovem se abrindo pela primeira vez. Cada vez mais plantas em volta começaram a crescer e a se espalhar pela área aberta das ruínas, com suas gavinhas folhosas se alastrando pelo chão.

— Está dando certo... — Adelaide sussurrou, admirada.

Enquanto cantavam, Willa mergulhou no fluxo vivo das trepadeiras e das outras plantas, todas se conectando sob o solo, da hera ao louro, do louro às samambaias. Mudas, e árvores, e brotos, e rebentos. Gramíneas, e samambaias, e musgos...

— Agora com as árvores — Willa sussurrou à Adelaide. — Continue cantando...

Ainda agarrada às raízes da árvore do Recôncavo Sombrio, Willa seguiu cantando. Ela se sentiu penetrando no solo, chocando-se com a terra lá embaixo, cada vez mais fundo. A garota tocou a raiz de outras árvores, das amêndoas, pinheiros e castanheiras, as sâmaras aladas das árvores de bordo, os carrapichos espinhosos e as longas vagens de sementes. Novas raízes começaram a crescer, uma passando à outra, e mudas foram despontando através do solo.

— Willa... — Adelaide sussurrou, sem fôlego, ao ver árvores verdejantes e cheias de vida rebentarem no ar, recém-brotadas e livres, espalhando suas folhas para serem embebidas pelo sol.

— Continue cantando... — Willa disse baixinho.

Uma porção de árvores e outras plantas estavam crescendo em um lugar antes estéril, tirando energia da luz do sol e dos nutrientes das cinzas. E foi, então, que Willa viu algo que a deixou quase sem fôlego.

— O que foi? — Adelaide perguntou quando viu a expressão em seu rosto.

Willa não sabia como era possível, mas ao ver as árvores crescendo diante dos seus olhos, ela as reconheceu.

— Eu *conheço* estas árvores — ela murmurou à Adelaide.

Enquanto as duas continuavam a cantar a canção do florescer e as árvores recém-nascidas se erguiam ao céu, a mente de Willa viajou para muitos anos atrás, quando sua avó lhe contara a história da vida e da morte dos Faeran. Se um membro do clã Faeran vivesse uma vida longa e fértil, fosse muito amado e, então, morresse, seu corpo se desintegrava no solo da floresta e ali ficava a sua *alma-semente*, às vezes por um ano, uma década ou até mesmo um século. E então, um dia, a partir daquela alma-semente, poderia nascer uma nova árvore, que brilharia com a alma daquele Faeran tão querido.

Cantando, Willa viu que eram as almas-sementes dos seus entes queridos que estavam crescendo em volta: sua mãe, seu pai, seus avós e o restante do clã Faeran há muito perdido. Agora eles eram a floresta. E estavam todos se unindo, trazendo as próprias vozes para cantar com Willa e sua irmã.

Quando ouviu a voz da sua avó cantando com ela, Willa começou a soluçar. Todos os seus entes queridos do passado estavam ali.

Ao seu lado, Adelaide também estava chorando, fungando e enxugando o nariz, pois ela também reconhecera que estava, enfim, reencontrando-se com sua mãe e seu pai Faeran depois de tanto tempo.

Willa segurou a mão da irmã e elas ficaram em pé. As duas começaram a girar devagar entre as árvores enquanto cantavam, de mãos dadas, dançando em meio à floresta da sua família. Willa se ajoelhou na base da árvore nascida da alma-semente da sua avó e pediu que Adelaide a acompanhasse.

— Agora, precisamos começar a tecer — Willa disse, pressionando a mão nas raízes. — Continue cantando, como estamos fazendo, e eu vou te ensinar.

Enquanto Adelaide cantava a melodia principal, Willa começou a cantar em harmonia com ela, urdindo sua voz com a da irmã. As folhas e os galhos das plantas que cresciam começaram a se entrelaçar, chegando cada vez mais alto.

Com a voz e a mente, e com o amor da irmã fluindo pelo peito, Willa deu forma a uma nova toca, construindo salões e antros, muitos deles com aberturas para que a luz do sol penetrasse e nutrisse tanto as plantas quanto os moradores.

Com as vozes em harmonia, as gêmeas faziam circular as notas umas dentro das outras, criando um grande salão com paredes altas de plantas, flores e trepadeiras urdidas juntas, e aberturas para o céu lá em cima. No topo das árvores novas, sobrevoavam em círculos, mariquitas, juruviaras e outros pássaros, preciosidades verdes e douradas que brilhavam à luz do sol. E no centro da Catedral de Pássaros, a árvore brotada da alma-semente da sua avó se elevava, com o tronco funcionando como uma coluna viva e os galhos de cima se abrindo pelo teto, tão espalhados que pareciam tocar tudo em volta.

O lugar que Willa conhecera como Recôncavo Sombrio não existia mais, agora tinha sido tomado e transformado na nova toca viva, uma toca que cresceu radiante e verdejante a partir do solo e das cinzas do passado.

Ao olhar para fora, Willa viu que as árvores em volta da toca forneceriam castanhas e frutas para os Faeran. As plantas no chão e nos córregos logo dariam mudas e folhas, nutrientes e remédios: o sol e a terra se uniam para nutrir seu povo.

Por fim, quando Willa olhou para cima e viu a toca pronta em volta, lágrimas de orgulho e alegria encheram seus olhos. Ela colocou a mão no tronco da árvore central e disse:

— Como você me ensinou, vovozinha.

— Ficou maravilhoso, Willa! — Adelaide exclamou, animada, vagando pelo grande salão e contemplando de queixo caído toda aquela beleza verde e brilhante.

— A gente conseguiu — Willa disse, deslumbrada, enxugando as lágrimas dos olhos.

— Agora a gente só precisa arranjar um nome para ela! — Adelaide disse.

Que nome deveria ter aquele lugar, Willa se perguntou, aquele refúgio encoberto na floresta? Um nome que combinasse o passado e o futuro.

— Que tal alguma coisa como... Recôncavo Verde? — Willa disse, hesitante.

Adelaide sorriu e assentiu.

— É perfeito, adorei! — Ela abriu os braços e rodopiou. — Bem-vinda ao Recôncavo Verde!

Parada no centro da Catedral dos Pássaros, com plantas exuberantes ao seu redor, raios de luz do sol dourada penetrando e pássaros revoando no alto, Willa olhou pela abertura da parede e viu o topo da Grande Montanha.

— Você fez a sua parte e nós fizemos a nossa — ela disse à Montanha.

— *Não existe eu, apenas nós.*

47

Descendo a encosta da montanha junto com Adelaide, Willa sentia a vibração e a beleza do Recôncavo Verde ainda latejando em seu corpo. Ela e a irmã haviam cultivado a toca mais linda que ela já vira, o tipo de toca sobre a qual sua avó lhe contara anos antes.

Mas, enquanto desciam, uma sensação de enjoo começou a lhe queimar o estômago. Ela sabia que, junto com Adelaide, precisaria encontrar Gillen e os outros Faeran, mas a cada passo que davam, o pavor só aumentava.

Willa desconfiava que a história de uma nova toca mágica no alto das montanhas não os comoveria. Agora eles eram criaturas que viviam abaixo das pedras, que se contorciam só de ouvir falar na luz do sol.

A única coisa que a fazia seguir em frente eram as lembranças das histórias que sua avó lhe contara durante toda a sua vida, histórias do passado dos Faeran, um povo bom, gentil e conectado com o mundo ao redor.

Nós somos as vozes das árvores, Willa, e as palavras dos lobos, sua avó lhe dissera certa vez. *Somos a alma viva da floresta.*

Era esse o povo Faeran em que ela gostaria de acreditar, não nas criaturas famintas e desesperadas em que tinham se transformado, mas naquelas que poderiam ser.

— Estamos perto — Willa disse à Adelaide ao passarem pela ravina, onde ela havia visto o clã Faeran pela última vez.

— Lá estão eles — Adelaide sussurrou, apontando na direção de umas figuras escuras agrupadas nas sombras, debaixo de uma pedra suspensa.

Quando seus olhos se ajustaram à escuridão, Willa ficou aliviada ao ver que eram Sacram e Marcas. E se alegrou ao ver que a doença do fungo do carvalho, que atingia os rostos e os braços deles, estava diminuindo. A pele de Sacram já não estava mais pegajosa e cinzenta, mas verde-azulada como a de Willa, e havia manchas saudáveis em todo o seu rosto e pescoço. Seu irmão Marcas sempre fora forte, mas os músculos do seu braço agora pareciam mais definidos do que nunca.

Willa achou que a irmã nem tinha percebido o que estava acontecendo, mas ao olhar os dois garotos Faeran, a pele de Adelaide começou a mudar de cor e a assumir o mesmo verde-azulado com cinza dos garotos.

Quando ouviu alguém se movendo através da vegetação rasteira, atrás dela e de Adelaide, Willa se virou. Gillen vinha em disparada em sua direção. Willa recuou e ergueu a mão para afastá-la.

— Sei que você não me quer por aqui, Gillen, mas eu tenho novidades...

— Eles estão sarando! — Gillen a interrompeu. — Sacram, Marcas e os outros. O fungo do carvalho está desaparecendo! Olha só os meus braços! — Gillen mostrou à Willa sua pele descoberta, sem sinal algum da doença.

Willa respirou fundo, aliviada por ver sua velha amiga de bom humor.

— Há algo que eu preciso te contar — Gillen disse. — Temos visto um humano perambulando pela floresta, procurando alguma coisa.

— Um humano? Que humano? — Willa perguntou, com o coração batendo mais forte. — O McClaren, talvez? Como ele era?

— Era uma garota — Gillen respondeu. — Jovem, alta, com um andar bem decidido e cabelo preto e comprido. Ela carregava uma tocha, parecia conhecer os caminhos, como se já tivesse estado na montanha antes, e estava procurando.

— Cabelo preto e comprido... ela era Cherokee? — Willa perguntou.

— Não tenho certeza, mas achei que você deveria saber. Se os humanos estão subindo até aqui, precisamos tomar cuidado.

Gillen tinha razão. Era raro que os humanos chegassem tão longe. Mas Willa teve a impressão de saber exatamente quem era, e seu coração se alegrou só de pensar.

— Você disse que tinha novidades — Gillen disse.

Willa parou um instante. Havia tanta coisa para contar que ela não sabia nem por onde começar.

Mas tinha algo que a garota precisava fazer antes de mais nada.

— Vim aqui apresentar uma pessoa para você — Willa disse. Ao erguer a mão e se virar para o lado, Adelaide apareceu, saindo da floresta, uma transformação perfeita de folhas em uma Faeran visível e de pele verde.

— Quem é essa? — Gillen perguntou, dando um passo para trás, surpresa, encarando Adelaide de cima a baixo.

— Esta é Alliw — Willa respondeu, sorrindo.

Gillen deixou escapar um suspiro ruidoso pelo nariz.

— Você está me dizendo que essa é a sua irmã? Essa é Alliw?

— Isso mesmo — Willa disse, mantendo a voz calma e firme.

— Eu me lembro muito bem da noite em que nos contaram que Alliw e os seus pais tinham morrido. Todo mundo na toca só falava disso — Gillen disse.

— Alliw fugiu dos guardas do padaran e tem vivido escondida desde aquela época.

— Sozinha? Como é possível? — Gillen perguntou, sua voz enlaçada pela descrença. Ela olhou séria para Adelaide, medindo-a de cima a baixo, mas não disse uma palavra.

— Você é a Alliw mesmo? — Sacram perguntou, indo na direção dela. — Você é a irmã da Willa?

— Sou, sim — Adelaide respondeu. — Eu nasci na mesma toca que vocês e todos os outros.

— Eu me lembro de você — Sacram disse, balançando a cabeça. — A gente brincava juntos, com o Marcas e a Willa, nós quatro!

— Mas o que aconteceu com você? Por que você não voltou para o clã? — Marcas perguntou.

A ideia de um Faeran viver sozinho, separado do clã, era incompreensível para eles.

— Eu era tão pequena que não me lembro, mas acho que corri de medo quando os guardas do padaran mataram os meus pais — Adelaide falou baixinho para Marcas. Ela também olhou para Sacram e Gillen. — Tive que me misturar ao mundo para me esconder, para sobreviver.

Gillen a encarou.

— Você rompeu *de propósito* os laços de gêmea com a sua irmã? Isso não é possível.

— Não foi *de propósito* — Adelaide retrucou. — Eu fui *separada* da minha irmã. Eu tinha seis anos. Nada que eu fiz foi *de propósito*.

— Mas me diga como... — Gillen começou.

— Chega — Willa disse, enérgica, colocando-se entre elas. — Gillen, esta é a minha irmã, Alliw. Assunto encerrado.

— Eu não quero fazer mal para ninguém, Gillen — Adelaide disse, gentil.

Gillen ergueu os olhos e olhou para Adelaide, mas, desta vez, mantendo o olhar.

— Nunca ouvi falar de uma coisa dessas, dois gêmeos separados. Não consigo nem imaginar a minha vida sem a Nellig.

— Sei que isso tudo deve parecer muito estranho — Willa disse, olhando para Gillen, para os garotos e para todos os outros Faeran que agora estavam se aproximando. — Mas eu não quero brigar. Tenho novidades que são muito mais importantes do que qualquer um de nós aqui.

— Do que você está falando? — Marcas perguntou, dando um passo para frente. — O que aconteceu?

— Eu e Alliw construímos uma nova toca para o nosso povo — Willa disse.

Ninguém falou nada por longos segundos. As palavras que ela acabara de dizer soavam tão impossíveis que eles deviam até ter pensado que entenderam errado.

Por fim, depois da longa pausa, Gillen disse:

— O que você falou?

— Eu e Alliw construímos uma nova toca para o nosso povo — Willa repetiu cada palavra para que não houvesse nenhum mal-entendido.

— Por que você diria uma coisa dessas pra gente? — Gillen perguntou, com a aspereza na voz de alguém que acabara de ser ofendido com um insulto especialmente doloroso.

— Estou dizendo a verdade — Willa disse. — Construímos uma toca nova.

— Por que você voltou aqui? — Gillen perguntou.

— Escuta, o que eu estou dizendo é verdade, Gillen. Cabe todo mundo lá, todos vão ficar aquecidos e protegidos, e a floresta em volta vai garantir a comida para o inverno.

— Como é possível? — Gillen perguntou.

— Como eu falei: Alliw é a minha irmã — Willa respondeu.

— Isso significa que ela é uma fada da floresta, como a Willa! — alguém gritou na multidão. Dezenas de rostos Faeran agora olhavam para elas.

— Isso mesmo. Ela é uma fada da floresta como eu, como a minha mãe e a minha avó, e suas mães e avós que vieram antes. Usamos a canção do florescer para tecer uma nova toca com plantas vivas, como faziam as fadas da floresta do passado. Sei que foi assim que a nossa antiga toca foi construída, muitos anos atrás.

— Eu não sei de nada disso, só conheço o aqui e o agora — Gillen provocou.

— Então ouça — Willa disse, dando um passo à frente e olhando para todos que estavam em volta. — Chamamos a toca de Recôncavo Verde. E lá tem tudo de que vocês precisam.

— Se é verdade, então onde fica esse lugar? — perguntou um dos Faeran que estava à frente da multidão.

— A gente cultivou as plantas usando as cinzas da antiga toca — Alliw respondeu.

Aquela informação pareceu assustar os Faeran.

— Então é um lugar amaldiçoado — Marcas disse.

— *Não* é amaldiçoado, Marcas — Willa disse. — A antiga toca é o lugar onde todos aqui nasceram e é lá que vamos *crescer*. O Recôncavo Verde é de vocês, todo de vocês, para vocês o transformarem no que quiserem.

Willa deu um passo e se aproximou de Gillen para que elas pudessem conversar em particular.

— O clã não vai me seguir, mas vai te seguir. Você é a líder deles, Gillen. Leve-os até o Recôncavo Verde. Quando chegarem lá, e você ganhar a confiança deles, vão começar a te escutar. Por favor. Vá na direção da luz, não da escuridão.

Enquanto Willa conversava com Gillen, Sacram foi falar com Adelaide.

— Você já viu essa nova toca de que Willa está falando? Você viu com os seus próprios olhos?

Adelaide sorriu e fez um gesto, confirmando.

— Eu não só vi, também ajudei a cultivá-la. Juro pelas nossas lembranças de quando éramos crianças. O Recôncavo Verde existe, e é do jeitinho que Willa descreveu. É uma toca linda, com paredes de trepadeiras vivas, flores e pássaros voando no céu.

— Você conseguiu cantar a canção do florescer? — Gillen perguntou para Willa num sussurro.

— Como a minha mãe e a minha avó me ensinaram.

— Mas digamos que eu acredite em você, como vou convencer os outros? — Gillen disse, com a voz trêmula.

— Eu acredito nelas — Sacram declarou, assentindo. — Acredito em tudo o que elas estão dizendo.

— Eu também — Marcas disse.

— Mas os mais velhos não vão acreditar — Gillen sussurrou para Willa. — Eles não vão querer ir. E, para alguns, a jornada até lá vai ser bem difícil.

— Você precisa tomar a frente, Gillen. Eles vão te seguir — Willa disse.

— E você acha que a nova toca vai nos proteger durante o inverno? — Gillen perguntou.

— Eu tenho *certeza* de que vai — Willa disse.

— Eu também tenho certeza — Adelaide concordou.

Gillen olhou para Adelaide, depois para Sacram e Marcas e, por fim, voltou a encarar Willa.

— Tudo bem — ela disse, por fim. — Vou dar um jeito de levar o nosso povo até lá e vamos recomeçar.

Willa a abraçou antes que ela pudesse se afastar. Gillen manteve os braços rígidos ao lado do corpo no começo, mas sua resistência foi diminuindo aos poucos e ela acabou retribuindo o abraço. Era como se, naquele momento, ela estivesse finalmente começando a acreditar no que Willa estava lhe contando. Aquilo mudaria tudo.

— Não tenha medo, Gillen — Willa disse, ainda a abraçando. — Dê esperança ao nosso povo. Mostre o caminho para uma vida nova. Você é a única que pode fazer isso.

— E você? — Gillen perguntou, afastando-se e olhando para ela. — Você não vem com a gente?

— Bem que eu queria — Willa respondeu. — Mas ainda tenho muito a fazer.

— **V**ocê acha mesmo que era ela? — Adelaide perguntou, animada, enquanto elas caminhavam pela floresta na manhã seguinte.

— Não sei — Willa disse. — Mas ela sabia aonde eu estava indo, então é possível que ela esteja por aqui, me procurando.

As duas estavam em busca de rastros humanos, mas apesar do que Gillen lhes dissera sobre ter visto uma garota humana, Willa e Adelaide não encontraram ninguém, tampouco algum sinal de que alguém pudesse ter passado por aquela área.

Enquanto o sol subia devagar por trás do topo da Grande Montanha, Willa mostrou a Adelaide como colher frutas, brotos e outros alimentos. Quando já estavam satisfeitas, descansaram um pouco, aninhadas no tronco oco de uma velha árvore. Willa não percebeu como estava cansada até sentir o calor do ombro de Adelaide debaixo da sua bochecha.

Algumas horas depois, ao acordar, elas seguiram o caminho entrecortando a floresta. Ao atravessarem com certo esforço um bosque escuro de tulipeiros enormes, Willa viu algo um pouco adiante.

— O que é aquilo? — Adelaide perguntou, enquanto Willa ia rápido naquela direção.

A garota se ajoelhou ao lado de uma planta pequena e ficou analisando.

— Olhe bem para isso, Adelaide. Você está vendo? Essa samambaia foi curvada por algo que passou por aqui.

Marcando o local na mente, Willa se levantou e percorreu toda a área com os olhos, mirando todas as direções. Deu uns dez passos para um lado, depois refez os passos e caminhou para o outro lado, norte e sul, leste e oeste. E, então, ela encontrou algo que parecia uma leve depressão no musgo.

Contornando a marca com os dedos, Willa disse:

— Isto aqui deve ser a marca de um pé.

Traçando uma linha imaginária que ia da samambaia curvada até o buraco do musgo, Willa limitou a busca para duas direções. Tentou para um lado e, não encontrando nada, refez os passos e tentou o outro.

Uma leve marca descolorida em uma árvore lhe chamou a atenção.

— Olha aqui — ela disse, mostrando à Adelaide o local onde uma lasquinha de casca, menor do que uma unha, havia caído no chão da floresta. — Mãos podem ter tocado aqui…

Um pouco mais adiante, Willa chegou a dois grandes arbustos de magnólia.

— Acho que alguém passou entre eles hoje de manhã…

— Como você sabe? — Adelaide perguntou.

Willa apontou para vários fios finos e prateados de uma teia de aranha com uma ponta ligada à magnólia e a outra balançando ao vento. Eram tão fininhas que ficava até difícil enxergá-las.

— Você consegue ver?

— Consigo — Adelaide disse, estudando o fio. — Mas o que isso quer dizer?

— Eles eram os longos filamentos de uma teia de aranha que se estendia de um lado ao outro do caminho. Agora, olhe bem para os fios do outro lado do arbusto. Eles estão balançando com o vento, a própria teia já era. As aranhas costumam tecer suas teias à noite, em geral, antes do nascer do sol, por isso, acho que alguém deve ter passado por aqui nas últimas horas. Se a teia estivesse caída perto do chão, poderia ser um animal, mas está aqui em cima, então acho que foi um humano. Nenhum outro animal caminha tão alto quanto os humanos.

Uma samambaia curvada, uma lasca em uma árvore, um fio de uma teia rasgada… elas foram seguindo as pistas pela floresta.

Quando Adelaide encontrou um galho quebrado mais ou menos na altura de um joelho humano, Willa sorriu e a encorajou com um gesto.

— Que belo achado. Agora, trace o percurso até o próximo.

E, um pouco adiante, é claro que Adelaide ficou radiante ao descobrir o contorno inconfundível de um pé calçado na terra úmida. Não era só o musgo afundado ou um graveto quebrado, mas uma pegada de verdade.

Trabalhando juntas, vasculhando o chão e a vegetação próxima com os olhos, elas seguiram os sinais por um bosque de carvalhos, pinheiros e nogueiras até que Adelaide parou e sussurrou:

— Willa, olhe...

Willa ergueu a cabeça e viu o perfil alto e esguio de uma garota humana a distância, parada de pé em cima da protuberância de uma pedra. Ela estava segurando um rifle comprido na mão direita e carregando uma bolsa de couro no ombro, enquanto corria os olhos pela cobertura verde e ondulante das montanhas arborizadas.

— É ela! — Willa exclamou, com o corpo sendo inundado de felicidade. — É a Hialeah!

— Vá lá falar com ela primeiro, eu vou depois — Adelaide disse.

— Tudo bem — Willa disse, assentindo. — Aguenta aqui um pouquinho até eu conseguir contar para ela sobre você.

Willa sorriu ao ver Adelaide se fundir à vegetação e desaparecer.

— Estou me saindo bem, não estou? — Adelaide falou, nitidamente satisfeita com as próprias habilidades Faeran.

— Parece que eu sou uma boa professora — Willa disse, ainda sorrindo.

— Ou eu sou uma boa aluna! — Adelaide exclamou, rindo. — Agora vá, antes que ela suma!

No mesmo instante em que Adelaide disse aquelas palavras, Hialeah saiu de vista e se embrenhou na floresta.

Willa correu atrás dela, animada por finalmente reencontrar a irmã.

— Hialeah... — ela chamou, sem fôlego, ao chegar atrás dela.

Mas assim que Hialeah se virou, Willa sabia, pela expressão do seu rosto, que algo terrível havia acontecido.

49

Hialeah correu para abraçá-la.

— Ah, Willa... — ela disse, com a voz cheia de tristeza e alívio ao mesmo tempo. Willa nunca vira a irmã tão chateada. Sua voz estava tensa, o corpo tremia.

Enquanto a abraçava, Willa sentiu a dor e as dificuldades que a irmã havia enfrentado desde a última vez que tinham se visto.

— O que foi, qual é o problema? — Willa perguntou. — Onde está o papai?

— Estou tentando ajudá-lo, Willa... — Hialeah disse, com a voz embargada. — Ele está preso em uma cela em Gatlinburg. Está sendo processado pelo assassinato dos dois madeireiros.

— Mas não...

— Há uma testemunha que jura ter visto o papai matar os dois — Hialeah falou. — Estão planejando executá-lo, Willa. Vão levá-lo à forca!

— Forca... — Willa engasgou. Parecia que seu coração estava afundando numa lama escura e pesada. Como os humanos poderiam tratar um homem bom e digno como o seu pai de forma tão vil e injusta?

Quando Hialeah se soltou do abraço, Willa viu que seu rosto parecia envelhecido e seu cabelo, que costumava ser preto e brilhante, estava opaco e sem vida.

— Eu o visito sempre que posso, levo comida e água para ele — Hialeah disse. — E estou reunindo as outras famílias das montanhas.

— Será que elas podem ajudar? — Willa perguntou, agarrando-se a qualquer esperança que surgisse.

— Tanta coisa aconteceu, Willa.

— Conte tudo — Willa disse, ansiosa para ouvir as novidades.

— Antes de ser preso, o papai estava tentando convencer as outras famílias da montanha a se unir em um movimento de resistência contra a madeireira Sutton — Hialeah contou. — Lembra quando o xerife e os madeireiros foram lá em casa e perguntaram onde ele estava no dia dos assassinatos? O papai disse que estava trabalhando no pomar.

— Mas tinha lama do rio nas botas dele... — Willa disse.

— Isso mesmo — Hialeah disse, confirmando. — Acontece que ele estava se encontrando em segredo com as famílias das montanhas e com os aliados da cidade. Era lá que ele estava quando aconteceram os assassinatos, mas ficou tão perigoso se manifestar contra a madeireira que ele não pôde revelar os nomes das pessoas com quem estava. Os madeireiros e até as autoridades fazem *qualquer coisa* para manter o negócio funcionando. O papai é o opositor mais barulhento, e agora eles conseguiram pegá-lo.

— Vão cortá-lo como cortam as árvores — Willa concluiu, consternada.

Parecia que o mundo estava desmoronando em cima dela.

— E até da cadeia ele está tentando deter os madeireiros — Hialeah disse. — Agora eu sou os olhos e os ouvidos dele, sou a voz e a mensageira. Ele me falou para pegar o trem que vai para Knoxville e Asheville para conversar com alguns aliados que ele tem por lá. Todos estão vindo para cá, Willa, se reunindo em Gatlinburg, protestando pela causa dele... e por ele, contra o que fizeram com ele, mas também contra o desmatamento. As duas causas se tornaram uma só para muita gente.

— Mas e as testemunhas que dizem que viram o papai matar aqueles homens?

— A maioria das pessoas da cidade é a favor do desmatamento, ainda mais os empresários e os homens que trabalham para a madeireira. Há um madeireiro em especial que é a testemunha principal do caso: o nome dele é Luther Higgs.

— Aquele com a cicatriz no rosto que foi lá em casa quando prenderam o papai — Willa disse. — O irmão dele foi um dos homens assassinados.

— Esse Luther sempre odiou o papai. Eles se conhecem desde os tempos de escola, há muitos anos. Agora o Luther jura ter visto o papai matar o irmão dele e o outro madeireiro no campo de Elkmont.

— Ele está mentindo — Willa disse.

— Todos os aliados do papai estão desesperados em busca de alguma prova que mostre que ele é inocente, mas, até agora, tudo o que a polícia tem são os dois homens mortos e a acusação de Luther. Precisamos encontrar os verdadeiros assassinos. Mas parece que quem matou aqueles homens simplesmente evaporou. Eu não consigo parar de pensar que talvez tenha sido o próprio Luther quem os matou e depois inventou toda essa história para se proteger. Eu não confio naquele homenzinho sórdido de jeito nenhum.

Willa se lembrou do comportamento de Luther quando ele fora à casa deles junto com o xerife para prender o seu pai. Ele estava fervendo de raiva, mas também parecia nervoso e covarde, como se a última coisa que quisesse fosse ter que encarar seu inimigo em uma luta de verdade.

— O xerife vai subir até o campo de Elkmont para coletar evidências para o processo contra o papai — Hialeah disse. — Ele ordenou que o Luther mostrasse o lugar exato onde aconteceu o assassinato.

— Então o Luther vai com ele? — Willa perguntou, surpresa.

— Eu vim na frente, mas eles devem chegar a Elkmont hoje à noite — Hialeah respondeu.

— Então essa é a nossa chance — Willa disse, sentindo uma explosão de entusiasmo.

— Nossa chance? Você encontrou alguma coisa, Willa? Chegou a descobrir o que aconteceu de verdade com aqueles homens?

Mil pensamentos e imagens invadiram a mente de Willa naquele instante. Se ela *descobrira* algo? Ela não sabia nem por onde começar a explicar tudo. Criaturas das trevas esperando para atacar à noite, raízes que deslizavam como cobras pela floresta, uma nuvem negra de borboletas mortais... Ela vira os fantasmas do Recôncavo Sombrio com os próprios olhos e até ela duvidava das próprias lembranças.

— Receio que ninguém vai acreditar no que eu tenho para dizer — Willa resmungou. Mas, enquanto dizia as palavras, uma ideia começou a se formar na sua mente. Talvez ela não precisasse convencer *todo mundo* que os fantasmas do Recôncavo Sombrio eram reais. Ela só precisava convencer um homem em específico.

— Se nós três trabalharmos juntas... — ela murmurou para si mesma, começando a pensar em voz alta.

— Nós três? — Hialeah disse, com um olhar confuso.

Naquele momento, um graveto se quebrou e Hialeah se virou na direção do som. Uma área verdejante da floresta se transformou na imagem perturbadora de uma garota de cabelos loiros e olhos azuis. E, enquanto caminhava na direção de Hialeah, a pele e os traços da garota foram se transformando nos traços de uma criatura da floresta, verde-escura e cheia de pintinhas, igualzinha à irmã.

Os olhos de Hialeah se arregalaram e ela puxou um longo suspiro de espanto.

50

Quando o sol se pôs por detrás das montanhas e veio a escuridão, um manto de nuvens encobriu a lua e as estrelas, deixando apenas um mundo escuro e nebuloso.

A única luz visível era uma pequena fogueira tremeluzindo, com dois homens humanos sentados em torno, como se o brilho pálido daquele fogo minguado pudesse, de alguma forma, protegê-los contra a imensidão sombria da antiga floresta, que se erguia em volta deles.

Willa foi rastejando devagar pela escuridão, com o coração batendo cada vez mais forte ao se aproximar dos homens. Ela havia assumido a cor do chão da floresta para ficar invisível, mas aquilo não impedia que algumas pedrinhas do solo penetrassem dolorosamente na palma das suas mãos e nos seus joelhos. *Apenas pegue o que você veio buscar, Willa*, ela disse a si mesma, usando o velho mantra de quando era uma jaetter, uma ladra noturna que trabalhava para o padaran. *Apenas pegue o que você veio buscar.*

Os dois homens estavam sentados nos troncos perto da fogueira, olhando para as chamas alaranjadas e ondulantes, de costas para a escuridão. E era pela escuridão que Willa rastejava, agora tão perto que conseguia sentir o calor do fogo.

O forte cheiro de pólvora penetrava pelas suas narinas, e Willa notou que o rifle do xerife estava encostado no tronco ao lado dele, e que havia uma pistola em um coldre no seu cinto. O xerife, um homem grandalhão, estava sentado todo curvado, com os cotovelos apoiados no joelho e os olhos fixos no fogo. De vez em quando passava, distraído, a mão no bigode e na barba, ambos brancos, e dava suspiros longos e pesados. Parecia esgotado por passar o dia viajando para chegar à área de exploração de Elkmont.

Luther Higgs estava sentado de frente para ele, com seu cabelo comprido, castanho e grisalho, e bagunçado caindo nas costas como trepadeiras apodrecidas. Ele segurava um revólver de cano duplo no colo, apertando-o com as duas mãos, e levava uma longa e perversa faca de aço em uma bainha presa à cintura, de onde ele podia tirá-la rapidamente se precisasse usá-la.

Willa rastejou ainda mais para perto. Ao chegar no limite da luminosidade da fogueira, ficou bem atrás de Luther Higgs, tão perto que conseguia sentir o fedor repugnante do tabaco que ele mascava e cuspia no chão.

Esse era o homem que ela viera buscar.

Ela olhou devagar para Adelaide, que estava a uma distância de alguns metros atrás dela. Sua irmã, cuja pele antes estava tão branquinha, havia se camuflado e agora tinha a cor da mais pura escuridão. A expressão de Adelaide era de nervosismo e incerteza, mas cheia de expectativa enquanto esperava pelo sinal de Willa.

Willa virou a cabeça para o outro lado e viu Hialeah a uma curta distância dali, bem escondida em uma touceira de árvores jovens.

As três pareciam ladras noturnas: rastejando, engatinhando e deslizando no escuro sem serem vistas ou ouvidas. Por anos, Willa aprendeu a se esconder, a desaparecer, mas, naquela noite, o objetivo era bem diferente.

Hialeah fez um sinal e, movendo apenas os lábios, disse: *Pronta*.

Willa acenou de volta, olhou para Adelaide mais uma vez e se voltou para Luther Higgs.

Ela chegou por trás dele, perto o suficiente para enxergar o tecido grosseiro da camisa.

— Agora que estamos aqui... — o xerife disse a Luther. O som da sua voz era tão alto que fez Willa vacilar. — Assim que raiar o dia, quero que você me mostre onde fica a cena do crime.

— Vou te levar para perto de onde tudo aconteceu — Luther disse, espetando as brasas com um graveto.

— Quero que você me mostre o local exato — o xerife disse.

— Bem possível que não tenha muito mais para ver.

— Pode deixar que eu cuido disso — o xerife resmungou. — E os corpos, as covas, onde foram enterrados?

— O senhor já me perguntou isso uma centena de vezes, xerife — Luther disse.

— E estou perguntando de novo — o xerife disse, com o tom de voz mortalmente sério.

— Já falei, não tem cova nenhuma.

— Por que não?

— Vou levar o senhor lá amanhã — Luther respondeu.

— Você não respondeu à minha pergunta — o xerife observou.

Enquanto os dois humanos conversavam, Willa se esgueirou por trás de Luther. Abaixada no chão, ela se esticou e ergueu a parte de baixo da camisa dele. Suas têmporas latejavam. Suas pernas agitadas a mandavam correr, fugir, escapar. Mas ela não podia correr, não agora. Não *enquanto* seu pai não estivesse livre. Com a outra mão, ela levantou sua amiguinha e soltou-a devagar nas costas de Luther.

Com a missão cumprida, Willa saiu correndo, escondeu-se atrás de uma moita e se fundiu.

A aranha começou a subir pelas costas de Luther, com suas oito perninhas peludas se arrastando na pele descoberta, subindo bem pelo meio da espinha. De repente, o homem ficou de pé num pulo, chacoalhando os braços e as pernas e puxando furiosamente a camisa por trás.

— Ahh! — ele gritava, dançado loucamente em volta do fogo.

— Mas que... você endoidou, Luther? — o xerife perguntou. — Que diabos você está fazendo?

Espiando do seu esconderijo, Willa ficou aliviada ao ver a aranha preta cair nas folhas e sair deslizando sã e salva para longe. *Obrigada, amiguinha*, ela pensou. *Você fez um ótimo trabalho!*

— Tinha alguma coisa subindo nas minhas costas, uma aranha ou sei lá o quê! — Luther exclamou.

O xerife resmungou:

— Quer dizer que você tem medinho de aranha, Luther?

— Aquela maldita estava subindo pelas minhas costas, vindo pro meu pescoço! — Luther gritou com ele.

Willa assoviou como uma coruja-cinzenta e uma dúzia de corujas-cinzentas de verdade responderam, emitindo um som agudo assustador.

— O que foi isso? — Luther perguntou, passando os olhos pelas árvores.

Adelaide, que tinha se esgueirado até ficar logo atrás de Luther, sibilou, fazendo sons de *sssikk-sssikk-sssikk*, como as raízes assombradas do Recôncavo Sombrio.

Luther girou o corpo para tentar enxergar alguma coisa na escuridão que o cercava, seu rosto branco de espanto.

— Você está ouvindo isso?

O xerife ficou de pé.

— Estou. O que foi isso?

Sssikk-sssikk-sssikk!

— Meu deus do céu, eles estão vindo! — Luther gritou, com os olhos fixos na direção do som.

Enquanto os homens estavam distraídos, Hialeah correu para dentro do círculo iluminado, jogou um cobertor molhado em cima da fogueira e voltou a toda velocidade para dentro da mata.

— Passos! — o xerife espantado disse, girando o corpo.

Mas não se via nada na escuridão da fogueira abafada. Os sibilos prolongados continuavam.

— Meu deus, que não sejam aquelas coisas! — Luther gritou, o cabelo esvoaçando, enquanto se virava de um lado para o outro.

Hialeah avançou contra ele, arrastando um galho comprido pelas pedras e folhas para fazer um som misterioso de estalidos e criaturas rastejantes. Luther gritou em pânico.

— O que está acontecendo, Luther? — o xerife perguntou.

Willa uivou como um lobo e mais de vinte lobos responderam, uivando a uma curta distância em volta deles.

— São lobos! — o xerife gritou, o medo se manifestando na sua voz. — Pegue o revólver, homem!

Lançando-se na escuridão, Hialeah quebrou um galho na parte de trás das pernas de Luther, derrubando-o no chão.

— Não, não, não, de novo, não! — Luther gritou, debatendo-se loucamente para tentar ficar em pé. — Não são lobos, xerife! As nossas armas não vão servir de nada!

— Como assim "de novo, não"? — o xerife perguntou. — Claro que são lobos! Aponte a sua arma!

Willa tocou na árvore ao seu lado e lhe pediu para balançar os galhos sobre eles, fazendo chover gravetos e aranhas na cabeça dos dois.

— Eles estão vindo, xerife! — Luther gritou.

Logo, todos os galhos das árvores ao redor estavam se debatendo.

— É só uma tempestade! Controle-se, homem. Estamos armados. Temos facas. Podemos nos defender contra um bando de lobos. Agora, vamos lá! — o xerife disse.

— Eles estão aqui! Eles estão aqui! Corra! — Luther gritou, virando as costas e correndo na direção da floresta, deixando o xerife pra trás para se defender sozinho.

E foi naquele momento que Willa se deu conta de como fora horrível o fim que tiveram o irmão de Luther e o outro madeireiro. Eles não foram apenas derrubados pelos fantasmas do Recôncavo Sombrio como também morreram ouvindo os gritos apavorados de Luther Higgs tentando fugir.

Luther correu em meio à escuridão, tropeçou na raiz de uma árvore e caiu no chão, onde se encolheu, colocando os joelhos no peito em posição fetal.

— *Ee-a-gat!* — Willa disse à floresta.

De repente, os lobos cessaram os uivos, as árvores pararam de se debater, as corujas ficaram em silêncio e as três irmãs se reuniram nas sombras para ver o que aconteceria a seguir.

Com um toque, Willa pediu a outras árvores que afastassem seus galhos. As nuvens se dissiparam e a luz do luar atravessou a abertura das árvores no alto. O xerife foi atravessando a floresta prateada, agora em silêncio, até encontrar Luther encolhido no chão, tremendo e murmurando sozinho.

— Levanta — o xerife disse em um tom áspero, empurrando Luther com a bota.

O homem acovardado ergueu a cabeça devagar e olhou em volta.

— O que foi tudo isso? — o xerife perguntou. — Você já passou por isso antes, não foi? Se aquelas coisas não eram lobos, eram o quê, então?

— Não sei, xerife. Não sei de nada — Luther respondeu.

— Não me venha com essa — o xerife disse. — Isso aí tem alguma coisa a ver com a morte de Davin Rutherton e do seu irmão? Você disse que viu Steadman atirar neles. Ele sabe muito bem usar um rifle, disso eu tenho certeza. Mas essa questão dos corpos está me deixando com a pulga atrás da orelha. Cadê os corpos, Luther? Onde estão os corpos dos homens mortos?

— Como é que eu vou saber?

— Você estava lá quando eles morreram — o xerife disse em um tom monótono.

— Talvez ele tenha jogado no rio! — Luther rebateu. — Já pensou nisso? O senhor já tem o assassino! O senhor e o juiz só precisam levar isso adiante e enforcar ele, como o povo todo quer!

— Por que ele jogaria os corpos no rio? — o xerife perguntou, sem deixar Luther mudar de assunto.

— Será que eu preciso desenhar pro senhor, xerife? Ele estava tentando esconder as provas!

— Foi *ele* que jogou os corpos no rio ou foi *você* que jogou? — o xerife perguntou.

— O quê? — Luther disse, encarando o xerife, sem acreditar no que estava ouvindo. — Agora o senhor está *me* acusando de assassinato?

O xerife olhou para trás, para o local onde ficava a fogueira.

— E esses animais que você viu? Os lobos, ou seja lá o que fossem. Talvez *eles* tenham matado os homens. Você estava morrendo de medo agora mesmo...

— O senhor também estaria, se tivesse visto... — Luther parou no meio da frase, percebendo que havia falado demais. — Já falei, eu vi o Steadman atirar!

— E você o confrontou? Você deve ter ficado furioso por ele ter matado o seu irmão.

— Claro que sim! — Luther gritou. — Corri atrás dele, mas ele é mais escorregadio que um bagre e fugiu.

O xerife ficou olhando para Luther por um bom tempo, como se estivesse avaliando as coisas. Quando, enfim, começou a falar, o tom da sua voz era categórico e sem emoção, cheio de uma certeza medonha.

— Se você tivesse confrontado o Steadman e ele tivesse fugido, ele não teria tido tempo de arrastar os corpos até o rio.

Luther encarou o xerife com desalento e ódio no olhar. Seus lábios apertados pela raiva. Já sabia que o xerife o tinha pegado naquela mentira e que não havia nada que ele pudesse fazer.

— O que você fez com os corpos, Luther? — o xerife pressionou.

Observando tudo das sombras, Willa conseguia ver a raiva fervendo dentro de Luther, seus lábios apertados, suas narinas alargadas. Ele queria revidar, gritar, esmurrar, mas sabia que não podia.

Era *isso* que ela viera buscar. Ele tinha se enrolado e tropeçado nas pernas da própria mentira.

O xerife soltou as algemas do cinto e pegou Luther pelo ombro.

— Ei, o que o senhor está fazendo? — Luther reclamou, tentando se safar, mas o xerife o segurou pelos pulsos e o algemou.

— Acho que você fugiu, Luther — o xerife disse com asco. — Acho que aqueles lobos raivosos, ou seja lá o que fossem, atacaram vocês três. Rutherton e o seu irmão tentaram lutar, mas você largou a sua arma e correu feito o diabo, deixando os coitados pra trás.

— O senhor entendeu tudo errado — Luther disse.

— Não — o xerife disse sem rodeios. — Levei um tempo, mas acho que agora entendi tudo. Você ficou com vergonha por ter fugido e deixado o seu irmão morrer sozinho, então inventou essa lorota sobre o Nathaniel Steadman.

— Não é culpa minha! — Luther gritou. — Não foi ideia minha. Nada disso foi!

— Do que você está falando? — o xerife perguntou, ríspido, chacoalhando-o pelo ombro.

— Por favor, xerife, o senhor tem que acreditar em mim! Não é culpa minha! Quando eu contei pro chefe que o Rutherton e o meu irmão tinham sido mortos, ele fez uma cara esquisita, sei lá, como se tivesse vendo uma oportunidade. Ele me falou para mentir, para inventar isso tudo.

— O seu chefe? — o xerife disse. — Jim McClaren, você quer dizer?

— Não, o *chefão*. O senhor Sutton, o dono da madeireira. Ele me tinha na palma da mão e não me deixou ir embora, me falou pra inventar essa história contra o Steadman ou ele ia infernizar a minha vida: ameaçou me demitir, me expulsar da minha terra, sabe Deus o que mais. Nada disso foi ideia minha! Sutton me obrigou!

As palavras de Luther pareciam fazer o xerife refletir. O homem da lei olhou para o chão, balançando a cabeça devagar, nitidamente furioso por ter sido enganado. Mas, além disso, ele parecia farto de toda aquela história. Ao levantar a cabeça, ergueu os olhos para encarar Luther mais uma vez.

— Acusação falsa é um crime grave, Luther, não importa quem o tenha obrigado a dizer isso. Você não pode sair por aí acusando pessoas inocentes de crimes que elas não cometeram. Vou soltar o Nathaniel Steadman agora mesmo e colocar você na cadeia no lugar dele. E vou fazer o que puder para garantir que você fique lá por bastante tempo.

Quando o xerife disse essas palavras, Willa olhou para as irmãs, que tinham largos sorrisos no rosto. Ela queria gritar para comemorar a vitória com as corujas, e os lobos, e a lua lá em cima, mas sabia que não podia fazer barulho. Quando a garota as abraçou, parecia que havia uma cascata de felicidade jorrando entre elas.

Finalmente tinham salvado o pai.

51

Quando raiou o sol no campo onde ela e as irmãs dormiam, Willa sentiu o calor em seu rosto. Abrindo os olhos devagar, viu Adelaide aninhada nas samambaias atrás dela e Hialeah a poucos metros de distância, deitada com as costas bem esticadas no chão e a dobra do braço cobrindo seus olhos. Exaustas das aventuras da noite anterior, as três dormiram até tarde naquela manhã.

Parecendo sentir que mais alguém estava acordado, Hialeah virou devagar a cabeça e olhou para ela.

Hialeah tinha sobrancelhas pretas arqueadas e belos olhos castanhos. E, naqueles olhos, Willa podia ver tudo o que a irmã estava sentindo: a serenidade, a satisfação e a alegria.

Por mais de um ano, Hialeah vinha sofrendo um golpe duro atrás do outro: a perda da mãe em um ataque que ela não pôde fazer nada, a morte do irmãozinho por causa de uma doença que ela não podia curar. Willa sabia que, no fundo, Hialeah se sentia como se fosse poeira ao vento, flutuando sem rumo, sem poder fazer nada, sem poder para controlar a própria vida ou para ajudar quem amava.

Mas muita coisa havia mudado agora. Hialeah ajudara o pai na prisão, trazendo água e comida, mantendo-o vivo; levando suas mensagens para as cidades vizinhas e difundindo as palavras de resistência. E também encontrou a irmã na montanha, desmascarou a mentira de Luther Higgs e conquistou a liberdade do pai.

Hialeah tinha lutado e vencido.

Willa foi estendendo a mão para Hialeah, e Hialeah estendeu a sua para ela. Quando os dedos das duas se tocaram no meio do caminho, Willa sentiu o poder da irmã naqueles dedos.

Hialeah não era mais poeira, ela era vento.

52

*E*nquanto passava pelas árvores, indo para casa junto com Adelaide, Willa sentiu um leve cheiro de fumaça de chaminé no ar e deu um suspiro aliviado.

— Eles estão em casa — ela disse.

Subindo os degraus da varanda da frente, Willa pôde ver o brilho amarelado da luz de velas nas janelas.

Assim que pisou dentro de casa, seu pai gritou:

— Willa! — E correu até ela. Ele abriu os braços quando a encontrou e a puxou para junto de si.

Ela o envolveu com os braços e o apertou bem forte. Ele parecia tão alto e tão forte, como o tronco de uma árvore querida.

Este é o meu lar, Willa pensou. *Este é o meu lugar.*

— E quem veio com você? — Nathaniel perguntou, dando um passo para trás ao perceber uma garota parada, quietinha, na porta de entrada. — Uma nova amiga?

Acostumada a se fundir àqueles em volta, por instinto, Adelaide assumiu a aparência de humana loira e com olhos azuis.

— Ela é mais do que uma amiga, pai... — Willa disse, sem saber direito por onde começar.

— Ela é a nossa irmã Faeran! — Hialeah deixou escapar alegremente.

Desde que trabalharam juntas para enganar Luther e fazê-lo confessar suas mentiras, Hialeah e Adelaide tinham se tornado melhores amigas.

Nathaniel olhou para as três, um tanto confuso.

— Mostra pra ele! — Willa disse.

E, naquele instante, Adelaide assumiu a aparência Faeran, de pele verde com listras e pintinhas, igual à da sua irmã gêmea.

— Ah, minha nossa… — Nathaniel disse, arfando. — Meu coração não se assusta assim desde a primeira vez que eu te vi saindo da floresta, Willa. Essa é a sua irmã perdida? Essa é Alliw? Que maravilha! Quero ouvir a história toda.

Era tarde da noite, muito depois da hora em que costumavam jantar, mas para celebrar tudo que a vida lhes havia dado, eles prepararam uma refeição especial. Adelaide ajudou a arrumar a mesa da cozinha, enquanto Hialeah providenciava a comida. Willa foi buscar um pequeno barril de cidra de frutas no porão, e o pai acendeu lampiões de querosene por todos os lados.

Quando se sentaram para comer, seu pai ergueu a taça e disse:

— Um brinde ao nosso reencontro! — E todas ergueram as taças junto com ele. — Bem-vinda à família, Adelaide!

Adelaide sorriu, ergueu sua taça de cidra e deu um gole longo e farto.

Poucos dias atrás, quando o xerife levou Luther para a cidade, Hialeah foi até lá para garantir que Nathaniel seria libertado e, então, pai e filha voltaram juntos para casa. Enquanto isso, Adelaide e Willa tomaram o rumo da floresta. Willa sabia que a irmã não poderia ficar por muito tempo, mas ela estava muito contente por tê-la por perto naquele momento.

Olhando em volta da mesa para todos os seus amores, todos conversando, rindo e contando histórias, Willa desejou que a alegria e a satisfação daquela noite pudessem durar para sempre.

— Fico muito grato por estar em casa, de verdade — o pai disse, mas seu tom de voz ficou mais sombrio, e a luz do lampião piscava diante do seu rosto tenso. — Mas temo que os nossos problemas não tenham acabado.

— Como assim, pai? — Willa perguntou.

— A acusação do Luther de que eu assassinei aqueles homens foi uma boa desculpa para a madeireira e as autoridades se livrarem de mim, mas agora que estou livre de novo, e eles sabem das reuniões que tenho feito, eles vão tentar achar outro jeito de me derrubar.

— Mas você é o dono desta terra, eles não podem cortar madeira aqui, não é, senhor Steadman? — Adelaide perguntou.

— É verdade que somos donos desta terra, como a maioria das famílias das montanhas. Mas a madeireira tenta convencer os proprietários da região a vender suas propriedades, e muitos têm se mostrado dispostos a fazer isso, por causa do dinheiro rápido e fácil. E se os proprietários dizem não, os madeireiros e as autoridades começam a pressioná-los.

— O papai não vai vender — Hialeah confidenciou à Adelaide. — A família dele mora aqui por gerações.

— Então os madeireiros não podem chegar aqui, não é? — Adelaide perguntou.

— Infelizmente, não é tão simples assim — Nathaniel disse.

Ele se levantou, pegou um pedaço de papel rasgado de uma gaveta no armário e o colocou com cuidado sobre a mesa. Estava tão gasto e desbotado pela idade que as letras quase haviam sumido.

— Esta é a escritura da minha terra — ele disse. — Foi dada ao meu tataravô em 1783, depois de ele ter lutado na Guerra da Independência, e passou de geração em geração. Mas, como vocês podem ver, a escritura está tão desbotada que mal dá para ler. Ela faz referência a demarcações que já nem existem. Como muitas das famílias das montanhas, eu não tenho uma documentação jurídica adequada sobre os limites das minhas terras, nem sequer algo falando que as terras são mesmo minhas. Então a madeireira Sutton pode entrar, dizer que são terras públicas e cortar as árvores antes que alguém consiga impedi-la.

— Isso é horrível! — Adelaide exclamou, nitidamente chocada pela impiedade dos madeireiros, inclusive do próprio pai.

— Mas as coisas vão mudar — Hialeah disse, com um tom de esperança na voz. — O papai virou um herói!

— Aí já é exagero — Nathaniel disse, rindo.

— Vocês duas deveriam ter visto — Hialeah comentou. — Quando soltaram ele da cadeia, tinha uma multidão de apoiadores esperando do lado de fora. Todo mundo queria conversar e ouvir o que ele tinha a dizer.

Willa olhou, surpresa, para o pai. Ele vivera no mato a vida toda e pouco se preocupava com o mundo exterior, mas agora ele havia erguido uma bandeira que todos conseguiam ver.

— É verdade que muitas pessoas em Gatlinburg estão finalmente percebendo que a madeireira Sutton está causando muito mal à floresta — ele disse. — E Hialeah me ajudou a chegar às pessoas em Asheville e Knoxville. Esse pessoal não estaria aqui se ela não tivesse ido atrás deles. — Ele sorriu para ela, em agradecimento.

— Mas foi o senhor que os convenceu — Hialeah disse, levantando-se e abraçando o pai pela cintura.

— Convenceu a quê? — Adelaide perguntou. Willa se fazia a mesma pergunta.

Nathaniel se inclinou para frente.

— Vamos transformar toda a região das Montanhas Fumegantes em uma área protegida.

Willa podia ouvir a animação na voz do pai e ver o brilho em seus olhos.

— Mas o que isso significa? — ela perguntou.

— Vamos transformar as Montanhas Fumegantes em um local sagrado, um santuário — ele disse. — Não será um parque municipal, nem estadual. Queremos que seja um parque *nacional*, uma terra protegida para sempre por leis federais. Sem mais desmatamento. Agora e para sempre.

Willa sentiu o peito se encher ao ouvir as palavras do pai. Se desse certo, tudo com que ela tinha sonhado se tornaria realidade. As árvores, os animais e até os Faeran sobreviveriam.

— O que a gente pode fazer para ajudar? — Willa perguntou, animada.

— Ainda há muita gente em Gatlinburg totalmente contra essa ideia. Alguns dizem que a atividade madeireira é boa para a economia, que representa o progresso. Outros ficaram bravos porque perderiam o emprego.

Willa olhou para Adelaide, esperando que ela estivesse preocupada com o pai dela, talvez encarando o chão enquanto eles conversavam. Mas Adelaide estava olhando direto para ela, com os olhos cheios de determinação, de *união*. Ela também vira a devastação causada pela madeireira Sutton.

— A verdade é que será difícil para muita gente, talvez até para nós, no que diz respeito à propriedade da terra e às restrições que nos serão impostas. Mas é a coisa certa a fazer — Nathaniel concluiu.

Willa assentiu.

— Por muito tempo eu me senti impotente e sozinha, porque não tinha forças para lutar contra os madeireiros. Ninguém tem.

— Do que você está falando, Willa? — Hialeah interrompeu, franzindo as sobrancelhas, irritada com o desânimo da irmã. — Como assim ninguém tem?

— Deixe-a terminar — Nathaniel disse com calma.

— Desculpa, não é que *ninguém* tenha. É que ninguém tem essa força *sozinho*. Estou dizendo que não vamos conseguir fazer isso sozinhos, nem mesmo se trouxermos as famílias das montanhas e o pessoal da cidade. Precisamos que *todos* se unam. O nosso irmão Iska e os Cherokee estão lutando contra os madeireiros, como a gente, mas eles também não vão conseguir fazer isso sozinhos.

Então Willa se virou para Adelaide.

— E aposto que várias pessoas do vale de Cades também são contra o desmatamento.

Adelaide assentiu.

— Eles não dizem nada porque muitos homens do vale de Cades trabalham para a madeireira — ela disse com a voz tímida. — Mas eles conseguem ver o estrago que estão fazendo na floresta.

— É disso que precisamos — Willa disse. — As famílias da montanha, as pessoas da cidade, os Cherokee, o pessoal do vale, os Faeran, as árvores, os animais, as montanhas e até os madeireiros. Estamos todos conectados. *Todos nós*. E ninguém sobrevive sozinho. Se queremos impedir a destruição da floresta, precisamos que todos trabalhem juntos.

Willa parou um instante, deu um suspiro profundo, olhando em volta para a sua família.

— Não sei como me aproximar dessas pessoas nesses locais tão distantes, nem falar de um jeito que elas entendam. Não posso ir aos lugares onde elas vivem. Não posso andar em uma terra plana ou em lugares sem árvores. Mas você pode, pai, e Hialeah e Iska também podem. E a Adelaide pode conversar com as pessoas no vale de Cades. Precisamos de todos.

Quando ela concluiu, seu pai acenou com a cabeça, concordando.

— Você está certa, Willa. Quatro vozes não bastam, nem vinte. Precisamos de milhares.

Ouvir as palavras do pai e imaginar o futuro que ele descrevera — um futuro em que a floresta seria protegida — despertou uma sensação de esperança profunda que Willa não sentia havia muito tempo. Mas, então, ela começou a enxergar um problema.

— Quanto tempo, pai? — ela perguntou. — Quanto tempo o senhor acha que vamos levar para reunir todo mundo e impedir o desmatamento?

Seu pai fez uma careta e balançou a cabeça.

— Não sei. A madeireira Sutton está ganhando uma fortuna com o corte das árvores, e eles não vão desistir tão fácil. Precisamos criar o parque nacional o mais rápido possível, antes que seja tarde demais.

53

Depois que os outros já tinham ido para a cama, Willa saiu para o ar frio da noite para pensar. Ela subiu na nogueira em frente à casa, onde havia dormido com Charka.

Sua cabeça ainda estava atordoada com tudo o que o pai lhe contara sobre os humanos se unirem para proteger a floresta.

Ela olhou para cima e viu o pico arredondado da Grande Montanha, iluminado pela luz do luar. Ela se agigantava lá no alto, quieta e poderosa, com suas encostas verde-escuras contemplando o mundo em silêncio.

— É isso que você quer? — ela perguntou.

Willa se lembrou de uma vez que subira até o ponto mais alto da montanha. Chorando sozinha, lamentando a perda da avó. Olhando para o horizonte, ela não via nada além de montanhas em todas as direções.

Naquele dia, ela passou a entender que havia mundos além do seu próprio, mundos planos, mundos sem árvores, mundos cheios de estradas, e cavalos, e trens. E pessoas — muitas pessoas. E eram aqueles mundos vorazes que estavam consumindo as árvores da floresta. Será que o povo daqueles mundos se uniria para salvar o mundo dela?

Ela olhou mais uma vez para a Grande Montanha lá no alto.

— É isso que você quer? Você está me mostrando o caminho? — ela perguntou de novo.

O poder da montanha estava em seu tamanho. Em sua ancestralidade. Em seu silêncio. Mas a sabedoria da montanha era a vida a que ela dava origem. Por um breve instante, olhando para as encostas arborizadas do pico, parecia que a montanha estava respondendo.

E a resposta era *sim*.

Ela ouviu um farfalhar de folhas debaixo dela.

— O que você está fazendo aqui sozinha? — Adelaide perguntou da base da árvore.

— Não estou sozinha — Willa disse. — Suba aqui comigo.

— Esta aqui parece fácil — Adelaide disse, escalando depressa o tronco e encontrando a irmã nos galhos mais altos. *Ela melhorou tanto,* Willa pensou com orgulho.

— Quer dizer que você não gostou da cama dentro de casa? — Willa perguntou. — É onde o meu irmão Iska dorme quando vem aqui.

— Nunca consegui dormir muito bem numa cama normal — Adelaide disse, aconchegando-se junto dela.

— Então você decidiu sair para me encontrar — Willa concluiu.

— Sei que você está cismada com alguma coisa. É por causa do parque? O que você acha? Acha que vai mesmo dar certo?

— Eu acredito no meu pai — Willa respondeu. — Mas não tenho certeza quanto ao resto dos humanos. *Espero* que dê certo.

— O *meu* pai não vai gostar nadinha dessa ideia — Adelaide disse.

— Claro que não — Willa concordou.

Aninhadas juntas na árvore, elas olharam para a montanha e sentiram o peso daquilo que sabiam ser verdade: o mundo era um lugar muito maior e mais poderoso do que as duas, e havia muitas coisas que fugiam do controle delas ou dos seus pais. Mas sentindo o calor da irmã ao seu lado, Willa teve a sensação de que havia algumas coisas que elas podiam, *sim*, controlar, algumas coisas que elas podiam tentar melhorar.

— Acho que talvez amanhã de manhã a gente tenha que voltar ao vale de Cades — Adelaide comentou.

— Isso mesmo — Willa disse, ciente do que ela estava pensando.

— Vamos conversar com o meu pai.

— Você acha que ele vai escutar a gente? Você acha que ele vai se unir à causa?

— Não — Adelaide disse. — Mas precisamos tentar.

54

A névoa da garoa cobria o rosto e os braços de Willa enquanto ela e Adelaide seguiam até o vale de Cades. Fazia um friozinho inesperado naquele dia — o outono se aproximava —, e gotículas de água encharcavam o cabelo das duas. Mas a névoa e a chuva não a incomodavam. Parecia que nada poderia incomodá-la. Willa reencontrara sua irmã Faeran, construíra uma toca para o seu povo e libertara seu pai da cadeia. Todos os fluxos da sua vida estavam se encontrando.

— Minha mãe e meu pai vão ficar aliviados com a minha chegada — Adelaide disse quando o vale surgiu à frente.

Quando chegaram na porta dos fundos da casa, Adelaide a convidou para entrar, mas Willa não confiava nas construções humanas que não conhecia, ainda mais aquela.

Vendo sua hesitação, Adelaide disse:

— Já volto. Só quero dizer para eles que estou bem e depois vamos contar sobre o parque.

Willa ficou observando pela tela da porta enquanto Adelaide caminhava na direção da mãe, que estava na cozinha. Adelaide havia reassumido a aparência da mãe, com a pele branca e os longos cabelos loiros, mas agora, mais de perto, Willa viu que a pele da mulher tinha algumas rugas de idade e seu cabelo estava ficando grisalho.

— Estou de volta, mamãe — Adelaide disse, baixinho.

— Ah, Adelaide! — sua mãe exclamou, virando-se para abraçá-la, uma nuvem de farinha subindo em volta delas. — Fiquei tão preocupada com você.

— Eu estou bem, mamãe — Adelaide garantiu. — Eu...

— Mas por onde você andou, Adelaide? — A sra. McClaren perguntou, segurando-a pelos ombros.

Adelaide pareceu pega de surpresa.

— Eu falei para o papai... Falei que eu precisava encontrar uma amiga... Ele não te contou?

A sra. McClaren piscou e então olhou para baixo, batendo as mãos enfarinhadas no avental.

— Estou toda desarrumada.

— Não tem problema, mamãe. Cadê o papai? — Adelaide perguntou, tocando seu ombro. — Achei que ele estaria em casa, se recuperando de tudo o que aconteceu.

— Ah, não, você sabe como ele é. Seu pai não tem sossego, ainda mais agora. — A sra. McClaren levou a mão à cabeça de Adelaide para tirar um carrapicho do seu cabelo. — Você não foi para o mato, foi? O bosque agora é um lugar muito perigoso para nós.

— Para onde ele foi, mamãe? — Adelaide perguntou.

— Ele tem passado as noites lá no acampamento — a sra. McClaren disse, tirando um graveto do ombro de Adelaide. — Parece que estão falando sobre a criação de um parque nacional ou algo assim, que vai impedi-los de cortar madeira nas montanhas. Imagina só uma coisa dessas. Então o senhor Sutton passou todas as equipes e equipamentos para a área do seu pai e deu instruções para cortar o máximo possível antes que o governo proíba.

Willa não podia acreditar no que estava ouvindo, a sensação que tinha era que alguém lhe dera um soco no estômago. Os madeireiros não estavam só voltando, estavam trazendo ainda mais madeireiros junto com eles!

— M-mas... — Adelaide gaguejou, tão nervosa quanto ela. — Mas o que o papai falou para eles?

— Ele não podia falar nada — a sra. McClaren disse. — Ele não é mais o chefe da equipe de Elkmont.

— O quê? — Adelaide perguntou. — O senhor Sutton o demitiu?

— Ah, não. O senhor Sutton o colocou no comando de *todas* as equipes, de tudo que a empresa possui. É uma grande responsabilidade, e ele ganhou um aumento de salário, com bônus para ele e para todos os homens, se eles conseguirem atingir as metas de corte.

— Mas eu não entendo — Adelaide disse. — Depois de tudo que aconteceu, ele não falou que não podia continuar? Ele não pediu para sair? Onde ele está agora?

— Sair? Por que ele sairia? — a sra. McClaren perguntou, com uma expressão intrigada. — Ele tem onze filhos para sustentar, Adelaide. Inclusive você.

— Eu sei, mamãe — Adelaide disse, impaciente. — Mas onde?

— Onde o quê?

— Onde o pai está cortando? — Adelaide perguntou, erguendo a voz em agitação.

— Ele falou que aconteceu um acidente no local onde estavam trabalhando. Ficou muito perigoso. Então ele transferiu todas as operações para as encostas mais altas, do outro lado do rio.

O coração de Willa pulou. Era onde ficavam as terras do seu pai.

— Ele está descumprindo a promessa! — Adelaide exclamou.

— Não sei o que você ouviu por aí, Adelaide, mas você sabe que o seu pai nunca descumpriria uma promessa — a sra. McClaren disse. — Ele é um homem de palavra.

Enquanto as duas discutiam, Willa ouvia cada vez menos o que estavam dizendo. Ela só conseguia pensar em avisar seu pai. *Os madeireiros estão chegando!* Ao que parecia, eles já haviam chegado, estavam montando trilhos de trem nas terras do seu pai, derrubando as árvores que viviam ao longo do rio e arrastando as carcaças montanha abaixo até chegar à vila de Sutton.

Willa apareceu na porta, e Adelaide a viu por cima dos ombros da mãe.

— Mamãe, eu preciso ir — ela disse.

— O quê? Você acabou de chegar! — a mãe falou, confusa. — Adelaide, por favor, aonde você vai? É perigoso lá...

— Desculpa, mamãe... — Adelaide disse. — Muito obrigada por tudo o que a senhora fez por mim, mas chegou a hora de eu partir. — Ela deu um abraço rápido de adeus na mãe e disparou na chuva com Willa, imediatamente assumindo a mesma cor verde da irmã.

Elas correram por muitos quilômetros pela floresta. As pernas de Willa doíam, seus pulmões arfavam e todo o seu corpo estava encharcado, mas ela seguia em frente, obrigando-se a ir o mais rápido que podia. A garota tinha uma certeza: seu pai defenderia as terras com a própria vida.

55

*E*xausta e com as pernas bambas de tanto correr, por fim, Willa desacelerou e passou a caminhar, tentando tomar fôlego, ofegando, enquanto seguia, aos tropeços, com a chuva ainda fustigando as duas irmãs.

— Achei... que... você... nunca... iria... parar... de... correr — Adelaide disse entre arfadas, enxugando o rosto com as mãos e caminhando ao lado de Willa.

— Acho que estamos nos aproximando do local onde os madeireiros devem estar — disse. E, assim que falou essas palavras, algo lhe chamou atenção. A garota parou e olhou para baixo, vendo a água da chuva formar pequenas correntes marrons ao longo do chão pedregoso.

— Algum problema? — Adelaide perguntou.

Willa sentiu um terror tomando seu corpo. De repente, sentiu-se pesada, como se não pudesse se mexer. Era como ver sangue escorrendo pelas pedras. O sangue que vertia da própria terra.

— A água da chuva que escorre nas pedras costuma ser clara e cristalina nesta área — Willa disse. — Mas agora está lamacenta.

— O que isso quer dizer?

Os olhos de Willa examinaram toda a floresta ao redor e o percurso traçado pelas duas, até conseguir se orientar e perceber exatamente onde estava. Então ela olhou para cima da encosta, na direção de onde a água estava vindo. Se saíssem da trilha naquele ponto e tomassem o caminho floresta acima, pelas montanhas, elas chegariam ao vale secreto onde as irmãs tinham visto os vaga-lumes síncronos.

— Vamos, precisamos ir lá para cima — Willa disse.

Penetrando na floresta e correndo pela encosta da montanha na direção do vale, Willa via cada vez mais terra marrom-avermelhada escorrendo pelo chão.

— O que você acha que está acontecendo? — Adelaide perguntou enquanto subiam.

— Alguma coisa está perturbando o solo — Willa disse, com a voz tensa.

Enquanto atravessava a vegetação espessa e as árvores junto com Adelaide, os pulmões de Willa puxavam o ar cada vez mais rápido. Ficava cada vez mais difícil respirar.

Um forte sopro de vento úmido bateu no rosto de Willa e foi então que elas entraram em uma clareira lamacenta.

Chocadas, elas se viram diante de uma encosta desmatada, onde uma grande faixa da floresta havia sido completamente destruída, toda a vegetação e o mato rasteiro retirados e cada árvore cortada. Não havia sobrado nada na lateral da montanha além de tocos cortados, galhos descartados e montes de lama grossa e escorregadia sob a chuva torrencial.

Enxugando a água dos olhos, Willa olhou em volta, tentando entender exatamente onde estavam. A magnitude da destruição era tamanha que ficava difícil reconhecer o que ela estava vendo, mas a dolorosa verdade foi penetrando aos poucos em seu coração, como a lama que escorria pelos seus tornozelos. Aquela cicatriz seca sobre a terra um dia já fora o lindo vale escondido, repleto de samambaias, onde os vaga-lumes voavam em sincronia na floresta ao redor.

Ao lado dela, Adelaide estava chegando à mesma conclusão. Ela não parava de mover os lábios, como se quisesse dizer alguma coisa, mas tudo o que conseguia pronunciar não passava de um murmúrio, que soava como um grito baixinho.

— Não... não pode ser... — ela disse, por fim.

Willa tropeçou para frente, quase perdendo o equilíbrio na lama escorregadia. Olhando aquela terra devastada, suas pernas perderam a força. Seu rosto parecia quente na chuva fria, não só pelo choque e pela tristeza pelo que estava vendo, mas por uma raiva fervilhante. McClaren havia *prometido* que não chegaria perto das terras do seu pai!

Willa observou a corrente de lama passando por elas. Sem as raízes das árvores e das outras plantas para mantê-las firmes, as camadas de solo que levaram centenas de anos para se acumular estavam sendo levadas pela água de uma única chuva. A terra escorria montanha abaixo, chegando aos córregos e inundando os rios antes tão cristalinos. Ela sabia que as trutas e os outros peixes daqueles rios morreriam e, sem os peixes, as lontras também morreriam. Mais uma vez, aquilo bateu forte: as árvores, a terra, os insetos, os rios, as trutas, as lontras, os lobos, os veados... *todos estavam conectados.*

— O que vai acontecer com os vaga-lumes? — Adelaide perguntou, desesperada, mesmo já tendo certeza da resposta.

— Eles não vão sobreviver — Willa disse, com a voz áspera.

— O que vamos fazer? — Adelaide perguntou, tentando percorrer a lama para chegar à clareira. — Eles destruíram! Eles destruíram tudo!

— Não há nada que a gente possa fazer — Willa respondeu, estendendo os braços e puxando Adelaide de volta. — O vale acabou, Adelaide. Precisamos seguir em frente.

Deslizando pela lama e pela chuva forte que descia pela encosta da montanha, elas atravessaram correndo a floresta e logo chegaram à outra área que fora completamente derrubada, sem uma única árvore de pé em um raio que parecia se estender por quilômetros. Não restava escolha a não ser atravessar até o outro lado.

Caminhando com dificuldade pela paisagem estéril de troncos cortados, Willa virou a cabeça para trás, para olhar o lugar de onde tinham vindo, e já não via mais a linha verde-escura de floresta viva logo atrás. Ao olhar para frente, também não viu nenhum sinal de floresta adiante e sentiu sua força esmorecendo. Estava perdendo as esperanças. A garota nunca estivera em um lugar sem árvores.

— Vem, Willa — Adelaide disse, segurando-a pelos ombros e a arrastando para frente.

Quando por fim chegaram à floresta, Willa recobrou as forças, indo até seu limite. Com o vento soprando e trovões rugindo no céu, ela sentia que precisava de sua força física para avançar contra a tempestade.

Ela e Adelaide subiram, passaram por uma colina e desceram, atravessando um vale arborizado. Elas atravessaram ravinas e cruzaram rios. As pernas de Willa ardiam de dor, mas ela sabia que precisava continuar.

Por fim, elas começaram a subir uma encosta longa e contínua que as levaria pela floresta de árvores anciãs, até chegar lá no alto, nas terras do seu pai.

Encontraram uma fenda estreita que fora recortada da floresta com serras e machados. A terra estava coberta com uma grossa camada de cascalho e dois longos trilhos de aço haviam sido colocados atravessados no chão, cravados em blocos de madeira.

Willa sentiu o gosto de bile subir pela garganta ao ver os trilhos. *É a morte chegando*, pensou.

— Parece que a base do acampamento é por ali — Adelaide disse, apontando na direção dos trilhos, por onde desciam pela encosta da montanha.

Ao longe, Willa conseguia distinguir as formas dos vagões, os equipamentos dos madeireiros, as barracas e os carrinhos de madeira que foram transformados em alojamentos para os homens, conseguia até sentir o cheiro das fogueiras e das mulas.

Quando se virou e olhou para os trilhos acima, teve a impressão de que eles seguiam adiante pela mata, na direção da propriedade do seu pai. Parecia uma lança sendo atirada na direção do coração de Nathaniel.

Um buraco se formou no seu estômago. Os grupos de trabalhadores da madeireira Sutton não estavam vindo a partir do campo de Elkmont, como ela e seu pai esperavam. Eles vinham pelo leste, chegando por trás das terras do seu pai, na direção dos pomares. Isso significava que os madeireiros estavam muito mais perto do que ela ou o pai imaginaram.

— Preciso subir até a nossa casa para contar para o meu pai — Willa disse.

— Vá o mais rápido que puder — Adelaide disse. — Vou descer até o acampamento e encontrar o meu pai. Vou tentar impedi-lo.

— Tome cuidado — Willa pediu.

Elas se abraçaram mais uma vez.

E, assim, Adelaide correu trilho abaixo para encontrar seu pai, e Willa correu trilho acima para encontrar o dela.

56

Willa corria, e a chuva respingava em seu rosto. O vento soprava tão forte que ela mal conseguia enxergar o caminho pelos trilhos que subiam a montanha. Seus pés espirravam água ao pisar nas correntes que vertiam pelo chão.

Ela não conseguia deixar de olhar para trás, preocupada por ter se separado de Adelaide. O que McClaren faria ao ser confrontado pela filha por conta de suas mentiras e sua traição?

Ainda subindo a montanha, Willa continuava se perguntando aonde aqueles trilhos de metal frio a levariam. Ela não conseguia se livrar da sensação que estava indo de encontro a uma catástrofe terrível.

Alcançou uma área onde reconheceu algumas das árvores ao lado dos trilhos, já estava se aproximando dos fundos da propriedade do seu pai. Quando a fenda estreita se abriu de repente em uma área muito mais ampla, Willa se agachou para se proteger na vegetação rasteira, na margem da floresta, e ficou aterrorizada com a cena à frente. Mesmo com a chuva, pôde sentir o fedor do carvão queimado. Grossas colunas de fumaça preta vertiam dos motores a vapor estacionados para cima e para baixo na encosta da área de exploração.

Uma locomotiva de trem estava estacionada sobre os trilhos a uma dezena de passos de onde ela estava escondida, nunca estivera tão perto de uma daquelas criaturas misteriosas antes. O casco imenso de ferro preto era recoberto de detalhes mecânicos e esquisitos que Willa não entendia. As entranhas do motor brilhavam com o fogo, enquanto homens cobertos de fuligem jogavam carvão com uma pá para dentro da sua barriga em chamas. As gotas de chuva que caíam na superfície quente de metal chiavam e desapareciam, como se a criatura pudesse matar até a chuva.

Conectada atrás da locomotiva estava uma longa fila de vagões com rodas de ferro. Guindastes com lanças movidos a vapor estavam apanhando as árvores cortadas com suas garras gigantes e içando-as ao som dos gemidos de metal e do ranger das engrenagens. Sempre que os guindastes derrubavam os troncos nos vagões à espera, a terra tremia debaixo dos pés de Willa.

Assim que o trem era carregado com os troncos, a locomotiva os puxava montanha abaixo, até chegar à fábrica da vila de Sutton, onde seriam cortados na forma de peças finas e compridas. Ali ela imaginava a figura do próprio sr. Sutton, o grande patrão da coisa toda, parado com uma pose soberana diante da sua imensa fábrica da morte.

Willa sabia que a locomotiva era uma construção do homem. Mas, esperando ali nos trilhos, aquilo não parecia uma máquina, mas um monstro com vida própria, que respirava e chiava, que não seria impedido por uma tempestade, um sentimento ou uma antiga canção das árvores.

A visão medonha dos troncos serrados, galhos quebrados e membros cortados se espalhava por todo o lugar. Ao olhar para aquela carnificina, a garota teve a impressão de que aquilo se estendia a distância, para cima e para baixo da montanha, com muitas equipes e máquinas trabalhando juntas. Era, de longe, a maior operação de desmatamento que ela já vira.

E em meio ao caos de homens, e máquinas, e árvores abatidas, uma imagem se destacava. Montado em um cavalo, indo de um lado para o outro, um homem apontava para os trabalhadores e lhes dava ordens aos berros.

Willa cerrou os dentes: Jim McClaren não voltara ao acampamento, ele estava *ali*, coordenando as equipes, enquanto cortavam cada uma das árvores. Ela vira seu antigo cavalo morrer, mas o novo parecia ainda maior e mais forte, com a garupa potente, levando-o com facilidade para cima e para baixo pela encosta lamacenta.

Quando aquele humano ficou ferido e precisou da sua ajuda, ela o levou para casa em segurança. Quando os lobos o atacaram, ela o protegeu. Quando os espíritos do Recôncavo Sombrio estavam prestes a lhe tirar a vida, ela os destruiu. E agora, apesar do juramento que ele fizera, de nunca chegar perto das terras do seu pai, lá estava ele. E veio trazendo muito mais homens e máquinas gigantes, todos com o mesmo objetivo: encontrar as árvores maiores, mais antigas e mais belas da floresta e derrubá-las o mais rápido possível, antes que o tempo se esgotasse.

Bufando de raiva, voltou para dentro da floresta e andou rápido entre as árvores, rodeando os limites da área de exploração. Willa precisava continuar subindo até a casa.

Mas, de repente, disparos de arma de fogo rasgaram o ar. A garota tomou fôlego e se abaixou no meio das samambaias. Os madeireiros estavam correndo e gritando, escondendo-se atrás dos equipamentos.

— Saiam das minhas terras ou os próximos tiros não serão só de aviso! — um homem gritou lá de cima da montanha. O peito de Willa ficou apertado. Era Nathaniel!

Um grupo de três guardas com rifles se protegeu atrás da locomotiva na frente de Willa e começou a atirar às cegas para dentro da floresta.

— Estamos em maior número, Steadman! — um dos guardas gritou. — Você não tem chance! Volte para casa!

Um tiro atravessou a janela da cabine da locomotiva, fazendo chover estilhaços de vidro no homem que dera o aviso.

— Vai ser a sua cabeça da próxima vez! — Nathaniel Steadman gritou lá de cima. — Peguem os seus equipamentos e caiam fora daqui!

Mas, quando os outros madeireiros empunharam suas armas e se posicionaram, Willa pôde ver que o pai não conseguiria lutar contra tanta gente.

A garota rastejou rápido por baixo das samambaias, chegou até a base de um carvalho e espiou para enxergar a posição do pai lá no alto: ele estava deitado no chão, protegido por uma protuberância de rocha. Seu coração doeu ao vê-lo sozinho contra todos aqueles homens, ele não tinha chance alguma.

Mas, ao analisar o terreno em volta dele com mais atenção, ela notou o cano de outro rifle espreitando por um arbusto ali perto. Em seguida, percebeu o movimento do ombro de outra pessoa. Ela contou: um, dois, três, quatro... havia mais de uma dúzia de homens e mulheres armados com rifles, posicionados por toda a extensão do morro. Muitos tinham a idade do seu pai e usavam o mesmo tipo de chapéu de abas e roupas simples. Outros eram mais velhos. Alguns eram adolescentes, garotos e garotas que deviam ter acabado de aprender a atirar com seus rifles. Eram as famílias das montanhas, donos de terras que vieram ajudar o vizinho e proteger as árvores daquela madeireira.

— Vocês não têm licença para estar aqui! — seu pai gritou. — Então deem meia-volta e voltem para a várzea, que é o lugar de vocês, antes que eu comece a atirar em algo mais do que janelas!

Mas, apesar da coragem do pai, de onde estava, Willa pôde ver que os guardas contratados pela madeireira não tinham qualquer interesse em agir dentro da lei. Enquanto Nathaniel gritava com eles, um grupo de homens com facas e pistolas subia rastejando pelo lado direito da encosta. Ela não sabia se fora Jim McClaren ou o próprio sr. Sutton que trouxera todos aqueles homens e armas a mais, mas ficava claro que os madeireiros estavam preparados para se defender. E eles estavam rodeando seu pai e os outros de todos os lados, fechando o cerco aos poucos.

Parecia um caso perdido. *Recue, pai*, ela ficava pensando. *Recue! Volte para casa!*

Mas, então, Willa viu outra coisa, subindo pelo lado esquerdo da encosta, entre os homens agachados e seu pai. Era difícil distinguir a distância, mas ela pensou ter visto uma garota de longos cabelos negros se movendo com cuidado de árvore em árvore, sempre rente ao chão. Hialeah? E havia mais alguém ao lado dela: um garoto, com o cabelo parecido com o dela. Era Iska! O coração de Willa se encheu ao vê-lo. Então avistou o que estava atrás dele: Hialeah e Iska não estavam sozinhos, eles haviam trazido pelo menos trinta ou quarenta outros homens e mulheres Cherokee que Willa podia ver da sua posição estratégica, e devia haver muitos outros escondidos nas pedras de cima. Ela deu um suspiro de esperança.

Diferente de Nathaniel e das outras famílias da floresta, que haviam levado seus rifles e revólveres, os Cherokee não carregavam armas. Eles estavam de pé lado a lado, avançando pela floresta com os braços entrelaçados e mãos vazias, formando uma parede humana. Eles estavam protegendo seu pai e as árvores da floresta com os próprios corpos!

Lágrimas encheram os olhos de Willa.

Você conseguiu, Hialeah!, ela pensou. *Você conseguiu! Você é o vento!*

Assim como elas haviam combinado, Hialeah correra até a divisa de Qualla. Ela havia conversado com os Cherokee e os convenceu de que a luta de Nathaniel era a mesma que a deles, e que todos deveriam se unir para lutar contra os madeireiros.

Quando os lenhadores viram os Cherokee bloqueando o caminho, eles ergueram as pistolas.

— Saiam daqui! Para trás! Vamos avançar! — os madeireiros gritaram, mas os Cherokee não se moveram.

Um dos madeireiros atirou por cima da cabeça deles. Outro correu na direção deles, brandindo uma pistola.

— Vocês vão acabar morrendo se ficarem aqui!

Mas os Cherokee se mantinham firmes.

O bando de madeireiros seguiu em frente, forçando a barreira dos Cherokee. De cada um dos lados, os homens se enfrentavam um a um. Willa viu dois madeireiros tentando derrubar seu irmão no chão, mas Iska lutou contra eles. Hialeah correu em sua direção.

O som de algo se arrastando assustou Willa. Vozes sussurrantes. A poucos passos de distância, outro grupo de homens estava se posicionando, unindo-se aos outros que já haviam se posicionado atrás da locomotiva.

— Fiquem abaixados — um sussurrou para os outros. — Preparem os rifles!

Os quatro homens tinham uma aparência muito diferente dos outros, estavam vestindo peças de couro e armados com rifles muito maiores, como se fossem atiradores ou algo parecido. Então Willa notou que o líder deles estava usando um cordão de garras de urso em volta do pescoço. *Eu conheço esse homem*, ela pensou, inspirando uma rajada de ar pelo nariz. Era um dos caçadores que havia atirado do outro lado da ravina, matando a mãe de Charka.

Ela olhou de relance para Iska e Hialeah, mas em meio à chuva torrencial, só conseguia ver os madeireiros tentando abrir caminho pela linha dos Cherokee.

Os atiradores adiante se afastaram dos seus aliados e foram subindo, escondendo-se atrás das árvores para conseguir um ângulo melhor e atacar as famílias das montanhas.

Willa logo se fundiu ao tronco do carvalho ao lado e tentou acalmar seu coração disparado. Enquanto passavam um a um se esgueirando ao lado dela, eles chegaram tão perto que ela pôde sentir seu cheiro do couro molhado.

Os atiradores usaram a vegetação rasteira e as árvores para se esconder, como ela fazia, manobrando para cima e para trás da linha de resistência que as famílias das montanhas haviam estabelecido.

Willa sentia todos os músculos do seu corpo tensos. Ela deveria tentar gritar e avisar o pai? Será que ele ouviria, com tanta chuva e tanto barulho?

Seu coração martelava no peito. Enquanto os quatro atiradores rastejavam para assumir suas posições, ela podia ver que seu pai e as famílias das montanhas não tinham ideia de onde eles estavam.

Abaixado e em silêncio, o líder dos atiradores deu instruções aos outros, fazendo sinais com as mãos. E todos eles levaram os rifles aos ombros e apontaram diretamente para o seu pai.

57

Vendo aquele pandemônio irromper à sua frente, Willa congelou, chocada e impotente.

E então lhe veio uma ideia.

Ela não iria gritar.

Não iria lutar.

Em vez disso, ela mostraria àqueles homens o futuro que eles estavam criando.

O Recôncavo Sombrio, mesmo sendo um lugar assombrado, com seus espíritos mortais, ensinara-lhe algo: que as raízes debaixo da terra — as raízes do passado — eram tão importantes e fortes quanto o tronco, os galhos e as folhas que se elevavam na direção do sol. O passado estava no solo, na base, nos nutrientes. E, dentro dele, vivia um poder tremendo — para o bem ou para o mal. Muitas vezes ela pedira aos galhos e às folhas da árvore que a protegessem e a ajudassem. Mas agora ela penetraria mais fundo no solo, nas raízes ancestrais do mundo.

Mesmo antes de tomar a decisão sobre o que faria, Willa já sabia que não deveria fazer nada daquilo. Ela já tinha a experiência de se conectar às árvores de forma tão profunda: ao transformar a morte em vida na ocasião em que destruíra os fantasmas, para criar o Recôncavo Verde e para fazer tudo o que havia feito. E, se continuasse assim, chegaria um momento em que ela penetraria tão fundo que não conseguiria mais voltar, mas Willa não se importava. Seu pai, sua irmã, seu irmão, as famílias das montanhas e os Cherokee estavam resistindo, ali e agora, para proteger a floresta. E, custe o que custasse, ela resistiria ao lado deles.

A garota caiu de joelhos e colocou as mãos na terra.

— Preciso da ajuda de vocês, minhas amigas!

Ela desceu até as raízes da floresta, chegando a uma árvore de cada vez.

— Preciso que vocês se mexam, minhas amigas, como vocês nunca se mexeram antes...

Enquanto a chuva caía e os raios e trovões arrebatavam o céu, veio uma rajada de vento que rasgou as árvores. A água da chuva escorria entre seus pés.

Não, ela não gritou, ela não lutou. Apenas pediu às árvores que retirassem suas raízes do solo. Que os madeireiros vissem o que seria do mundo sem elas.

Acima e abaixo da encosta da montanha, as raízes rastejaram para fora da terra, empurrando o chão e se prendendo ao leito de rocha, deixando o solo milenar entregue à própria sorte contra as forças da chuva e do vento.

Willa olhou na direção dos quatro guardas que estavam mirando em seu pai. O chão debaixo deles ruiu. Eles gritaram e deixaram cair as armas, agarrando-se às árvores, e às pedras, e a qualquer coisa que estivesse ao alcance, enquanto a água da chuva arrancava a terra em volta deles.

Toda a encosta da montanha cedeu. Madeireiros parados nos diversos pontos do local começaram a gritar: "Deslizamento!". Eles sabiam exatamente o que aquilo significava, pois já haviam causado muitos outros antes.

Ao longe, um dos guindastes balançou, fazendo um ruído metálico, e tombou, deslizando pela montanha e arrastando cabos e equipamentos pelo caminho. Os trilhos da ferrovia se dobraram e foram amassados pela força do movimento da terra. Os vagões do trem foram se empilhando, um sobre o outro, em colisões assombrosas, a lama os engolindo enquanto desciam rolando pela encosta.

Homens corriam para todos os lados, engatinhando para tentar subir o terreno e se agarrando a qualquer pedaço de rocha que encontravam.

Debaixo dos pés de Willa, o solo que escorria começou a tremer e rachar. A água da chuva batia no seu tornozelo, e a garota se agarrou a uma rocha.

A poucos passos dela, os trilhos de aço começaram a girar e a se curvar com a onda devastadora de lama que descia a montanha, os rebites estouraram, os ferrolhos se partiram em dois e a locomotiva preta a vapor que havia pouco parecia indomável, agora pendia para o lado. Os guardas e os foguistas, que estavam usando o trem para se proteger, agora gritavam e corriam como ratos assustados, apressados para chegar ao solo firme.

Ela se viu torcendo por eles e segurando a respiração, enquanto eles tentavam sobreviver no meio da lama, agarrando-se às pedras.

— Corram — ela gritou, um pouco com raiva e um pouco com medo de que se machucassem. Ela não tinha a intenção de matar aqueles homens, apenas de destruir seus instrumentos mortais. — *Corram!*

O aço dos trilhos gemia enquanto se dobravam e a locomotiva enfim tombou e desceu rolando pela encosta, puxando a longa fila de vagões, junto com uma avalanche de lama e máquinas. Num pulo, Willa saiu do caminho e abraçou o tronco do carvalho que prendera suas raízes ao leito de rocha.

Os vagões do trem colidiram com os guindastes mais abaixo, fazendo outro amontoado de lama e máquinas descer rolando pela montanha.

— Subam todos! — Nathaniel estava gritando para as famílias das montanhas e para os Cherokee, enquanto eles recuavam de suas posições nas pedras. Willa podia vê-los do outro lado, subindo a montanha para fugir da lama e encontrar um local seguro.

— Corra, Hialeah! Fique na pedra! — o pai gritou. — Iska, olhe para trás!

Willa não tinha percebido, mas havia uma mulher Cherokee presa na lama atrás de Iska. Ao ouvir o grito do pai, ele se virou para trás e a retirou da lama e, então, os dois rastejaram para chegar ao terreno elevado.

Mas enquanto Hialeah, Iska e os outros procuravam um lugar seguro, Nathaniel ficava para trás, segurando-se nas rochas expostas na terra, com os pés escorregando e deslizando na lama turbulenta e olhando para todo aquele caos.

O coração de Willa cambaleou.

— Você tem que correr, pai! Rápido! — ela gritou. Mas, em meio à chuva, ao vento e aos gritos dos homens, ela sabia que ele não a ouviria. Também sabia que o chão onde ele estava logo cederia. Inclusive as rochas.

— Corra, pai!

Willa espiou na direção em que ele estava olhando.

Ao longe, avistou Jim McClaren montado em seu cavalo, com o rosto branco de choque ao observar a destruição da sua área de trabalho, seus homens correndo e gritando, enquanto os trens, guindastes e outras máquinas desabavam pela montanha.

A parede gigante de lama marrom desabava na sua direção. Ele puxou as rédeas do cavalo para fugir, estava prestes a esporear o animal para galopar e fugir quando viu algo que imediatamente o fez segurar as rédeas.

Willa ficou confusa. Por que ele estava parando? Olhou rápido para o pai no ponto mais alto, Nathaniel não estava mais observando McClaren, ele encarava algo atrás de McClaren, o motivo pelo qual ele havia parado no meio do caminho de um deslizamento de lama.

Ao se virar para ver, Willa perdeu o fôlego. Para sua surpresa, Adelaide estava de pé na encosta, um pouco abaixo de onde estava seu pai. Como sempre fazia, ela o seguira, mas agora estava paralisada de medo, vendo uma montanha de lama desabar em cima deles.

McClaren imediatamente conduziu seu cavalo na direção dela, desesperado para alcançá-la. Willa tinha certeza de que ele não fazia ideia do porquê ela estava ali, mas nada lhe importava a não ser salvar a filha.

— Adelaide! — ele gritou, enquanto a lama vinha numa enxurrada que já tocava nas patas do cavalo. McClaren lutou com bravura para ficar na sela e salvar a filha, mas o cavalo foi arrastado debaixo dele.

Nadando pela lama que lhe chegava aos ombros, McClaren se agarrou a um galho grande que despontava da torrente.

— Aguenta firme, Adelaide! Eu vou te pegar! — ele gritou. Mas ao dizer aquelas palavras, tudo à sua volta, até mesmo o galho em que ele se segurava, deslizou pela montanha, e ele foi arrebatado pela lama.

Willa observava, horrorizada, a parede de lama despencar na direção de Adelaide. De tão longe, não havia nada que Willa pudesse fazer para salvá-la.

*N*athaniel deixou cair o rifle e saltou das pedras. Willa deu um grito agudo ao vê-lo caindo pelo céu. Ele atingiu o chão à frente do deslizamento e disparou na direção de Adelaide. Atirou-se diante dela e a envolveu com o próprio corpo no mesmo instante em que a parede de lama e os escombros desabavam sobre os dois. Willa gritou ao vê-los desaparecer sob a terra em movimento.

Deixando para trás a segurança do carvalho que a protegera, Willa disparou, arrastando-se pelo lodo grosso.

— Adelaide! Pai! — ela gritava.

Ela arrastava os braços pelos destroços, buscando, desesperada, qualquer sinal dos dois.

— Pai! Cadê você? — ela gritou. — Adelaide!

Willa vasculhava, desesperada, as pedras e a lama, em meio aos galhos quebrados. Seu pai e Adelaide pareciam ter sido completamente engolidos, e a garota sentiu a esperança se esvaindo do seu corpo.

— Não desista, Willa! — Hialeah gritou, descendo a montanha em disparada para se juntar a ela. Sua irmã não havia escapado para o ponto mais alto com os outros. Ela ficou para ajudar Willa e o pai.

— Vamos continuar procurando por eles! — Hialeah disse ao encontrá-la, uma se agarrando ao corpo coberto de lama da outra.

Sentindo mais uma explosão de força, Willa tomou a frente para descer a encosta arruinada e lamacenta. Ela e a irmã rastejaram pela lama, subindo e procurando, por vezes de joelhos e mãos no chão, às vezes vasculhando as pedras, mas nem sinal deles.

Lá embaixo, os guindastes a vapor, as locomotivas barulhentas e os vagões eram amontoados de ferro tombado. Os longos trilhos de aço que foram arrancados da encosta da montanha se empilhavam como galhos quebrados e lamacentos.

Vendo a destruição que havia causado, Willa se sentiu entorpecida. Ela acabara com o desmatamento e destruíra a madeireira Sutton, mas nada disso importava agora. A garota sentia o peso da perda do pai e da irmã tomando todo o seu corpo, ancorando-a à terra.

Willa caiu de joelhos, desesperada.

Ao olhar para baixo, pedaços de cipó e gavinhas de folha, que foram arrancados pelo deslizamento e agora estavam presos à lama, começaram a crescer em volta de suas mãos e braços, as folhas rasgadas se fizeram inteiras e verdes bem diante dos seus olhos. Ela não sabia se as plantinhas estavam desesperadas, pedindo ajuda ou tentando consolá-la, mas renasciam em volta dela.

O mundo ficou imóvel.

Os trovões e os raios cessaram.

Até a chuva passou.

Adelaide e Nathaniel sumiram.

Sem sangue.

Sem corpos.

Simplesmente sumiram.

Willa olhou para Hialeah, e Hialeah olhou para ela.

A terra os engolira por inteiro.

59

Parecia que tudo aquilo acontecera num passado muito distante, mas fazia apenas poucos dias que Willa havia encontrado a mamãe urso olhando para baixo da ravina. Será que, naquele momento, ela deveria mesmo ter salvado o filhote?

Depois que o bando de madeireiros foi atacado, será que ela deveria ter conduzido Jim McClaren de volta para casa?

Quando estava desesperada de solidão, será que ela deveria ter voltado ao vale de Cades para encontrar a garota de cabelos cor de trigo?

Será que ela deveria ter destruído os fantasmas do Recôncavo Sombrio para salvar a vida dos madeireiros?

Ela tinha feito suas próprias escolhas.

E agora o resultado estava bem diante dela, em uma montanha íngreme de lama. Os destroços dos equipamentos de corte lá embaixo pareciam um empilhado de criaturas metálicas destruídas, uma em cima da outra.

Todos os madeireiros haviam voltado ao acampamento.

Ela e Hialeah estavam paradas, sozinhas, na encosta da montanha. Willa não sabia o que dizer, nem o que fazer. Seu pai e sua irmã já não estavam mais ali.

— Olha lá! — Hialeah gritou, apontando na direção de um morro de lama e árvores que havia se formado no fundo de uma saliência.

Willa perdeu o ar quando, por fim, viu o que sua irmã tinha avistado em meio aos galhos quebrados e outros escombros: saindo para fora da lama, surgia a mão pálida de um homem branco.

— Temos que tirá-lo de lá! — Hialeah gritou.

Willa e Hialeah ficaram de joelhos e começaram a escavar a terra com as mãos.

— Ele vai ficar sem ar! — Hialeah gritou enquanto escavavam.

E, então, as duas pararam de repente, e Willa olhou para baixo, em choque: a mão não estava ligada a um braço, mas a algo que parecia uma grande bola de gravetos.

— Continue cavando! — Hialeah disse, as duas revolvendo a lama, frenéticas.

Willa viu que os gravetos que formavam a bola estavam bem trançados e não eram marrons e mortos como aqueles da velha toca. Estavam verdes e vivos, o que significava que tinham acabado de brotar.

— Que negócio é esse? — Hialeah perguntou, receosa.

Willa colocou as mãos na bola de gravetos trançados e disse na língua Faeran:

— Por favor, soltem ele, minhas amigas.

Os gravetos desfizeram a trama que os prendia e se soltaram. Dentro da bola, elas viram os ombros brancos e nus de um homem, com a camisa arrancada do corpo.

Ao afastarem mais gravetos, descobriram as suas costas. Ele estava todo encolhido, com as saliências das vértebras fazendo uma curva longa e arqueada pela sua coluna.

Elas continuaram cavando até chegar à cabeça e aos braços, que estavam recolhidos como os de um feto.

— É ele, é o papai! — Hialeah exclamou, trabalhando cada vez mais rápido. — Ele precisa respirar! Precisamos tirá-lo daqui!

O corpo de Nathaniel tinha machucados graves em diversos lugares, e havia ferimentos sangrentos na cabeça e nas costas. Com cuidado, Willa retirou a lama de dentro da sua boca e das suas narinas.

— Não consigo ver se ele está respirando! — Hialeah gritou, desesperada, limpando a terra do seu rosto.

Todos os músculos do seu corpo estavam tensos, como se ele tivesse envolvido o próprio corpo em volta de algo que quisesse muito proteger.

Depois de tirar mais gravetos e lama de cima dele, a forma curvada do homem se desfez no chão. Seus braços caíram, abertos, ao lado do corpo inerte e elas finalmente viram o que ele tentara proteger contra o perigo: uma garotinha de pele branca e cabelos loiros.

— Adelaide! — Willa gritou, soltando-a dos braços do seu protetor.

Sabendo que aquela era a única chance que eles tinham, Adelaide usou seus poderes Faeran para fazer crescer uma bola de gravetos em volta dela e de Nathaniel, para envolvê-los em um casulo, como Willa fizera quando as duas foram atacadas pelas borboletas negras do Recôncavo Sombrio.

Depois que Adelaide tomou fôlego e deu um suspiro longo e sonoro, Willa apertou os braços em volta dela.

— Você está viva!

A princípio, Adelaide parecia fraca ou assustada demais para falar. Ela só olhou ao redor, para toda a tristeza daquela devastação e, então, seus olhos pousaram no pai de Willa. E foi assim que as palavras finalmente saíram.

— Seu... pai... me salvou... — Adelaide chorava, tentando tomar fôlego entre os soluços. — Mas eu... não consegui... salvá-lo.

60

Willa se ajoelhou ao lado do corpo do pai e o examinou, tentando manter a respiração calma e as mãos firmes. Ela pôde ver um osso quebrado saindo do seu tornozelo. Os ossos do braço e mão esquerdos também pareciam quebrados. Um enorme hematoma roxo e preto cobria suas costas no lugar em que fora atingido por uma pedra. Havia muitos outros cortes e contusões menores por todo o corpo, mas o pior deles era a ferida na cabeça, ainda escorrendo sangue pelo rosto. Ver o pai daquele jeito fez Willa querer desabar e chorar, mas ela inspirou fundo pelo nariz e disse a si mesma que precisava ser forte.

A garota se inclinou e encostou o ouvido no peito descoberto do pai, tentando ouvir as batidas do seu coração.

— Acho que ele está respirando, mas bem fraquinho — ela disse às irmãs.

— Precisamos levá-lo a um médico — Hialeah disse, com a voz trêmula.

— O médico mais próximo fica em Gatlinburg ou no vale de Cades — Adelaide comentou.

— É longe demais — Hialeah disse.

— Willa, você pode fazer alguma coisa por ele? — Adelaide perguntou. — Você pode ajudar?

Willa repassou mentalmente todas as plantas e unções curativas que sua avó lhe ensinara. Ela poderia encontrar ervas para estancar o sangramento, combater a febre ou reduzir o inchaço. Mas ela não conhecia nenhuma planta que pudesse recobrar sua consciência ou consertar o estrago que as pedras e galhos causaram ao se chocar contra sua cabeça e seu peito.

— Posso ganhar algum tempo, mas não posso curar essas feridas — ela disse.

— Tem que haver algo que a gente possa fazer — Hialeah disse.

— Vamos tentar carregá-lo — Adelaide sugeriu.

Hialeah o segurou pela cabeça e pelos ombros, Willa pegou as pernas e Adelaide apoiou a parte central do seu corpo. As três o ergueram e tentaram carregá-lo pela floresta. Depois de pouco caminhar, elas já estavam exaustas e caíram no chão.

— Não podemos desistir — Hialeah disse, enxugando os olhos com as costas da mão.

— Adelaide, você lembra o caminho até o Recôncavo Verde? — Willa perguntou. — Consegue chegar até lá?

— Consigo, sim — Adelaide confirmou.

— Vou tentar estancar o sangramento e tratar as feridas, mas precisamos de mais ajuda. Quero que você corra o mais rápido que puder e conte à Gillen o que aconteceu. O clã não vai me ouvir, mas talvez eles ouçam você e Gillen juntas. Não se esqueça de voltar à sua forma Faeran. E, antes de mais nada, faça com que Sacram e Marcas fiquem do seu lado. Eles te conhecem, vão estar dispostos a ajudar e talvez os outros façam o mesmo.

— O que eu devo dizer para eles? — Adelaide perguntou.

— Diga que a gente destruiu as máquinas dos humanos. Mas, em pouco tempo, outros madeireiros vão voltar. Você, meu pai e Hialeah são as conexões entre as famílias das montanhas, os Cherokee, o vale de Cades, Gatlinburg e todos os outros que se importam com estas montanhas. Diga à Gillen que se os Faeran quiserem continuar vivos, eles precisam nos ajudar a salvar este homem.

— Pode deixar — Adelaide disse.

— Não sei até onde eu e Hialeah vamos conseguir carregá-lo sozinhas, mas você e os Faeran precisam nos encontrar onde estivermos. Vou pedir para a floresta nos ajudar, então fique de olho nas árvores, em especial nos corvos, eles vão te guiar.

— Entendido — Adelaide disse com firmeza. Mas logo depois parou. Seus olhos serenaram, e ela ficou quieta. — Antes de eu ir, há uma coisa que você precisa saber, Willa… — Adelaide olhou para a base da montanha, na direção do acampamento dos madeireiros.

— Sim, eu o vi — Willa disse. — O seu pai saiu correndo, enfrentou um enorme perigo para tentar te salvar. Mas a lama veio e levou ele e o cavalo. Não sei se ele conseguiu...

Adelaide pressionou os lábios e assentiu devagar, olhando para o chão.

— Não importa o que aconteceu — Willa disse com a voz mais suave —, e independente de tudo que ele possa ter feito, eu sei que o seu pai te amava, Adelaide.

Adelaide engoliu em seco ao ouvir as palavras de Willa e então respondeu tão baixinho que foi quase impossível ouvi-la:

— Eu sei que ama.

Willa observou em silêncio a irmã olhar para a base da encosta.

— Se... se ele ainda estiver vivo... vão cuidar dele no acampamento. — Adelaide fez uma pausa e, então, repetiu, como que para confortar a si mesma: — Vão cuidar dele.

Por fim, ela se virou. Olhou para Nathaniel, deitado, ferido no chão, e então ergueu os olhos para Willa.

— Vou trazer o nosso povo o mais rápido que eu puder.

E, assim, Adelaide deu um último abraço em Willa e em Hialeah e subiu correndo a encosta da montanha, desaparecendo na floresta.

Hialeah tirou uma faca do cinto e começou a cortar pedaços grandes de tecido da própria saia. Enquanto trabalhava, disse:

— Vi o Iska e os outros subindo as pedras na parte de cima do deslizamento. Então eles estão seguros. Se você conseguir encontrar alguns galhos, eu posso usá-los como uma estaca para fazer uma maca com este tecido. Vai ser mais fácil arrastar o papai assim para onde quer que a gente vá.

Willa encontrou dois galhos retos e compridos em meio aos escombros.

— Pelo jeito, não vamos para casa — Hialeah disse, enquanto elas preparavam a maca juntas.

— Ainda não — Willa disse.

— Aonde vamos levá-lo?

— A um lugar impossível de encontrar.

61

Com as pernas fracas e trêmulas e os músculos doendo a cada passo, Willa tropeçou. Suas mãos queimavam de dor, a pele estava cortada e sangrando na parte em que ela segurava um dos galhos da maca. Hialeah puxava do outro lado, tomando fôlego ao arrastar o pai ferido montanha acima.

Willa sabia que, se Hialeah não estivesse ali, encorajando-a a seguir, um passo após o outro, um quilômetro após o outro, ela já teria sucumbido e desistido há muito tempo. Mas Hialeah tinha o coração forte, seguia em frente, subindo e subindo a montanha, as duas puxando, arrastando e erguendo o pai.

Chegaram à metade do caminho, até que as pernas de Willa não aguentaram mais e ela não conseguia seguir adiante, não era uma questão de escolha, ela apenas não era grande ou forte o suficiente para arrastar o pai até tão longe, por mais que precisasse. As duas se deitaram no chão, exaustas, impossibilitadas de continuar.

Quando um bando de corvos passou voando, fazendo círculos em volta dos galhos das árvores acima delas, chamando e grasnando, triunfantes, uma sensação profunda de alívio invadiu seu corpo.

Ela se virou e viu um grupo de Faeran vindo pela floresta na sua direção.

Gillen e Adelaide estavam lado a lado, liderando Marcas, Sacram e ao menos outros trinta Faeran de corpos fortes.

Adelaide havia conseguido! Eles vieram.

— Alliw disse que você precisava da nossa ajuda. — Havia uma pontinha de orgulho do clã na voz de Gillen.

Olhando para Adelaide como que para pedir orientações, Sacram imediatamente se moveu à frente e pôs Willa de pé. Marcas segurou um dos galhos da maca, aliviando o fardo de Hialeah, e com Gillen do outro lado, os dois começaram a puxar. Dois outros Faeran intervieram para erguer a outra ponta do chão.

— Por aqui — Willa disse, conduzindo-os pela floresta. — Precisamos ir rápido.

Seu pai ainda estava inconsciente, e a palidez acinzentada da sua pele a preocupava.

Agora, eles estavam se movendo rápido, com os membros do clã do Recôncavo Verde se revezando para carregar a maca. Seguiram pelo interior dos vales escondidos e das ravinas arborizadas, abrindo caminho pelas montanhas, muito mais rápido e muito mais longe do que qualquer um deles teria conseguido sozinho.

Enquanto os Faeran carregavam seu pai, Willa viu algo que nunca vira antes: todos os seus irmãos se movendo na mesma velocidade e na mesma direção, empurrando, puxando, erguendo, sincronizados como se fossem um único ser.

Era algo pequeno, e ela achou que, provavelmente, ninguém notaria, afinal, eles só estavam trabalhando juntos para fazer o que era preciso, mas sua avó lhe contara histórias de antigos clãs Faeran e de todos os seus feitos. Foi algo que deu a Willa a confiança de que, enquanto tivessem árvores por perto, aqueles jovens Faeran conseguiriam sobreviver.

Por fim, quando chegaram a um cume alto e pedregoso, Willa pediu que parassem e colocassem o pai deitado no chão.

Dali, todos contemplaram a vasta cascata de montanhas azuis, camadas e mais camadas de cumes, com nada além da bruma das nuvens entre elas.

— Onde estamos? — Hialeah perguntou. — Estamos viajando por horas e parece que só há montanhas por aqui.

— Estamos bem onde precisamos estar — Willa disse. — Eu, você e Adelaide vamos ter que seguir sozinhas a partir daqui.

Ela deu uma rápida verificada no estado do pai e, então, olhou para Gillen, Sacram, Marcas e para os outros Faeran.

— Obrigada pela ajuda — Willa disse. — Sei que é difícil entender isso agora, mas vocês não salvaram só a vida do meu pai como também salvaram o nosso povo.

Enquanto ela e Adelaide se despediam dos seus irmãos da floresta, Willa percebeu que Hialeah observava os Faeran com olhos fixos. Willa sabia que quando Hialeah perdera a mãe, sua alma ficou amargurada com os Faeran malignos que a assassinaram. Mas agora Hialeah estava vendo algo mais, seu mundo ganhava uma nova forma de compreensão, pois os Faeran do Recôncavo Verde vieram para ajudar seu pai quando ele mais precisou. Hialeah via diante de si que havia muitos tipos diferentes de Faeran, assim como havia muitos tipos diferentes de humanos: os desonestos e destruidores e os honestos e verdadeiros.

— Precisamos ir — Willa disse, e as três irmãs pegaram a maca. Elas foram abrindo caminho para descer a encosta, adentrando uma densa parede de névoa branca.

— Que lugar é este? — Adelaide perguntou, insegura, ao penetrar na névoa.

— Você está nos levando ao lago de cura dos ursos... — Hialeah sussurrou, maravilhada, pois tinha ouvido sua mãe contar aquela lenda Cherokee muitas vezes.

— É a única esperança para o nosso pai — Willa disse.

— Mas a história conta que apenas os ursos conseguem encontrar o caminho em meio à névoa.

Willa sorriu. Ergueu o queixo na direção do céu e gritou:

— Charka! É a Willa! Você precisa vir aqui! Você precisa vir me encontrar!

— Charka... — Hialeah disse, baixinho, com a voz cheia de admiração. — Agora vejo o que você fez, Willa...

— Ela sempre tem um plano, não é? — Adelaide disse.

Mas enquanto caminhavam, Willa começou a se preocupar. Nada acontecia. Nem sinal do seu amigo.

— Charka! É a Willa! — ela gritou de novo. — Charka!

Nada ainda.

— E se ele não estiver aqui? Se não nos ouvir? — Adelaide perguntou.

Willa não estava certa do que faria. Se Charka não viesse, seria impossível encontrar o lago que poderia curar o seu pai.

— Parece que vamos ter que esperar — Adelaide disse.

— Não dá para esperar — Hialeah disse, com a voz beirando a frustração.

— Charka! — Willa gritou outra vez, ficando cada vez mais ansiosa.

Ela se ajoelhou ao lado do pai para verificar se ele ainda respirava, sentiu as batidas do seu coração, que estavam ainda mais lentas. Ele estava frio e úmido.

— Ali! — Adelaide arfou, apontando com entusiasmo.

Willa se virou e viu uma coisinha preta atravessando a névoa rodopiante, correndo na direção delas.

Charka veio em disparada em meio à névoa e pulou em Willa com tanta empolgação que a derrubou no chão. O ursinho gemeu e choramingou de felicidade ao vê-la.

— Olá, olá, Charka! — ela disse, acariciando seu focinho e o abraçando muitas e muitas vezes.

— Olha só se não é o ursinho que veio nos resgatar — Hialeah disse, nitidamente contente por vê-lo e com certeza se lembrando da bronca que dera em Willa quando ela levou Charka para casa.

— Vá na frente, Charka — Willa disse. — Precisamos chegar ao lago agora mesmo.

Elas seguiram o filhote em meio à neblina, que estava tão espessa que precisavam tatear com as mãos à frente para dar um passo, por menor que fosse, sem trombar com uma árvore ou pedra. O urso trotava num ritmo contínuo, e elas se esforçavam para acompanhá-lo.

Quando a névoa enfim começou a clarear, o lago de cura dos ursos apareceu à frente. Ele era inteiramente cercado por montanhas verdes e arborizadas, e quedas d'água vertiam pelos lados.

Willa já estivera ali antes, mas o lago estava ainda mais lindo do que ela lembrava.

Era óbvio que muita coisa acontecera desde que ela fora embora. Reunir Charka com o velho urso-branco reacendeu o espírito enfraquecido do guardião. Dezenas de novos ursos vieram de longe atender seu chamado e, agora, todos estavam rolando nas águas quentes e curativas do lago e agrupados ao longo das margens. Bandos de patos atravessavam o céu, com as asas cintilantes refletidas na superfície lisa e dourada do lago.

Mas o urso-branco os vira de longe e agora estava correndo na direção deles, rugindo com raiva por Willa ter cometido a abominação, o crime, de ter trazido *humanos* para o lago dos ursos pela primeira vez.

— Afastem-se — Willa disse às irmãs, dando um passo adiante para encarar de frente o protetor do lago.

O imenso animal parou à sua frente, ergueu-se nas patas traseiras e soltou um rugido trovejante.

Willa se agachou no chão, com o corpo todo tremendo, mas sem ceder.

O urso mostrou os dentes e estalou a mandíbula. A saliva que saiu de sua bocarra aberta voou até o rosto de Willa. Ele jogava a cabeça para frente e para trás, urrando para ela.

Com o coração disparado e os braços tremendo, Willa ficou de pé diante dele e começou a falar:

— Sei que este lago é o seu território e a sua magia, não nossa. Mas preciso da sua ajuda, meu amigo.

O urso-branco rugiu e deu um bote, golpeando o ar com suas garras gigantes, enfurecido por ela ter sido tão tola e desrespeitosa, trazendo humanos para atravessar a neblina, até a margem daquele lago escondido.

— Sei que você acha que os humanos não são dignos da cura do lago — ela disse. — Humanos caçam e matam a sua espécie. Eles comem a sua carne e derrubam as florestas onde vocês vivem. Sei que tudo isso é verdade.

O urso-branco voltou a se apoiar nas quatro patas, com as orelhas espalmadas e os lábios pretos puxados para trás em um rosado. Ele ainda estava furioso, mas ao menos estava ouvindo suas palavras na língua Faeran.

— Mas, por mais que a gente não goste, a floresta está mudando — ela disse. — Agora os seres humanos fazem parte das montanhas, como as árvores, os ursos, e os rios que fluem deste lago. Estamos todos conectados, o nosso destino está ligado ao deles.

Enquanto Willa falava, o urso-branco olhava para Hialeah, parada de pé atrás dela, e para Nathaniel, deitado, ferido na maca aos seus pés. Ele soltava fortes lufadas de ar pelo focinho, deixando claro que não aceitava o que Willa estava lhe dizendo.

— É verdade que se não impedirmos que os humanos destruam a floresta, eles vão acabar chegando aqui e vão destruir este lugar sagrado, mas eu imploro que você entenda que alguns humanos não querem destruir. Alguns humanos vão lutar para proteger este lugar que amamos. — Willa apontou devagar para Nathaniel. — Este é um dos líderes desses humanos. Meu pai é um dos troncos ao qual todas as raízes estão conectadas. Se ele morrer, todo o resto da floresta pode morrer com ele.

O urso-branco a encarou por um bom tempo, como se olhasse no fundo da sua alma para estudar se havia verdade naquelas palavras.

Mas, então, seus ombros se curvaram e ele cerrou as mandíbulas, fazendo um estalo alto.

Willa baixou a cabeça, ela sabia exatamente o que aquilo significava.

O grande urso tomava conta daquelas montanhas havia quinhentos anos. Em toda a sua experiência, os humanos que vieram do outro lado do oceano só trouxeram a morte e a destruição. Ele vira tanto do passado que perdeu a capacidade de imaginar o futuro. Por mais sábio que fosse, o líder dos ursos não via o que ela via: que aquele humano era digno de salvação. Aquele homem e sua filha, e os outros como eles, não destruiriam a floresta. Eles eram os únicos que poderiam salvá-la. Os muitos anos de experiência do urso o cegaram de tal forma que ele só via o que os humanos foram no passado, e não aquilo que se tornariam.

E, naquele momento, ao se dar conta de tudo isso, o coração de Willa afundou, pois ela sabia qual era a resposta do urso. Estava no jeito como ele permaneceu na frente dela, sem abrir caminho, e na forma como rangia os dentes.

Ele estava dizendo: *Não, você não pode trazer esse homem para o lago de cura dos ursos. Ele é humano. Que morra.*

62

O urso-branco tomou sua decisão. E, ao se virar, Willa percebeu que ele esperava que ela fosse acatada. *Imediatamente.*

Ela sabia que se tentasse ignorá-lo e arrastasse às pressas o corpo do pai para o lago, o urso-branco poderia se enfurecer e atacar. E ordenaria que os outros ursos também atacassem. Não lhe restava dúvidas de que eles matariam seu pai, e, provavelmente, as três irmãs que tentariam defendê-lo.

— Peguem a maca — Willa disse. — Precisamos ir embora.

— O quê? Espera! Não! — Hialeah exclamou, seu rosto fervendo de raiva e perplexidade. — Não podemos ir embora! O lago pode curá-lo!

— O urso-branco não vai nos deixar chegar perto da água — Willa disse, enquanto ela e Adelaide pegavam as estacas da maca para se afastarem. — Precisamos ir rápido.

— Como assim? — Hialeah perguntou. — Por que ele não nos deixa usar o lago?

— Porque o nosso pai é *humano* — Willa respondeu. — Agora vamos, rápido. Temos que ir embora.

Ao olhar para as margens do lago, ela viu o urso-branco observando sobre os ombros o momento em que ela e Adelaide começaram a puxar a maca na direção das árvores. Vendo que ela estava fazendo o que ele havia ordenado, ele continuou andando na direção oposta, como se não quisesse nem sentir o cheiro dos humanos por perto.

Mas o jovem Charka ficou ao lado de Willa e parecia tão triste quanto ela.

— Não podemos ir embora assim... Não, por favor... — Hialeah implorou, seguindo Willa e Adelaide pelo bosque.

Ignorando Hialeah, Willa deu mais alguns passos, arrastando o pai mais para dentro da floresta, até que as árvores e a vegetação rasteira os tivessem escondido da visão dos ursos nas margens do lago.

— Aqui — Willa sussurrou para Adelaide, e elas pararam de puxar.

Willa foi se ajoelhando devagar ao lado do seu pai inconsciente. Sua respiração estava tão lenta que ela mal conseguia sentir. Sua pele estava cinza e os lábios escuros. Ela sabia que ele estava quase morto.

Não havia chance alguma de levá-lo a um médico no vale de Cades ou em Gatlinburg e, mesmo se conseguissem, ela não achava que um médico poderia salvá-lo.

Seu pai estava à beira da morte.

Escolhas, ela pensou. *Me resta uma última escolha...*

Ela sabia que não era uma escolha que seu pai aprovaria. Ele ficaria muito triste quando descobrisse. Mas, mais uma vez, parecia que não havia outra opção a não ser seguir o caminho do seu coração.

— Me desculpa, pai — ela sussurrou, repousando a testa na dele. Ele não poderia ajudá-la ou orientá-la e ela sabia o que deveria fazer.

Willa costumava se perguntar se as suas escolhas faziam alguma diferença no mundo. Deveria tomar este caminho ou aquele? Ela deveria ter salvado o ursinho ou tê-lo deixado pra trás?

Ela havia chegado tão longe para entender uma verdade: nós nos tornamos as escolhas que fazemos.

Se assumimos a aparência de um humano por muito tempo, nos tornamos quase humanos, como Adelaide. Se lutamos para proteger algo por muito tempo, nos tornamos guardiões, como o seu pai. As escolhas que fazemos na nossa vida não são apenas os caminhos que tomamos, mas a forma que assumimos.

Ela deixou as mãos deslizarem pelo solo e começou a cantar. Tocou a árvore ao lado da qual estava ajoelhada, uma bétula amarela com raízes que atravessavam a superfície do solo. Fora o Recôncavo Sombrio que lhe mostrara o caminho e o poder das raízes. E, ao fechar os olhos e deslizar para dentro delas, ela percebeu que seria fácil demais. As raízes já estavam preparadas para a sua chegada, preparadas demais para recebê-la.

Movendo-se pelas raízes e cantando a antiga canção das árvores, ela pediu que crescessem, que empurrassem a terra uma última vez. Não para lutar contra os homens de ferro ou para se arrancarem da terra e mostrar aos humanos como seria o mundo sem a sua proteção. Desta vez, ela estava fazendo aquilo por um motivo completamente diferente: *para roubar.*

Ela foi criada pelo padaran como uma jaetter, uma ladra noturna, e era a melhor do clã. *Mova-se sem fazer barulho. Roube sem deixar vestígios.*

As raízes cresceram rápido sob o solo, mergulhando na terra e na areia, até chegarem à beira do rio. E, dali, começaram a sugar a água para si.

— Isso — ela sussurrou. — Isso mesmo. Continuem trazendo... Isso...

Com a água do lago vindo em sua direção, ela podia sentir sua pressão, sua força, sua magia. Aquilo começou a preenchê-la.

Enquanto Adelaide, Hialeah e Charka a cercavam e observavam sem entender, ela se debruçou sobre o pai à beira da morte.

À medida que as árvores e os cipós folhosos se prendiam ao seu corpo, Willa começou a soluçar e, em suas lágrimas, a água do lago começou a jorrar sobre o corpo do seu pai.

Ela já havia chorado muitas vezes antes, mas nunca daquele jeito. As lágrimas não paravam de vir, brotando de dentro dela e fluindo pelo seu corpo, como se houvesse uma piscina infinita de lágrimas nela, que caiam sobre o seu pai.

Willa sentia que estava deslizando para dentro do solo e das raízes das árvores, mas continuou. Ela precisava deixar a água do rio fluir através dela.

Ela tinha salvado o ursinho.

Ela havia encontrado sua irmã Faeran.

Ela tinha construído uma nova toca para os Faeran.

Como a Grande Montanha lhe mostrara, ela havia feito sua parte.

E agora ela faria só mais uma coisa, ou tudo estaria perdido, tudo seria derrubado pelos homens que estavam por vir.

De repente, a boca do seu pai se abriu num só fôlego e ele deu um suspiro lento e profundo; enxugou a água que pingava no rosto; mexeu as pernas e os braços e começou a se sentar, nitidamente confuso sobre onde estava ou sobre o que acontecera com ele.

— *Dee-sa* — Willa disse às raízes e às outras plantas. — Já chega, podem parar.

Ela sentiu como se tivesse submergido e acordado de um sono longo e profundo. Afastou-se do pai e fez um grande esforço para ficar em pé.

— Que lugar é esse? — seu pai perguntou, olhando em volta.

— É um dos lugares que você vai salvar, pai — Willa murmurou, mas sua visão estava embaçada demais para vê-lo e estava fraca para chegar até ele. Ela tropeçou alguns passos para longe.

— O que está acontecendo, Willa? — Adelaide disse, correndo na sua direção e tentando mantê-la firme.

— Fique com o meu pai e a Hialeah, eles vão precisar da sua ajuda — Willa tentou dizer à Adelaide, mas não tinha certeza se as palavras estavam saindo da sua boca.

Willa deu mais alguns passos, com Adelaide a segurando em pé.

— Eu só preciso caminhar — Willa disse, mas sua voz estava fraca e rouca.

Então ela sentiu algo acontecendo com suas pernas. O solo debaixo dos seus pés descalços parecia estar se movendo. Willa sentiu as samambaias e os cipós tremendo ao seu redor e provou a umidade do ar. Já não conseguia mais ver com os olhos nem escutar com os ouvidos, mas, de alguma forma, ela sabia que um bando de patos cruzava o céu, com as asas sibilando. Ela visualizou na superfície do lago o reflexo deles ao traçar o sol poente. A mesma luz dourada e o mesmo reflexo dos pássaros estavam na água que escorria pelo seu rosto, misturada às suas lágrimas.

— Willa, me fala o que você tem — Adelaide disse, desesperada. — O que está acontecendo com você?

Willa caiu, contorcendo-se no chão. Trepadeiras e a relva começaram a crescer por cima e em volta do seu corpo e ela sentiu seus membros tocando o solo.

— Eu te amo, Adelaide — Willa sussurrou.

— Não, não, não — Adelaide gritou, desesperada. — Não me diga isso! Pare já com isso! Faça parar!

Nathaniel e Hialeah vieram correndo, e seu pai tentou segurá-la.

— Willa, não vá... — ele disse, com a voz suplicante e atônita.

Ela ouviu a voz do pai.

Ela ouviu a canção das irmãs que choravam.

Ela sentiu a luz do sol em sua pele.

Ela sentiu a terra nos seus ossos.

Ela sentiu suas raízes no solo.

Ela sentiu a brisa batendo.

E ela sentiu a água lhe correndo por dentro e subindo na direção da luz.

Todos olharam para cima.

Um homem.

Uma garota humana.

Uma garota Faeran.

E um filhote de urso-negro.

Todos ergueram os olhos para ver uma árvore alta e reluzente que havia crescido ao lado do lago, com seus galhos verdes estendidos na direção da luz dourada do pôr do sol.

Fim

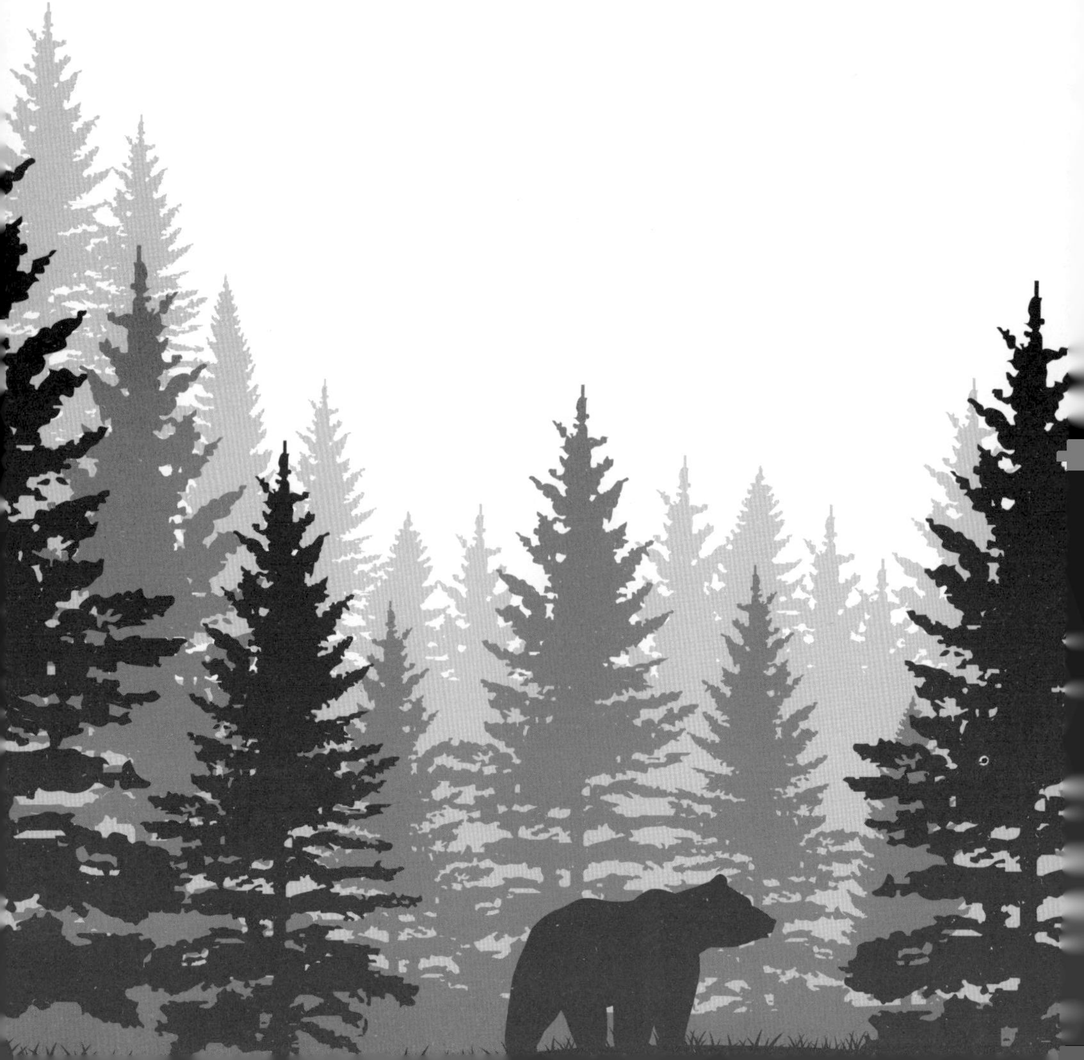

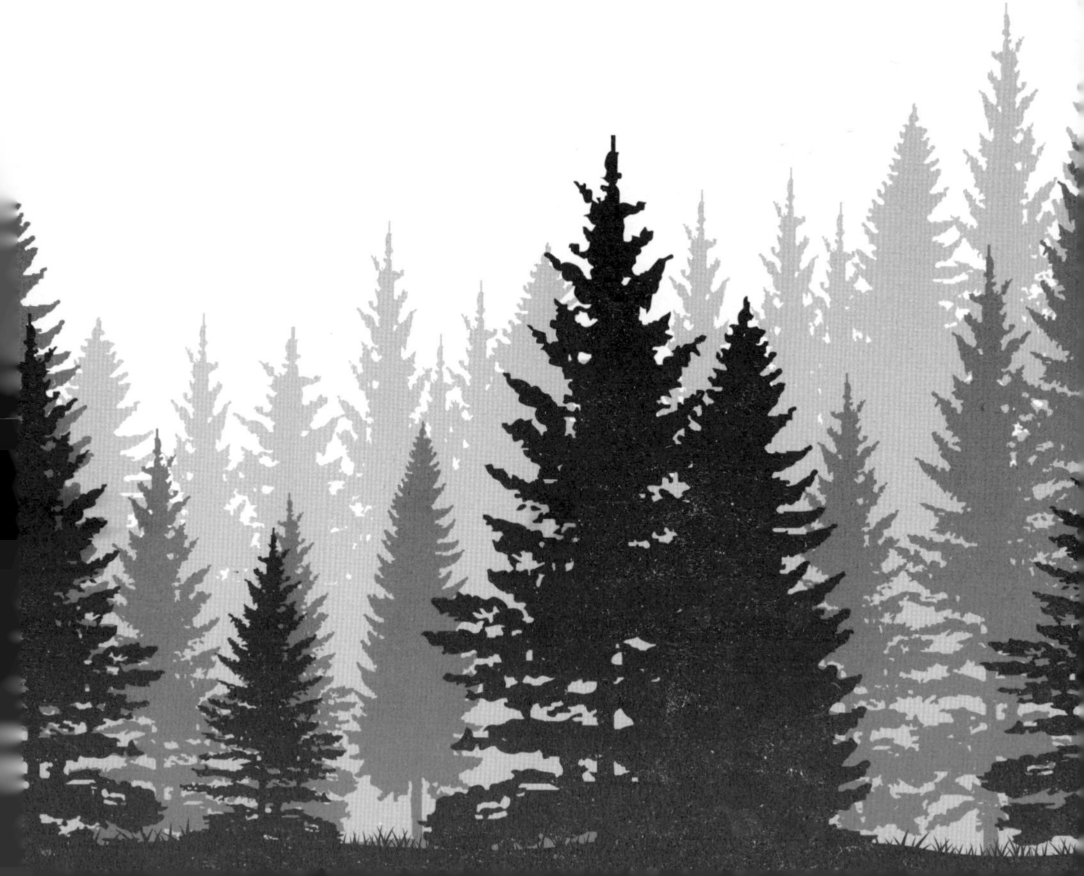

Leia Também

Willa, a garota da floresta
ROBERT BEATTY

MOVA-SE SEM FAZER BARULHO.
DESAPAREÇA SEM DEIXAR VESTÍGIOS.

Milk Shakespeare

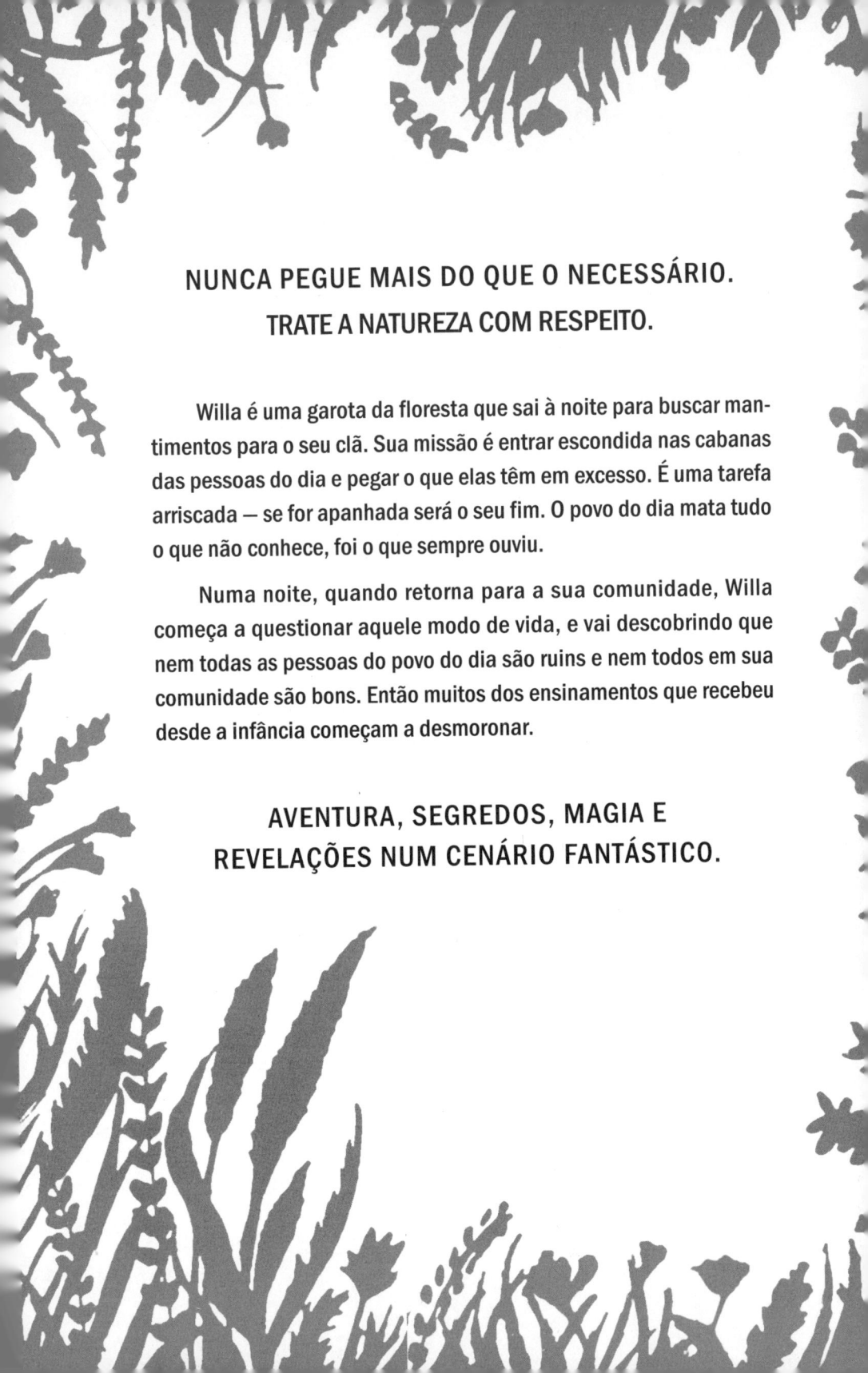

**NUNCA PEGUE MAIS DO QUE O NECESSÁRIO.
TRATE A NATUREZA COM RESPEITO.**

Willa é uma garota da floresta que sai à noite para buscar mantimentos para o seu clã. Sua missão é entrar escondida nas cabanas das pessoas do dia e pegar o que elas têm em excesso. É uma tarefa arriscada — se for apanhada será o seu fim. O povo do dia mata tudo o que não conhece, foi o que sempre ouviu.

Numa noite, quando retorna para a sua comunidade, Willa começa a questionar aquele modo de vida, e vai descobrindo que nem todas as pessoas do povo do dia são ruins e nem todos em sua comunidade são bons. Então muitos dos ensinamentos que recebeu desde a infância começam a desmoronar.

**AVENTURA, SEGREDOS, MAGIA E
REVELAÇÕES NUM CENÁRIO FANTÁSTICO.**

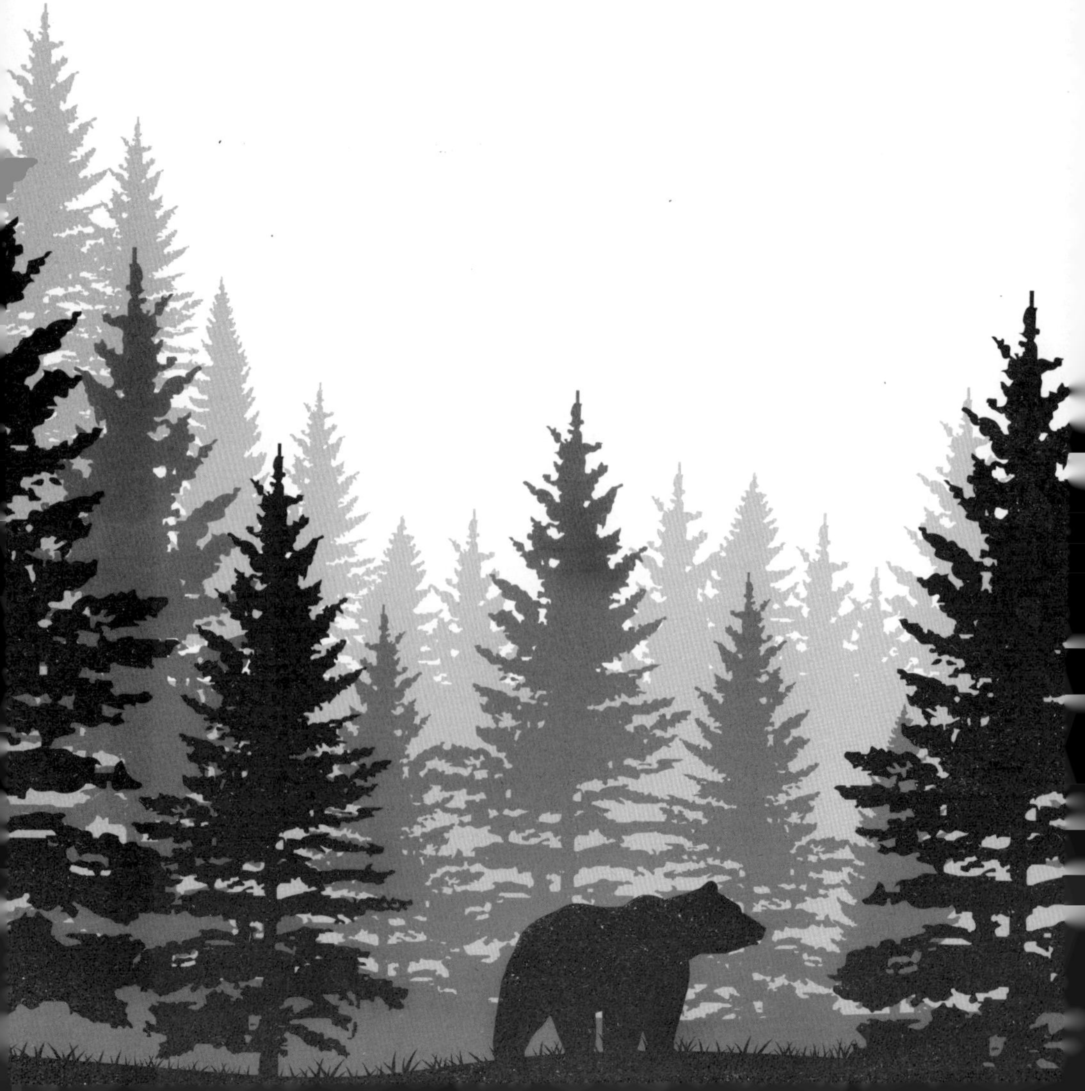

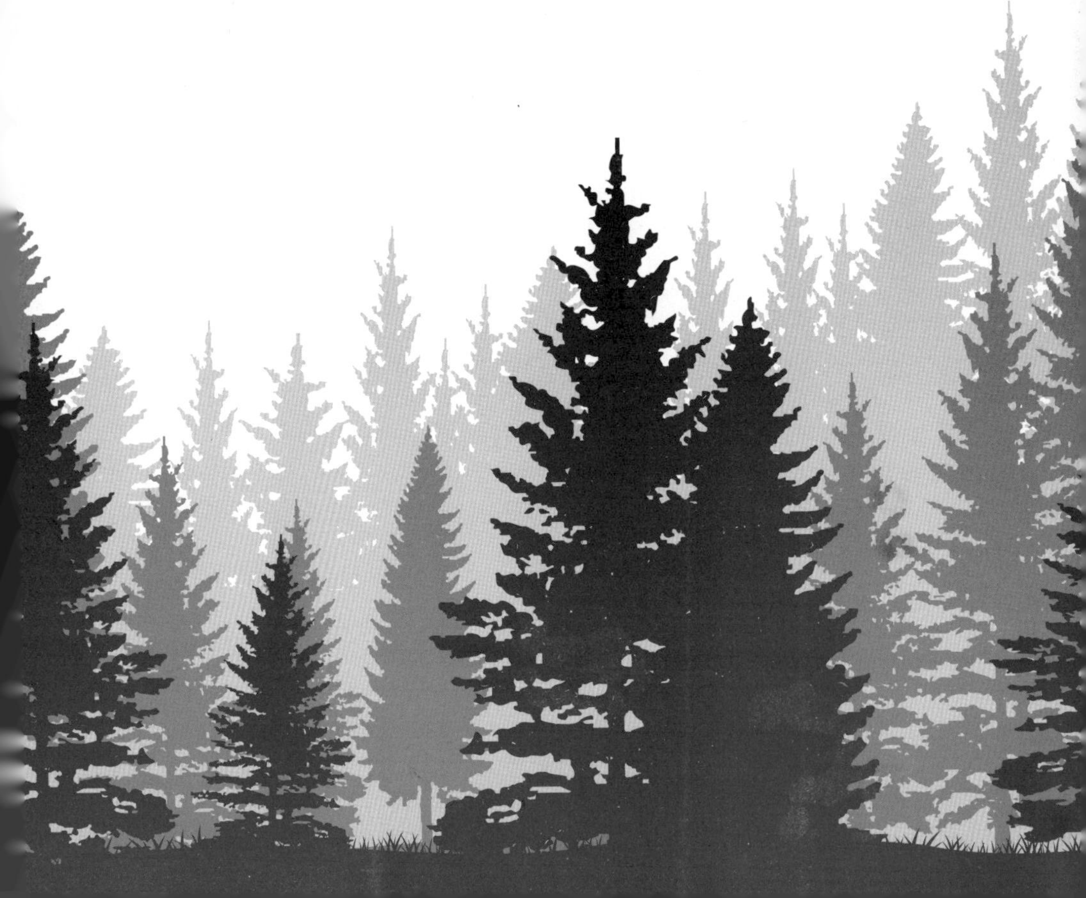

ASSINE NOSSA NEWSLETTER E RECEBA
INFORMAÇÕES DE TODOS OS LANÇAMENTOS

WWW.FAROEDITORIAL.COM.BR

CAMPANHA

FiqueSabendo

Há um grande número de portadores do vírus HIV e de hepatite que não se trata.

Gratuito e sigiloso, fazer o teste de HIV e hepatite é mais rápido do que ler um livro.

Faça o teste. Não fique na dúvida!

FARO EDITORIAL

ESTE LIVRO FOI IMPRESSO
EM MARÇO DE 2022